〔埃及〕陶菲格·哈基姆 著 王复 陆孝修 译

灵魂归来

華文出版社
SINO-CULTURE PRESS

عودة الروح

توفيق الحكيم

中文版前言

19 世纪的西方入侵，揭开了埃及与欧洲新生活隔绝的面纱，给埃及带来了无穷无尽的灾难，同时，也带来了西方世界的新思潮。

在埃及，从阿拉比起义到 1919 年工农知识分子的三月革命——尽管它们都以失败而告终，但是，一次次有限的成果却激起了埃及人民在政治思想上新与旧的激烈斗争。民族意识的觉醒和成长渐次成为埃及新文学运动的原动力。反帝和革命、抨击旧制度、探索埃及的前途成了新文学运动的特征。

到 20 世纪 30 年代，新文学运动已经走完了准备的基础阶段，继而出现了现实主义倾向的萌芽。在当时盛行一时的伤感主义和浪漫主义的内部，两支具有代表性的文学流派异军突起：美洲的叙美派和埃及的现代派。

早在第一次世界大战就已形成的现实主义的埃及现代派，坚决反对文学中虚无的浪漫情调，积极主张创作那些能真实反映埃及社会生活和埃及人民思想感情，揭露资本主义的压迫和不合理现象的“埃及小说”。陶菲格·哈基姆就是这一派作家中最著名的代表，他也是 20 世纪 30 年代埃及文坛的主要代表人物之一。

在文学发展的曲折复杂的道路上，陶菲格·哈基姆曾热情地写过一些阿拉伯象征派、印象派的剧本，如：《洞中人》《新女性》和《讨厌的客人》等，但这些作品不易为广大埃及人民所理解。

参加1919年埃及革命和后来的被捕，对陶菲格·哈基姆的创作生涯起了决定性的作用。出狱后近十年的时间，作家没有动笔进行创作，他一直在苦苦思索：为什么千余年来，埃及思想的主流始终在“述说”阿拉伯思想和“继承”中世纪的阿拉伯体系上踏步不前呢？为什么老一代总是沉湎于缅怀昔日的光荣，却甚少感到自己的存在，而对埃及前进中的个性思想的变化、发展始终是无动于衷呢？

1924年，作家留学法国。在四年的留法学习中，他浏览了各种法国小说和欧洲古今各个时期的文学作品，努力探索这些作品如何正确地体现现实主义创作倾向和民族精神；认真学习这些作家如何扣人心弦地表达心理活动、描写社会风习等。最后，在大洋彼岸，陶菲格·哈基姆在和其他民族相处，与非埃及文明接触中，终于发现了“我们民族的深度、差异”，悟出了他过去的作品苍白无力的原因：那是因为他的作品缺乏埃及的精神和灵魂。

他开始探索埃及的精神。他认为，“精神”的词义在阿拉伯语言词典中近乎“气味”，但却又超乎气味。你要识别玫瑰花，必须先嗅嗅它的气味；但如果要了解玫瑰花的实质，就必须把它分隔开，在显微镜下分析……了解埃及亦如此。应该向埃及的现实生活睁开双眼。

于是，他又着手探索埃及。陶菲格·哈基姆说：我思索这个问题是在埃及脱离英国独立以后。那时，我曾听到一个英国人说：“什么叫埃及？我们半点儿也不知道。”说得好！世界地图上有一块地方称作埃及，但是她属于奥斯曼帝国。真正在文化、语言、宗教上属于阿拉伯的埃及在哪儿呢？她的精神又在哪里呢？1919年爆发的轰动的大事件前后，埃及的思想家、政治家、艺术家、经济学家、文学家都站出来了。他们回答了英国人。

这时，作家终于找到了答案：埃及是埃及人民的埃及。在新形势面前，新的一代人的思想和表现这一代人的文学是先人所不曾遇到过的。因此，文学不再仅仅是继承的问题，不应是古代文学在形式和精神上的模仿，更重要的是在思想内容以及风格上、语言上显示出埃及的自我，发掘埃及的精神。创作的源泉则应是面向生活，面向社会。

作家认为上述情况就是促使他创作《灵魂归来》的原因。

长篇小说《灵魂归来》是陶菲格·哈基姆的代表作，也是他的成名作。这部小说开创了埃及长篇小说的现实主义先河。小说出版于 1933 年，原用法语写成，后由作者自译成阿拉伯语。这部自传体社会小说描写了埃及萨阿德·扎格鲁勒时代的民族运动，通过一个人物与家庭的曲折变化，为读者描绘了 20 世纪前十几年的整个埃及社会。

小说的主人公穆赫辛年轻有为、才华出众，为了读书，他寄居开罗的叔叔家中。穆赫辛深情地爱上了一位退伍军官的漂亮女儿，不料叔叔也同样暗暗地爱上了这位姑娘。后来，姑娘却嫁给了另一个青年，这个打击对穆赫辛是沉重的，他情绪消沉了，整日无精打采，家里也为此发生了一场风波……革命爆发了，穆赫辛和家人抛弃了一切个人烦恼，他们积极投身到革命的滚滚洪流中，为自由而战！

小说的下部是全书的精华与高潮所在。主人公来到农村，和农民朝夕相处，思想上有了新的认识和感受。作品通过两个外国人的对话，借用法国考古学家之口，道出了埃及人民的禀赋、感情以及数千年来蕴藏在内心的巨大力量，呼出了维护埃及农民利益、发扬其古老传统的声音。说明埃及人民正是凭借着这种精神和信仰，才坚韧不拔、同甘共苦，建成了世界七大奇迹之一的——金字塔。

作者用极大的努力把读者引进了崇拜精神和灵魂的探索中。让人信服地感到：当时的埃及就是缺少一个既能代表人民的感情和希冀，又是他们的目标和象征的人物。这个人一旦出现，就能创造出除金字塔之外的别的奇迹。

小说的写作手法也是成功的。作者大胆而又适当地把方言运用到文学作品中，把方言与阿拉伯规范语言巧妙地结合起来，示范性地从实际上解决了阿拉伯小说同时使用两种语言的问题，为今后小说、戏剧的发展铺平了道路。整部作品以白描手法一气呵成，读来朴素、自然、流畅。

陶菲格·哈基姆的《灵魂归来》被译成了英、俄、德、意、法等多种文字，受到西方文学家、文艺评论家的高度赞扬。1952 年埃及革命后，作家被任命为埃及文学艺术最高理事会专职委员，他先后出版了三部文字优美的具有强烈民族风味的剧本《埃希斯》《徬徨的素丹》和《一宗交易》。

20 世纪 80 年代，耄耋之年的陶菲格 · 哈基姆又出版了新作品《两个时代中的埃及》，深入地回顾、总结了他对有七千年文明的埃及人民的灵魂和精神的探索成果。

译 者

目录

第二部

序

医生前来探视几个同时患了西班牙热病的朋友。刚踏进病房，他就惊呆了：一个单间，五张并排放的窄床紧靠在一起，一个裁缝用的大柜，掉了一根横挡，露出一堆花花绿绿、大大小小的衣服，有的还是些带扣的警察服。墙上，居然还挂了一架古老的打琴。

这是军营里的病房吗? ……

不! 医生完全知道这是一户住家，门牌号和大街都记得清清楚楚的，错不了! ……犹豫了片刻，他走近第五张床边，低头一看，不禁咧嘴笑了；这哪是床啊! 这是一张木饭桌，翻了个身，就变成一个人的床了!

医生站住脚，仔细瞧了瞧并排躺着的病号，向前走去：

“噢，这不是住家户，是医院! ”

逐一地给病人做完了检查，医生想离去了。可忽然回过身来，重新以一种奇怪的目光审视着他们：这套房子里起码还有一间客厅，他们干吗全都挤在一间里呢? 最靠里的床上响起一个声音回答了他提出的问题：

“挤在一块儿开心! ”

回答得这样淳朴、真挚，但又寓意深刻，充满了共同生活中内心深深的欢乐……他们一起生病了，接受同样的治疗，服一种药，吃一口锅里的饭菜，彼此经受着相同的命运! 只要愿意，人们完全能够从那一张张苍白的脸上，找到一股隐秘的幸福光彩。

医生已经走到门口，又站下了，像个思想家似的折回来问道：

“看来，你们都是农村来的！”

没等回答，医生径自走了，脑海中浮现出一副副农民的形象。他自忖道：

只有农民才这样生活。不管宅院多大，总愿意和老婆、孩子，还有什么小牛犊、驴崽子在一间屋里睡。

第一部

时光荏苒，走向永恒。
你的肉身，已获新生。
跻身普天，极乐世界。
殊途同归，万物平等。

——《亡灵书》[1]

---

① 《亡灵书》：古埃及一部宗教性诗文集，是一种咒语和对神的赞美，反映了古埃及人的宗教信仰、风俗习惯以及对后世的幻想与憧憬。通常写在纸草卷上，放入墓中，也有被镂刻在金字塔、墓壁、石棺上的。常可见图画和文字。

第一章

午饭刚吃完，一家人就各奔东西了。佣人麦布鲁克帮栽娜卜小姐收拾完餐桌、洗完杯盘，也上米达门巷口的水果店里聊天去了。家里只剩下栽娜卜小姐，冷冷清清一个人。她走进自己的小屋，闷闷不乐地坐在圆垫上，随手在面前发旧的红地毯上发了一排扑克，便怔怔地望着。

时间过得飞快，天色已近黄昏。栽娜卜依然沉浸在幻梦中：眼前恍惚出现了一个白皮肤的男孩儿和一个黑姑娘，两人肩并肩、无忧无虑地走着，有一个正要外出旅行，仿佛到了那扑朔迷离的世界的边缘！

房门忽地打开了，穆赫辛夹着书本、直尺和圆规，用那童音的嗓子高兴地喊道：

“他们怎么都还没回来？”

她不动，也不作答。许久，眼皮不动地问了一句：

“刚刚放学？”

“早下课了，我上裁缝铺去了！”

穆赫辛小心翼翼地撩起衣襟，轻轻坐在她的圆垫边儿上。短时间的沉默。他显得心神不定，犹犹豫豫地望着她，想说什么，可又似乎害臊得张不开口。

栽娜卜忽然想起了什么，眼睛盯着纸牌说道：“你饿了吧？拿根黄瓜嚼去吧，晚饭还早着呢。”

她抬起眼，想指给他门后的篮子。目光刚一落到穆赫辛身上，便不禁吃惊地喊了一声：

“哎呀！你怎么穿了套新衣裳？！……”

孩子低着头一声不吭，栽娜卜依然好奇地问道：

“真新鲜，谁看见都得说不像你了！家里给你钱了！太新鲜了！”

穆赫辛挺不好意思，吞吞吐吐地问道：

“有啥新鲜的？……”

栽娜卜继续用惊奇和赞叹的目光打量着他的新衣服：

“今天，你可跟往常不一样了。以前，你和叔叔不一样，宰牲节才换件新衣裳穿。今天，可真怪！这么俊！我敢发誓，谁见了你都会说是个王子！我简直要忌妒你了……今天可是礼拜四①！是礼拜四哟！……”

一通夸奖，穆赫辛的脸上飞起了两朵红云，不过，他心里可真是美滋滋的，异样地颤动了一下。但，他立刻改变了话题。

“晚上吃什么？”他问。

栽娜卜重又盯着纸牌，漫不经心地答道：

“和中午一样。”

“什么？又是鹅腿？”穆赫辛的声音大了一点儿。

她立刻抬起头来，狠狠地盯着他说：

“鹅腿怎么了？连你这个有头脑的人也说出这话来？唉，纯洁的栽娜卜！明天让大伙儿都来瞧瞧这个不领情的家伙。主哪能让领情的人有饭吃呢？……千万别学你叔叔。记着，千万别像他们那样！……”

“姑姑，不管怎么说，也不能让我们啃三天鹅腿呀！今天中午，我阿布杜叔叔都以《古兰经》发誓了……”孩子温顺地反驳。

栽娜卜气势汹汹地打断了他的话：“阿布杜！哪个是阿布杜先生！……你的大爷，还是家长？……这个该死的阿布杜！……我说孩子，什么时候咱们家出了大爷、家长了？……就连咱们当家的、你哈奈菲叔叔——愿安拉保佑他——也一直辛辛苦苦挣钱养活我们。一辈子他哪有一句怨言？

① 阿拉伯语中，礼拜四是一个星期的第五天。凡是带有“五”的数字在埃及方言中表示忌妒。

愿主保佑他长寿吧！可阿布杜这小子就会抻着脖子学驴叫！”

“姑姑，明天，他就要挣钱了。年底他拿到文凭，可以当工程师了！”

栽娜卜不吭声了。她板着脸，又去捣鼓眼前的纸牌了。不一会儿，她又突然抬起头来，说：

“他该明白，我才不怕那些戴高帽子的！这个讨厌的家伙！诅咒这个小心眼儿的神经病！我谁也不怕！”

穆赫辛嘲讽地撇撇嘴：

“你敢当他面儿说这些？”

“说什么？”她使劲儿地瞪着他。

穆赫辛不想和她再争下去，特别是今天，更不愿把她给惹恼了。他后悔自己说得过火了些，便笑着哄她，说他不过是闹着玩儿的。

“你想听真话吗，姑姑？”他一本正经地说，“其实，阿布杜叔叔和别的叔叔一样，心眼儿可好了！”

栽娜卜不理会他的话，又低头弄她的牌。不多一会儿，又陷入先前的沉思冥想之中。仿佛想揭穿她的秘密，穆赫辛稚气嘲讽的目光在她眼上闪动着，只见那双手一会儿把纸牌拈起，一会儿又放下。

最后，他亲昵地靠在她身旁，调皮地笑着：

“在给谁算命呢？……新姑爷？”

听了这话，栽娜卜眼墨浓重的一双眼皮上的几根睫毛急速地抖动了几下，她抬起指甲花染红的手指，慌乱地正了正戴得端正的头巾，依然望着地，羞答答地说道：

“不……我发誓，我不是在想那个。”

“那想什么呢？”

小侄子掩饰着内心的嘲笑：

“我是外人吗，还避着我呀？姑姑，你该知道，除了哈奈菲叔叔，没人会赶走新姑爷的……都怨这个老东西，就是他把新姑爷赶跑了。”

“噢，不，我发誓，我不是在想这事！”

她一直像个年方二十岁的大姑娘，羞涩地低着头。穆赫辛偷偷端详着这个老处女那张皱巴巴的奇丑的面孔。干吗要害臊呢？装模作样呢，还真是那么一回事？一丝怜悯渗进了他那孩子气的嘲笑之中！……

栽娜卜自幼在农村长大，从小没人管教。一天到晚给后娘干活儿、养鸡。乘着兄弟哈奈菲和阿布杜去开罗上学的机会，便和他们农村学塾里的同学郝里的儿子麦布鲁克一起走了。郝里没考上城里的学校，留在村子里。她来开罗给两个兄弟做饭管家。她在首都住的日子不算太短，可还保持着来时的老样子，对市民以及城市生活的了解仅限于衣着服饰、言谈方式等琐碎的表象。最了不起也不过学着几句开罗的小贩儿或邻里女人们的谈话，可又不明白究竟指的是什么。穆赫辛说，有一回，听见她问候一位女客说：太太，本斯娃尔①！可当时却是大早晨，太阳刚露脸。栽娜卜像大多数丑八怪一样，什么都瞒不过她，可就是对自己面目可憎这一点，永远蒙在鼓里。每每看见邻里亲朋有订婚、办喜事的，她都感叹不已。这么一个美人，会过日子，会当家，一身都是优点，可就是没人找上门来！……但，按她说，那是有原因的。

“命哪！她们命好……这是唯一的原因！”

对自己，对别人，这话已唠叨过千百遍了。

虽说运气不佳，媒人却来过不少。但不管谁来，只要一照面，相过栽娜卜的仪容后，几句话，便站起身来，披上斗篷，匆匆离去。栽娜卜挺纳闷儿，心想，准是媒人太满意了，急于给男方去报喜，便紧跟着媒人到门口，趴在人家耳朵上悄声说：

“在他面前给我多说点儿好话呀！”

媒人用面纱掩住了唇边的微笑，狡黠挖苦地回答道：

“大妹子啊，不必了，像你这样还用说好话吗？”

说完，抬腿便走，以后再也没见回来。

但有这么一回，栽娜卜一生中从不曾预料到的历史性事件发生了，它带来了一次罕见的、绝无仅有的机会，可是……可是太遗憾了……这唯一

① 法语，意为晚安。

的一次机会竟又被哈奈菲先生的愚鲁和粗暴给丢失了。那是一个黄昏——可能因莫须有的指责而烦躁不安的命运之神，给栽娜卜送来一个人，真是个挺不错的、有学问的先生，心眼儿好，表面看，人品端正，十分虔诚，肯把自己盲目的信任毫无保留地交给安拉……就这样一个好人，没请媒婆，不求母亲，亲自上门来向栽娜卜求婚了。

来人见了年龄和地位都能代表一家之长的哈奈菲先生——海力勒·艾阿学校的算术老师，表明了自己的来意。他说，实在没有必要先派个人来见见姑娘，他只希望姑娘的长相过得去，难看一点儿，但不太丑就行了。其他也没有更高的要求。

来人彬彬有礼，小心翼翼地征询家长的意见。这位被称为"名誉家长"的哈奈菲，抬起头，瞪大了一对憔悴的、烂得发红的近视眼盯着对方。贵客的眼瞳中立刻映出一张奇丑的脸盘。由于太阳的炙烤，把疱疮的结痂染上了一层农家砖坯的颜色。家长伸手把帽子推向脑后，丑陋的额头上露出了斑斑疤记。他满腔热情地对求婚人说：

"你放一百个心，哪能这么糟糕……请你像吃夏天的西瓜那样放宽心好了。她保证像金币——二十四开的金币一样，没错！怎么了，你还不明白？新娘长得跟我一模一样。她是我挨肩的嫡亲姐妹！"

先生愕然。坐在那儿，半天说不出话来。心境略微平静一点儿后，不禁抬眼偷偷向哈奈菲那张可憎的脸庞投了一眼，即便是匆匆一瞥，内心也已翻出一股腻味恶心的感觉。他自言自语地咕哝着：

"不可能！绝不可能！……"

一听这话，哈奈菲急忙安慰他：

"不可能？她完全像我，铁板钉钉，一点儿没错！"

"不可能……"

"这一点请先生你放心……以前你和我们从无来往，不知道。她确实跟我一模一样，你大可不必担心。"

先生踏出哈奈菲家门，一晃就消失得无影无踪，此后再也没有听到有关他的任何消息。

穆赫辛有意讨好的声音一再重复着：

“就怨他，就怨哈奈菲叔叔！”

栽娜卜低垂着头，默默不语，心头强烈的抑郁感压得她几乎喘不过气来。穆赫辛坐了一会儿，蓦地直起身子，像记起了什么，带着掩饰不住的微笑，装出一本正经的样子说：

“姑姑，你听说了吗？楼下的穆斯塔法先生病了！”

栽娜卜抬起头，这个年近四十的女人的颧骨上泛起一抹淡淡的红晕。她装得十分镇静，尽量话音自然些：

“病了吗？谁跟你说的？”

穆赫辛明知她在想什么，却装糊涂说：“今天一早，我在楼梯上碰见了他家佣人，拿着一瓶水果盐。”

她死盯着他，灼灼的眼神像在探询，想要他再多说上几句。可她立刻控制住感情，羞涩地垂下目光，久久地沉默着。穆赫辛斜眼看着她，脸上现出那副惯有的孩子气的挑逗性微笑，他指着纸牌，调皮地逗她：

“牌没告诉你什么吗？”

她一惊，依然不吭声。

“那你老在想什么呢？”侄子突然问道。

“我……在想……想另一桩事……”老姑娘一震，慌乱结巴地说。

“另一桩事……什么事？”穆赫辛毫不放松。

这有所指的腔调使她尴尬极了。她极力忍着，抓着这一刹那搜遍了脑海中各个角落，终于，记忆救了她：

“一早，我就在这儿想着前天邻居在我们家平台上丢手帕的事。”

她的话刚出口，穆赫辛的脸色倏地变了，发黄……变红……立刻低下了头。

但她并未觉察到对方的心理活动，只觉得自己找到了一个摆脱窘境的话题，说得更来劲了：

“是赛尼娅的一条绸手帕！穆赫辛，你说，能让风给刮跑吗？”

穆赫辛没有回答，他简直抬不起头来。

"我敢发誓，"栽娜卜还在说，"活这么大年纪，还没听过风能刮跑？风能把手帕刮到哪儿去？！"

"为什么不能？"轮到穆赫辛结结巴巴了。

"绝不可能！"栽娜卜脱口而出，"难道我是傻瓜？我敢拿生命起誓，手帕是被偷走的！"

少年畏怯地看着她，一声不吭。

"是偷走的。你知道谁偷的吗？"栽娜卜继续往下说。穆赫辛无言以对。

"小偷是……是阿布杜！"

"阿布杜叔叔？！"穆赫辛猛地抬起头，半惊半喜地问道。

"楼里，没有比他更坏的人了。"

穆赫辛低下头去，一言不发，姑姑还在那里起劲儿地说：

"明天，让他拿出手帕来瞧瞧。"

"手帕？"穆赫辛不由得又抬起头来，不安地咕哝了一句。

"就是这个阿布杜！"栽娜卜不留一点儿余地，"说错了，可以拿鞋底儿抽我！"

"哟，我瞎说了些什么……"她忽然想起了什么，"瞧我这记性！"穆赫辛的心跟着一抖，等着她发话。姑姑突然转过脸，信心十足地说：

"你脑子好，帮我想想，谁偷的？"她没有注意到小伙子坐不住的样子，径自说着：

"是赛里姆！"

"赛里姆先生？"穆赫辛吐了一口气。

她不假思索地答道：

"凭安拉起誓，他才是个鬼东西呐……你就忘了他和女人那些乱七八糟的事？不要脸，乱吹牛，把咱们脑袋都搞晕了！诅咒这个魔鬼吧！瞧他那样儿：歪戴着帽，胡子尖儿还捻成一把，在那儿弹个或吹个什么破玩意儿。他明白什么好歹！真叫人讨厌！穆赫辛，把你的好歌唱上两段，让他听听！别以为咱们把他的光彩事都忘了：他是怎么让政府给赶出来的！还有跟塞得港那个叙利亚女人的事……你可得离我这堂兄弟远点儿！他简直不是个东西，一个地道的放荡鬼！……”

穆赫辛一颗悬着的心总算落地，脸上的肌肉松弛了，露出天真的微笑。他亲昵地靠近姑姑，用一种发颤的柔声问道：

“姑姑，你早上在凉台上看见她了？……”

“谁？……赛尼娅？”

少年点点头，声音尽量放得自然：

“她跟你说什么了？”

“你问的是手帕的事？”栽娜卜没有注意他的关注，笑着说，“要是真被人偷了，那小偷就该绞死。”

穆赫辛脸涨红了，最后涨成了地毯的颜色。他眯起眼睛，死死地盯着地面。

第二章

晚饭时分，前厅里一家人围坐在一张廉价的白木桌旁。桌上那块油布用的时间以及他们在它上面吃吃喝喝的时间，算起来不短了。同时，岁月和佣人都在这张桌面上留下了休息的印记。每天夜里，桌子翻个身就是麦布鲁克的铺板，他摊开被褥，让一身的跳蚤陪着过夜。翌日清晨，再翻个个儿，又成了餐桌，放上焖蚕豆，做早点的大饼和午饭、晚饭时吃的奶油炒麦饭、蚕豆芽。

现在，老一套的木盘又摆在桌上，冒着热气。可大家都默默地呆坐着，像在等什么人，竟没有一个人伸手。哦，哈奈菲的座位还空着。但是，等一个人又何须这般烦恼愁闷呢？栽娜卜一手撑着腮帮，仿佛沉入了遥远的梦幻。靠外的麦布鲁克急不可耐地看着身边哈奈菲的空座，张大鼻孔，贪婪地闻着远处飘过来的饭菜油香。尽管如此，他也不敢打破饭桌上窒息的空气，只用忧伤的目光瞅着对面穆赫辛的新衣。麦布鲁克不是一般的仆人，他是这个家庭中人人眷恋的好伙伴儿。早在孩提时代，他在黛林加特镇上就和哈奈菲、阿布杜、赛里姆一起玩耍，共同成长。因此，在这个家里，哈奈菲如果是个名誉家长，他可完全算得上是名誉仆人。穆赫辛暗中不住地打量着阿布杜和赛里姆，一心想摸清他俩没来由的缄默的原因。确实，阿布杜和赛里姆就是今晚沉闷的唯一根源。这两人被一种不寻常的东西搅得心烦意乱，结果在饭桌上也是大眼儿瞪小眼儿，一家人围坐在一起的欢愉、舒心，也消失得无影无踪。

快活人、牛皮大王赛里姆一反常态，低头默默地捻着胡子。阿布杜绷着脸，酒糟鼻的鼻翼高高掀起，愈发紫红，说明他今天晚上气不打一处来，眼下正酝酿着神经质的发作！

低头、闭嘴，坐了好一阵子。终于，阿布杜猛地一抬头，神经质地一拳头狠砸在桌子上，喊道：

“该死的，还让我们等……”

麦布鲁克大吃一惊，一蹦而起，向卧室跑去了，瞥了一眼哈奈菲的床铺，赶紧回来，说：

“哈奈菲先生躺着哩，他舒坦地品尝着天使们的甜奶粥呢！”

突然从卧室里传出一个声音：

“天使们的甜奶粥？麦布鲁克先生，安拉可听见你的话了！……我有阵子没吃到甜奶粥了。从栽娜卜拿了我的钱管家那天就没吃过！”

栽娜卜昂起头，气愤地嚷道：

“从哪天起？胡说八道！你也是个缺德鬼！快起来动弹动弹你撑饱的大肚皮吧，饭早就凉了！”

卧室里传来哈奈菲的声音：

“都以为我睡了？怕是你们晚了吧。我忙着呢，事儿都成堆了。”

阿布杜晃着身子嚷嚷：

“等不及了！不能等了！”

传来名誉家长唱轮转民谣①的声音：

“忍着吧，先生们！忍着最好，苦点儿也无妨。”

“这儿有作业本要改好！我的先生，一本作业，一本练习就要改好！……哪怕剩下两本，也无妨。”

阿布杜压着火，哈奈菲仍然待在那塞着四张床铺的房里，一边改着学生的练习本，一边哼哼：

“这儿有练习本、作业本……先生，这儿有练习本……噢，作业本……”

① 一种民间情歌，每句都用同一词结束。

这哼唧只对麦布鲁克一人产生了影响，他站在门厅中央，对着卧室，像在戏院里喝彩那样，拍着巴掌：

“太妙了！再来一遍‘先生，作业本’！”

阿布杜终于忍无可忍，大吼一声：

“伟大的安拉啊！我受够了！”

他神经质地伸出手，抓起调羹，使劲按进菜汤泡馍，舀起豆芽汤，自顾自吃了起来！

旁人交换着眼色，阿布杜的越轨行动真令人惊讶，使人总觉得不那么舒服，不过也没人敢说什么！

稍停，栽娜卜用颇有为阿布杜抱不平的口气说道：

“这算得了什么！你这个家长跟那些懒皇帝没两样儿。伸腿往床上一躺。全家都毁在他脑袋底下啦！……”

她讨好地瞅了阿布杜一眼，好叫他放心。然后，似乎觉得该变变方式，于是引到另一个话题：

“阿布杜先生，别不痛快……诅咒那吃喝吧！诅咒有关吃喝的谈话吧！”

说到这儿，她突然变了调：

“喂，你们谁见过赛尼娅的手帕？”

阿布杜刚刚定下心来，内心里对自己乱发脾气深感内疚，起码也不该把愤怒形之于色呀！

可是，栽娜卜的话刚刚完，“赛尼娅手帕”这几个字又灌进耳朵里，他的性子又起来了，比刚才还凶！这番安抚的话对他简直是火上加油。

阿布杜低头不语，脖子上青筋暴涨，鼻尖发红，他着实恼了：

“你总叨叨不知谁拿了手帕。我们都知道谁拿的。”

穆赫辛打了个冷战，低下头去。不料，阿布杜却转向堂兄弟赛里姆，一脸恶意和进攻的神态，晃着脑袋：

“我们要是粗心大意，早上当了。还得赞美安拉，我们可够仔细的。现在你说说，手帕在哪儿？”

他用手指着赛里姆。对方慢吞吞捻着胡子，冷冷地回答：

“先生，你在说什么？”

阿布杜一口咬定，恶狠狠地说：

“不必戳穿了吧，谁心里都清楚……”

“你们知道什么？”赛里姆也铁青着脸。

阿布杜扭过脸。赛里姆晃着脑袋：

“这才见鬼呢！明明是你干的，却指着别人鼻子！这就是当今年轻人的聪明才智！”

阿布杜猛地转过身子，冲他喊道：

“我以前是沾过这种事，那算你说对了！”

“以前沾过？”赛里姆不那么气壮了，咕哝了一句。

“我要是一个上尉的话，”阿布杜话里有话，“为一个叙利亚女人停职……”

“是又怎么样？”赛里姆洋洋得意地抬起头。

尽管嘴硬，他感到在众人面前已输了一招。那件给当成话柄的事还要什么证据？谁不清楚，他本是个警官，因滥用职权，六个月前被停职了。罪名是在塞得港，调戏一名住在警察公署前的叙利亚女子。如果事情只是当那美人出现在窗口时调情，挑逗，打打手势，问个好，笑一笑，捻捻胡子，挤眉弄眼，倒也罢了，绝不至于弄到停职这一步。可是赛里姆先生走得太远了，他千方百计要接近那美人，经过良久的思谋和策划，终于让魔鬼给他指引了一条进身之途。酷暑的一个黄昏，人的感情和肉体都感到火烧火燎。警长助理赛里姆先生委实按捺不住了，他换上笔挺的警服，一颗颗铜扣和肩上的三颗星在夕阳的照耀下熠熠闪光，他走进美人的房子，登上楼梯，边敲门边说：

“太太，别怕，开开门！我是警官！”

“有事吗？”

“请允许我进去，只待一会儿！”

“干什么？”

“干什么？……赞美安拉吧！为了漂亮的脸蛋，为了……为了检查……

必须检查，……你不让我检查？”

他终于错误地决定要撒个谎：要检查。但花招被戳穿了，消息不胫而走，真丢人，停职一年！

往事闪电般地在赛里姆脑海中掠过，他默不作声了。阿布杜见他这样子，越发像个愤怒的攻击者，于是幸灾乐祸地说道：

“对了，我劝你别说了。真叫作：昭然若揭，尽人皆知呵！”

赛里姆抬起头，冷冷地问：

“你这话是什么意思？”

“没必要解释，我们全都知道！阿布杜佯作镇静。

赛里姆正了正身子，严肃地厉声说道：

“你听着，别虚张声势了！别来这一套！这是聪明？你可错了！真不害臊，你要真机灵，说出话别赖皮！可惜，事情明明白白，只不过我不想说就是了。你要不信，我讲点儿证实自己的话，让大家来听听。”

“你证实自己的话！”阿布杜打断了他。

“谁还不知道，你想让我给你证实？”赛里姆立即回答，“喂，站起来，让我检查检查你的行李和衣服！”

阿布杜口里吐出一连串响亮的笑声：

“说什么？……检查？只要安拉意欲！你先生的检查权已被剥夺了！”

众人静静地注意着这场争论。这里，最聚精会神的要算是穆赫辛了。他尽管在一旁偷听，可恐惧和焦虑却轮番敲击着他的心，这颗心能平静下来多好啊！可是，对这十五岁的孩子，谁又会有什么坏的估计呢？

正在这个时候，哈奈菲从卧室里出来了。那对近视眼向大家看了一阵，说：

“什么事？今天怎么都像鬼附了魂似的吵个不停？好吧，我来了，我来了还不行。”

没人理他。只有栽娜卜抬了抬眼皮，漫不经心地瞟了他一眼，又是老样子坐着。名誉家长走近餐桌：

“饭菜在哪儿？你们说的晚饭呢？我听说吃晚饭了，看来是谣言！”

栽娜卜抬头指指木盘，有气无力地说：

“喏，没看见？”

哈奈菲正正鼻梁上的眼镜，盯着木盘子看了看：

“蚕豆芽？求主恩赐吧！”

栽娜卜正眼不瞧他。噌地从座位上跳起，向厨房走去。

“等着，还有一盘呢！”

栽娜卜一走开，屋子里又是一片沉默。哈奈菲在麦布鲁克身旁的空位上坐下。

他迟疑了一会儿。为了弄清今天晚上这些人奇怪的行径，末了，还是他自己清清嗓子，端了端鼻梁上的镜架，逐个打量着在座人的面孔：

“什么事呀！……大家怎么了？”

没人动，也没人吭声。最后，倒是麦布鲁克看了他一眼，煞有介事地压低了嗓门说：

“吵架了！”

哈奈菲不胜惊奇：

“吵架？……谁吵架？”

麦布鲁克愁眉不展地答道：

“都吵了。”

哈奈菲更不明白了：

“都吵了？……为什么？……发生了什么安拉不容的大事？”

麦布鲁克说：

“直说了吧，大家都在吵……喂，吵架可不好哇！”

哈奈菲愈发想弄清发生了什么事：

“你倒说说，为什么吵呢？”

麦布鲁克迅疾地向周围瞥了一眼，发现所有的人都紧闭着嘴巴，便也缄默不语。仿佛这样心头才舒服。他不管哈奈菲怎么催促、暗示、用胳膊肘撞，始终没有脱离这支沉默的队伍。不过，两只眼睛却不停地从这一只盘子跳到另一只盘子。哈奈菲失望了，只好把脸转过来，嘟囔着：

"真有意思！"

家长想让大家开口，但他的努力没有奏效，也觉得心烦，便埋下头，像满桌的人一样，专心致志地吃了起来。

不一会儿，栽娜卜擎着盘子走进来。麦布鲁克眼睛只一扫，马上知道盘里是什么了。他高声宣布：

"各位有幸，鹅腿来了！……"

"哪能呢！"哈奈菲戏剧性地抖了一下。

说罢，站起身，托托眼镜，又看了看：

"唉，确实如此，孩子们……"

他突然挺起腰板，换了个腔调，学着听差的吆喝：

"鹅腿来了，高贵的主人！"

大家知道盘子里盛的是什么，不约而同地交换了一下眼色，最后，目光都集中在阿布杜脸上，似乎在征求他的意见，问他怎么办，特别是在他气恼和烦躁的这样一个晚上。

阿布杜一言不发，等栽娜卜在桌子中间放下了盘子，他才抬起眼睛，良久地注视着静静地卧着的鹅腿。突然，他像鹞子翻身，猛地向那鹅腿扑去，以迅雷不及掩耳之势抓起它，奔到窗前，手一扬，把它扔到了街上。然后，一言不发，回来坐下了。

这幕哑剧，大家报以片刻的静默。然后，突然兴高采烈地大笑起来，只有栽娜卜例外。笑得最长、最响、声音最怪的，要算是哈奈菲和麦布鲁克了。名誉家长和名誉仆人的笑声发自一颗纯洁质朴的心。他俩真愿意让这笑声持续下去。是呀，他俩终于发现闹的原因了。哈奈菲的笑声拖得一声比一声长，接连不断，他瞧着那唯一像他这么大笑的麦布鲁克说：

"噢……噢……多好的鹅腿呀！"

突然，像记起了什么，急忙转向阿布杜：

"我说，阿布杜先生，你忘了谢哈台师傅的咖啡馆就在咱们楼下。我敢保证，那条鹅腿准砸着哪位顾客脑袋了！"

麦布鲁克接着念叨：

“我本属安拉，我们大家都将回到他处！”

哈奈菲故作认真地附和着：

“现世充满困苦和灾难！”

仆人叹了口气：

“只有安拉知道，一个谁知他好歹的顾客，要了一杯苦咖啡和一袋水烟，坐着，可就在他不注意的时候，从天而降……”

哈奈菲打断他，补充道：

“降到他头上……主啊，保佑我们免遭不幸吧！”

栽娜卜气鼓鼓的。毫无疑问，阿布杜的行为只激怒了她一个人。可她竭力忍着，默不作声。

麦布鲁克晃着脑袋，马上接着说：

“恕我直言，现世充满了困苦和灾难。”

愤怒的火山终于爆发了，栽娜卜冲着他吼道：

“闭上你的嘴！你这个吃寄食的狗佣人！”

可麦布鲁克的嘴只停了一会儿，又说：

“我说什么了？我说困苦和灾难，说的是有一个顾客，本想要一杯一毛钱的咖啡和一袋二分钱的水烟，可忽然，一条乡村鹅腿从天而降，这可值两块钱！”

栽娜卜厉声呵斥道：

“我说了，闭上你的臭嘴！”

说罢，转过身去。阿布杜那股冷冰冰的劲头儿可把她气着了：

“以我们伟大的安拉起誓，你等着瞧吧！明天你赢了，就往我脸上吐唾沫。”

阿布杜跳起来嚷道：

“你在胡诌些什么？”

栽娜卜不为所动，径自说道：

“明天，你就等着瞧吧！要不请安拉原谅你，要不，安拉证实你的清白！你要么进乐园，要么找先知说情！你等着吧！”

阿布杜的手神经质地抖起来，栽娜卜害怕了。她马上住口，似乎在想，最好，还是和气点儿。于是讨好地说：

“我哪里是给你拿的？先知作证，我要是给你……这鹅，我是端给麦布鲁克的。对不对，麦布鲁克？”

一下把麦布鲁克问蒙了。他看了看栽娜卜，看了看大伙，狼狈得不知该说什么。最后，辛辣地、轻轻地说了一句：

“噢……鹅……”

栽娜卜不等回答，接着说：

“这个麦布鲁克一直是爱吃凉鹅肉的。”

麦布鲁克无可奈何地点点头，被迫同意道：

“是喽，跟英国人一个样。”

“你哪儿知道英国吃什么饭的？”哈奈菲横了他一眼。

“怎么啦？”麦布鲁克狡猾地说，“你忘了，打仗时，我叔伯兄弟给抓走了，把他和弄来的骆驼、毛驴、人丁关在一起……”

“对啦！”哈奈菲似乎恍然大悟，“他那时也吃凉鹅肉。至尊的主啊！……看来栽娜卜女士想让我们学英国人哪！”

栽娜卜一下子听出了哈奈菲在取笑她，立即扭转身子，尖声尖气地说道：

“你也别吵吵了！拿块破布塞上你的嘴，为你这笨样去害臊吧……主哪，这是什么样的灾难啊！……你们都是怎么了，一点儿也忍不住吗？”

她的话音刚出口，阿布杜就仰起脸，怪声地叫道：

“别说了，都别说了！我以至尊的安拉起誓，再不能不说话了！你以为我们都是狗，就拿这种吃喝来哄我们。我们可不是狗！”

栽娜卜畏怯地望着他，温柔地说道：

“我不是对你说过，拿来是给麦布鲁克的吗？！”

“给他的！”阿布杜立刻接口，“他不是人哪？他就和我们两样了？什么时候，麦布鲁克的待遇就和我们不一样了？这家里什么时候出现了这种歧视的？”

他话音一落，立即博得了众人充满着奇异的力量和热情的赞同和喝彩……麦布鲁克低着头，真感觉不好意思，手指不停地拨弄着那又脏又破的蓝长衫上的扣子。他觉得，一些不可名状的东西在心中升起，一种潜在的力量驱赶着他偷偷地看看穆赫辛那身“高贵”的新装，不过，另一种东西又让他移开了目光。可没多久，他又转头看着穆赫辛。

目光如此天真、纯洁，但又掺杂了某些屈从和忧伤！也许，他自己并不理会……也许，在那一刻他感到了某种差别，长期存在于他和这些与他共同生活的人们之间的差别！不过，这一切都是模模糊糊的，如闪电般的瞬息之感。阿布杜粗暴的声音还在响着：

“我们把钱交给你，为了让你安排生活，不是让你搞什么算卦、迷信的！”

哈奈菲立刻表示同意：

“说得有理，阿布杜！钱都花在买香啊，搞什么算命、占卦的啦……”

栽娜卜大声抗议。阿布杜喝住了她：

“住嘴！你以为我们都稀里糊涂，都是孩子，坐着吮手指头呀？我们都清楚，你坐在那里，算呀，攒呀，然后就把钱花在那些算命先生、骗子那儿了。你这无知的蠢货……你以为这样就能找着对象了？”

名誉家长接着说：

“别不给我们吃的，把钱都花在那些妖魔鬼怪身上！奉至仁至慈的安拉之名，钱必须先花在我们身上。在你眼里，我们还不如那些鬼怪！”

栽娜卜不敢强辩。她紧皱眉头，板着脸，只管低头吃饭。屋里又是一片寂静，大家都只顾着吃，谁也不愿再挑起话头。只听得勺子响，咀嚼声和喝汤的吸溜声，似乎他们已忘记了一切，完全顺从肚子的意志了！

不过，谁只要看一眼穆赫辛，都能发现他心里装着什么事。当他发现麦布鲁克偷看他的新衣裳时，不禁愕然了。或许那是一道无辜、羞涩，但又屈从的目光，没有任何意义，也没有引起任何人的注意。可是，有一颗心，穆赫辛那样的心却本能地探知了它的含意，感染着他，在他内心唤起了童年的回忆……八岁那年，他在丹霍尔小学上学，班上许多同学都是穷孩子，唯独他家算是最有钱的了。他父亲哈米德·欧塔菲贝克是家乡最有名望、最有钱的乡绅。他和哈奈菲、栽娜卜都是同父所生，但他的外婆家比那两姐弟的外婆家有钱得多，所以他，哈米德，成了富人，而那两个都是穷光蛋。自然，他也希望自己的儿子穆赫辛·欧塔菲能生活得像个富家子，便极尽奢华、享受和舒适的事。

不过，穆赫辛却生就一颗厌弃享受和奢华的心。财产总在折磨着他。他是个有钱人家的孩子，因此总感到一种内在的羞愧和痛苦。不知多少次，家里人一给他穿上华丽的衣衫，他就又哭又叫，执拗地要脱下！为了不让家里派车到学校门口接他，他不知乞求了多少回，流了多少眼泪！小穆赫辛唯一的愿望是：和他那些穷苦的小朋友一模一样！比同伴们富有、钱多，衣着比他们好，羞得他们每天无地自容。到最严重的时候，他竟在同学面前掩藏起自己的家族姓！

就这样，他终日和同学混在一起，竟被认为是一个普通的孩子，他们的父母即便不是个穷人，最多也超不过一个中等家庭。可是，倒霉的事还是发生了：有一回他病了，这可吓坏了妈妈，她再也不听小儿子的请求，在他不知道的时候，把马车派到学校门口。和往常一样，小学生穆赫辛和同学们一起，在纯洁天真的朗朗笑声中步出校门。突然，他瞥见父母那辆漂亮的车子，那真是毕生羞愧难当的一分钟。不过，他马上忍住了，装着什么也没看见，继续往前走。可是，艾哈迈德师傅看见了小主人，大声喊了起来。穆赫辛战栗着，装聋作哑，混在同学中间，真想躲进人群，和他们一起溜走。可是，车夫却不能放过他，干脆直接喊他名字了：

“穆赫辛先生！请到这边儿来！”

他跑来，想把孩子领进车里。

顿时，同学们都恍然大悟，他们的朋友穆赫辛究竟是个什么样的人物！他们望望他，看看那豪华的车子和两匹高头大马，一道道纯洁天真的目光中透出了卑屈和顺从。

那些目光在孩子的心中留下了什么影响啊！那是永远不能忘怀的。那些淳朴的孩子们的目光却是毫无目的、毫无用意的!

这样天真无邪的年龄，确实不可能有什么含意，穆赫辛却沮丧地低下了头，像个犯人似的向车子走去。他仿佛听到了一个不可推翻的判决在心中回荡：

“穆赫辛离开我们了……永远离开了！”

第三章

“谢哈台师傅！”

赛里姆先生傲气十足地叫道。然后，慢吞吞地把水烟袋软管放在桌上，摆出一副架子，开始捻那涂有美容霜的军人胡。那慢条斯理、不声不响的举动，俨然是大人物。他时不时地向赫勒密医生家的阳台偷偷望上两眼。那是一座老式的木凉台，像海湾街上那些永管企业的房子一样，搭着遮篷。此刻，遮篷的窗子紧闭着。

赛里姆想起，他叫过谢哈台师傅，怎么没人答应？于是转过那涂着多种香粉的秃了顶的脑袋，向咖啡馆里面找。

还是上午，可太阳已够毒的了。赛里姆按老规矩坐在咖啡馆外边的路边席上，他没有理会骄阳的酷热。瞧，摘下的土耳其帽还摆在身边的椅子上。但是，隔不一会儿，他就从上衣口袋里掏出廉价的绸手帕，小心翼翼，故作斯文地擦去额头上的汗水。头发不能弄乱，连碰一下那尖尖的胡子梢儿也不行。

上尉警官赛里姆先生又叫了：

“谢哈台师傅！”

看来，谢哈台师傅什么也没听见。店堂里，笑声、咳嗽声、吐痰声、擤鼻涕声……嘈杂的声音震耳欲聋，淹没了任何呼唤声。谢哈台师傅的顾客和赛里姆先生可不是一个类型的。不仅身份地位相差悬殊，就是气质、感情，甚至生活环境也迥然不同！

赛里姆先生一个人独自坐在外面，酝酿着柔情蜜意，编织着飘飘幻想。屋里其他顾客吵嚷哄叫着，把房顶都快震塌了！谢哈台师傅的这些顾客天天如此。他们都是老相识，几乎在同一时间不约而同地聚在这小小的咖啡馆里，完成他们日常的功课：笑。他们百般无聊，只是笑；仿佛来到世上，也是为了笑，要在穿插在长长的叹息和苦咖啡之间的笑声中过上一辈子。他们总在人堆里选中一个爱说能逗的人当靶子，大家围着，目不转睛地盯着他。不管这超级的滑稽大师说什么，他们都报以哄堂大笑，笑得泪水直淌，喘不过气来。只有在这吵翻天的大笑中，才能享受那实实在在的幸福。谢哈台师傅和伙计们托着食盘，穿梭往来，应接不暇。笑声，像受了传染，此起彼伏，忽高忽低。谁也不知为什么，也许仅仅是为了使气氛更加热烈吧。

不一会儿，谢哈台师傅也鼓掌高呼，他要让这场快乐的游戏更趋向白热化：

“信奉主吧！为先知而祈祷的人将得利。”

这嗓门儿，被一位顾客给压下去了：

“来一杯带葡萄干的！”

角落里掷骰子的喊声也不甘落后：

“四，四！六，四！”

话得说回来，盖过一切的声音通常是那超级滑稽大师和他那一伙儿。他像一尊被虔诚信徒崇拜、拥簇的圣像，肆意地发着命令：

“听着，你这小子，还有他！”

众人附和：

“听着，别说了！”

笑话大王边唱边说一些俏皮话，间或插几句反复传唱的轮转曲，众人不时在一边嘀咕着。突然，趁人不备，他提高嗓门儿唱道：

“七个水夫来担水哟，也浇不灭我心头的火！”

众人合唱：

“安拉啊！”

“七个水夫来担水……”

正巧，谢哈台师傅端着盘子走过，领唱人收住了歌声，环顾同伙，大声念叨：

“七个水夫来担水哟，也洗不净谢哈台师傅的脸哟！”

“哈……哈……哈……”

笑声也按照轮转歌的节奏共鸣。

听众笑干了嗓子，滑稽大师才出面制止。谢哈台师傅不但面无愠色，反而随着他们一起笑个不止。最后，他托起盘子，用谴责和“期待”的目光看着滑稽大师：

“好啊，说得好，哈吉哈桑！”

忽然，他听到屋外的叫声，连忙应道：

“来了！来了！”

他赶着往外走，一下撞在椅子上，手里的东西哗啦一声，整盘扣在顾客头上。他急忙蹲下，收拾杯中的残物，一边唠叨着：

“安拉赐福给先知，你可赚着了！”

咖啡从那人的脸上，顺着长袍往下淌……他居然毫不理会！

客人扯起衣襟擦脸，抱怨道：

“我赚了？你就不能小心点儿？”

谢哈台抬起头：

“安拉赐福法蒂玛他爹①吧！我以创造你的主发誓，这一杯是带葡萄干的！谁总用葡萄干擦脸呀！你小子，这比基塞斯香水还好呢！你呀！”

哄堂大笑，全体都加入那休止的笑里，简直像一群疯子！

谁知道，他们是天性如此，还是一群在集体的哄笑声中寻求享受的人们呢？

赛里姆等得不耐烦了，更确切一点儿说，是装着等急了。他眼斜瞟着赫勒密医生的阳台，两只大手拍得山响：

“喂，谢哈台！怎么回事？”

① 指先知穆罕默德。

没过几秒钟，咖啡店老板出来了：

“来啦！”

一见是赛里姆先生，他急忙走上前来：

“老爷，您好！您要点儿什么？”

说完，他恭恭敬敬地站在这位永远是白白净净的顾客面前。赛里姆仿佛特别要看他那恭顺的姿势，捻着胡子，任其站着，不急于发出命令，并偷偷地看看阳台，自得其乐地享受着被尊敬的滋味！

最后，赛里姆摆出一副头面人物的架势，指指烟袋，慢慢腾腾，故意把声音拖得老长：

“火！……快点！”

他看了一眼阳台，呵斥店老板：

“还站着干吗？跟你说了，要快点！”

谢哈台师傅把手按在黑色软缠头上，恭敬地说：

“哎，老爷的命令都在这脑壳里呢！”

他刚转身想走，赛里姆先生又把他叫住，眼睛望着阳台说：

“谢哈台，我是谁，你知道吗？穿了便衣你就不认识了？”

在那傲慢的声音的压力下，谢哈台师傅赶紧答道：

“认识！……认识！……您出身好，气派大，安拉多赐福！”

他边走边喊：

“拿个烟袋火儿，外边！”

店主进屋了。赛里姆拿起烟管放进嘴里，一昂头，把一串长长的烟气吹向空中。这回，他瞪大了眼珠，对准赫勒密医生家的阳台。可是马上又让他失望了：阳台上半个人影儿也没有，更不用说女人了。

他实在心烦，焦躁不宁地咕哝了一句。只觉一阵疲倦袭来，打了个哈欠。也真难为他，足足三个小时了！那像一堪他尔①棉花包似的肥胖身子纹丝不动地坐在咖啡馆门外。眼睛不知向阳台望了多少回，为了叫谢哈台

① 埃及重量单位，一堪他尔约为45千克。

师傅和他的伙计，手掌也不知狠狠地拍打了多少次，而且每一回总以检察官的语气发布命令！……不过，他还觉得不过瘾，于是，连擦皮鞋的也不放过，威风凛凛地呼喝着：

"小孩儿，过来！擦鞋！"

然后把腿一伸：

"擦干净点儿！知道我是谁吗？"

又看到一个卖报的，也抓住机会：

"小孩儿！……有《明察报》吗？要不，来份《金字塔报》，知道吗，我要了解提升和调动！"

过来一个小贩，又被他叫住：

"喂，喂！拿德国吊带看看！唉，不好，这些都不行，我只穿赛姆阿店里的东西。走吧，走吧！"

他的目的就是要说，要大着嗓门儿不停地说，再就是向阳台瞧上几眼。

可是，太遗憾了，这一切努力竟没有引起任何人的注意。不过，要说一点儿也没有，似乎有些冤枉，赛里姆先生不知道，他身后，还坐着一个客人！

赛里姆的一举一动都没能逃过这位先生的眼睛。从他全神贯注的程度和掩饰的微笑可以看出，他内心里一直在发笑，仿佛正在欣赏一出开心的小戏。他不是别人，正是赛里姆楼底下的穆斯塔法。当然，赛里姆也不知道，他只消一错眼神儿，看一眼紧挨着医生家的三十五号窗孔（他们的楼房），准能发现一个女子的身影，那女子早在二十分钟前就已经向咖啡馆这边张望了；也准能听到那女人在窗前搬弄着陶罐上的铜盖，发出阵阵杂乱的声响。

这一切，赛里姆都没看见，或许身后的穆斯塔法先生也没注意，赛里姆的举动把他吸引住了，哪还顾得上看窗子里发生的事呢！

太阳光越发炽烈，赛里姆只得戴上土耳其帽。他向阳台上投了最后一瞥，掏出表，还不到十一点。家里人一点以前是不会回家吃午饭的，这段时间可怎么打发呢？……老是坐在这儿，还是走？走，又上哪儿？……

他委实不知怎么办才好。

忽然，军迪咖啡馆的影子像闪电一般掠过脑际。在楼上扭来扭去的欧洲姑娘让他记忆犹新。在那儿——按他的想象和说法——他竟成了这伙羚羊雕像的宠儿。她们争先恐后地扑进他怀里，爱慕地欣赏他那两撮髦起的翘胡子。可是，真遗憾！让安拉去诅咒那颗伤痛的心吧，是它驱使他跑到这家低级的谢哈台咖啡馆来，还待了一整天，瞪着眼珠，望着天空，像一个灵魂出窍的偶像崇拜者！

又一个哈欠，他懒洋洋地伸伸胳膊，拿起桌上的报纸，想谈点儿什么。可不知怎么，总有一只眼睛溜出报纸的版面，像茶杯里的小木球滴溜溜地转着，四面张望，最后，还是落在阳台上！

又过了一会儿，发生了一件意想不到的事，他扔下了手里的报纸，全神贯注地注视着前方：仆人麦布鲁克夹着一只小包袱，从门里走了出来。身上穿上了只有逢年过节才穿的唯一的干净长袍。这已经够让人不理解的了。但更令人不可思议的是，麦布鲁克竟向赫勒密医生家走去！

他迈出大门，匆匆地往街心望了一眼，转过身子，向邻居的门口走去，嘴里哼着小曲：

"她对我说了，这与我有何关系。"

赛里姆欠起身子，喊了他一声。

仆人转过身来，冲他笑了笑，边走边唱：

"去吧，喝个醉，早点儿来我家！"

赛里姆直起身子，使劲挥着胳膊：

"别唱了，麦布鲁克！听我跟你说完一句话再走！"

麦布鲁克停了一下，嘴里唱着，向他瞥了一眼，然后转身子踏着舞步往前走去。到医生家门口，他在门槛上向赛里姆挤了挤眼，一头钻了进去。

赛里姆气坏了，牙缝里挤出声音：

"地道的畜生！"

后面的穆斯塔法笑笑，全看在眼里。过了十分钟，一个裹着黑袍的女人出现在三十五号赛里姆的家门口。女人默默地站了一会儿，一对闪光的大眼睛隐没在两边坠有铜棍的面纱后。她久久地望着咖啡馆，突然，娇嗔地扭过身子，往赛拉麦大街走去，她的终点是赛依黛·栽娜卜广场。

一见到她，赛里姆顾不得桌上的报纸和椅边的手杖，一跃而起，三大步，便追到身后。只见她，像背了重东西，扭着腰肢，慢吞吞走着。

赛里姆利索地捻了捻胡子，凑上前去，待和她齐肩后，便清清嗓子，悄声问道：

“唉呀，真是的，地道的鲜奶皮！女士，愿为你效劳，要马车还是出租汽车？”

她一下子就知道身后是谁了，停住脚步，转过身：

“噢，是你呀！”声音里透着忧伤和失望的情绪。

赛里姆吓了一跳，挺不好意思地嘟囔了一声：

“栽娜卜？”

面纱后面的脸沮丧地笑笑。她不管对方再说什么，只是不安地向谢哈台咖啡馆望了又望，似乎在寻找什么，又像在等哪个人。

赛里姆狼狈不堪，只好假装笑着掩饰自己的不安：

“嘿……嘿……安拉恩赐你！我还以为……不管怎么说，你这是上哪儿呀？”

“我……”栽娜卜若有所思，不知所答。

赛里姆仿佛想起了一件大事，急忙问道：

“哦，麦布鲁克刚刚到医生家去了！”

他等着回答和解释，可对方依然一声不吭。半天了，才漫不经心地问道，眼角还不住地扫着街口咖啡馆的座位：

“你说谁？”

“你怎么不知道？”他紧盯着她的脸，“我是说麦布鲁克！”

她这才回心转意，看着赛里姆：

“麦布鲁克？怎么了？他有点小事，去去就回来！”

“小事？！”

“嗯。我向赛尼娅·赫勒密借了件连衣裙来裁，他去还。”

回答让人挺满意，赛里姆不作声了。没一会儿，他又怪里怪气地问道：

“这么两步路的一点儿小事，这畜生还换了衣裳？”

“他常在这个时候到那儿去！”栽娜卜漫不经意地说道。

“怪哉，”赛里姆打量着对方，说，“他经常在这个时候到那儿去？”

栽娜卜依然毫不介意：

“有什么不能去的？不愿和大家待在一起的人，心地才肮脏呢！”

赛里姆不大相信地嘀咕着：

“不错，他能去。那你是上哪儿去呀？”

栽娜卜不安地望望他，不知怎么说。支吾了好一会儿，说道：

“我？我要上……我去裁缝札哈尔那儿。”

“白河莱大街那家？”

“对。”栽娜卜不假思索地答道。

赛里姆想走了。他边迈步边说：

“好吧，我回去了。那个札哈尔要是长得漂亮，活儿也裁得好，你就替我问个好吧！”

说罢，赛里姆又回咖啡馆去了。

栽娜卜呆立在那里，茫然不知所措，一颗心似乎被某种不可名状的东西给抓走夺去了。她盘算了好一阵，结果还是不知如何是好。她朝咖啡馆又看了一眼，依然失望地收回目光，懒洋洋地向赛依黛广场走去。清真寺门口，透过坟墓窗口的铁窗棂，她望了一会儿油彩鲜明的先知女儿——栽娜卜的坟冢，默默地、痛苦地为这位圣洁的夫人念了《法谛哈》一章。赛依黛·栽娜卜广场是公共四轮马车的总站，过往行人不时可以听到赶车人的吆喝声：

“到穆斯基的！到赛义德·乃菲赛！穆斯基，穆斯基！”

栽娜卜最先注意到了这声声吆喝。“穆斯基”这名字似乎使她悟出了点什么。犹豫片刻，她下定了决心，踏着有力的步伐走向车站，迅速地登上了第一辆准备放行的车子。

穿街走巷，足有半个小时，马车都在开罗城的老区内走着。最后，穆斯基到了。下车的下车，不下的伸着脖子往外瞧，两旁的店铺鳞次栉比，货物琳琅满目：饰有耀眼的金银线、镶有闪光片的丝缎；天鹅绒，鳞片形的真金首饰；高跟的、平跟的时髦皮鞋、拖鞋；还有杂货、花边、床上用品、各种铜锅、瓷碗、木勺，铁舀子……这个著名的市场里的东西真是五花八门，应有尽有。

和平日一样，今天仍然人山人海，特别拥挤。在稠密得如蚁群麇集的人的海洋里，马车艰难地爬行着。穆斯基街道狭小，人声鼎沸，你来我往，撞来拥去。买的、卖的、看热闹的，全都掺和在一起。商人、小贩不住地叫卖，用甜蜜的话语、低廉的价格争拉顾客。他们在以荣誉起誓，保证货真价实，劝大家千万不要错过这大好良机。用外国话说，这是一次真正的“奥卡齐优”①！

男女顾客争着看，讨价还价。买布的搓着布，再看看是否结实。然后，又讨价还价，于是，声音越发高亢，发誓的愈来愈多。你推我搡，汗珠顺着鬓角、面孔大颗大颗地滚落下来，一阵锣声，集市更加热闹喧哗了，卖甘草水的来了。红罐绑在肚皮面前，一手拎着铜壶，一手筛着小锣，把罐盖上的人造冰摇来晃去，它既冷不着罐里的甜汁，也决到不了喝的人的嘴边，它唯一的职能就是做广告：

“小心你的牙哟！”

“我是卖饮料的，可不管你的牙！”

然后，敲一阵锣，或给顾客倒上一杯。这时，换了一副腔调喊着：

“忍耐是美德！……穷人不欠债，就会富起来……当心你的牙哟！”

马车里的乘客在车窗里把这一切都看在眼里。只有裁娜卜，木然地坐着。今天，穆斯基的一切都没能打动她。她不动、不想，只求赶快到站！车停在赛义德·侯赛因站。裁娜卜下车后急忙往前赶路，穿过一条条大街小巷，既不多转一个弯，也不浪费一秒钟。她似乎对即将到达的目的地早已胸有成竹。

① 大减价。

这个区的中心，有一条阴暗狭小的死胡同。道不熟的很难撞进来。但今天栽娜卜却在这里出现了。一刻钟以后，她在尽头的一扇门前站下了！……

她略一迟疑，伸手轻轻地叩了几下。不一会儿，门打开了，出来一个老太婆，用不快的眼色上下打量着对方。栽娜卜羞涩地说道：

“我来找塞姆哈老人家的！”

老太婆冷冷地让开路：

“这边走！”

老太婆在栽娜卜身后插上门，领她进了一间空荡荡的大屋子，指着地上的一个空垫子，示意让她坐在一个正喂着奶的妇女身边，对她说：

“坐着歇会儿，轮到号就叫你。”

她径自转身向中间的门走去。

栽娜卜坐下后，左右一打量，发现已经有不少妇女都像她一样坐等轮号。细一看，她们无一例外，全都默默地、一动不动地盯着中间那扇门，仿佛那是一道安拉的大门。神情是如此一致，让人觉得似乎她们头脑里转动着的统一思想驱使她们共同来完成主麻日的祈祷。于是，在刹那间，精神离开了躯体，每个灵魂忘却了自身归属的生命。它们汇聚、融合，站立在一个共同的东西——壁龛面前。在女人们顺服的感情影响下，栽娜卜也“灵魂出窍”了。她和她们一样，直勾勾地望着中间的门。

祈祷完毕，她轻轻转过身，亲切地看着身旁奶孩子的妇女，趴在她耳边，悄声问道：

“你也是来找老人家的吗？”

“是的，妹子。”妇女看了她一眼。

说着，妇女把那肥大得像母牛乳房的奶头塞进孩子嘴里，用手指指孩子说：

“都为了这孩子！”

栽娜卜把座垫朝妇女身边拉了拉，轻轻俯下身子：

“安拉保佑他……他怎么了？”

妇女揭开盖在儿子脸上的蓝布，说：

"你看他那眼睛！"

栽娜卜看了看孩子的眼睛，眼炎几乎到了不可收拾的地步：

"你没带他上医院看看？"

母亲抬起头，横了她一眼，似乎在抗议，以一种无所不通的自信的口吻说：

"医生？那些医生知道什么呀？瞧，我什么法儿都试遍了。大妹子，他们给我开了些什么方子！安拉是全知的！药力最大的莫过于黑蜜、眼药面、白眼药和蚂蟥了。让安拉的名字保佑你吧！还有热敷的泥罨剂。可是，哪样管用？你还问什么？"

栽娜卜沉默了一会儿，天真地问道：

"赛姆哈老人家也懂治眼睛？"

对方咂咂嘴，对栽娜卜的无知深表遗憾，她晃动着蒙着黑色盖头的脑袋：

"懂？你是问他懂不懂吗？哎呀，我的大妹子，你真不知道他的事？这么说，让你来找赛姆哈·艾斯尤推老人家的人竟没跟你讲讲他的功德和本事？"

"他们说过好多。可是，我从来没试过！"栽娜卜客气地答了一句。

不容她说完，那女人急急忙忙地打断她：

"这回你试试吧，我可经得多了。没怀这孩子前，我总不见有喜。为了要个孩子，我什么招儿都使了。可是，不知遭了什么灾，我那男人也没良心。白天黑夜对我说：'你要是生不出孩子，我娶你干什么？这回，我可得再娶一房。'你说，我可该怎么办呀？安拉知道，什么医生啊、药啊、巫术啊，这个那个全都不管用！就这样，有一天，我隔壁的乌姆·侯赛因（愿安拉赐福给她）告诉我，上侯赛因街后面赛姆哈老人家那儿去瞧瞧。旁人也对我说了好多关于他的事。我一来，他马上写了张符，戴在我身上，刚一个多月，嘿，我的肚子就鼓起来了。"

为了再验证一下听到的准确程度，栽娜卜坦率好奇地问道：

“你真怀孕了？！”

“当然了！”女人马上回答，“正如你日盼夜望的……护身符才戴了一个月。除了这，你还求什么呢！”

这时，中间的门突然打开了，老太婆出现在门口，指指抱孩子的妇女，干巴巴地说道：

“喂，起来，该你和你儿子了！”

妇女弯下腰，看看孩子。然后，转向栽娜卜：

“孩子困了，我这宝贝，昨天一宿都没合眼。你着急，先去吧！”

栽娜卜慌忙爬起来，谢过她，急急为她向安拉、向先知、向侯赛因祈祷，保佑她的孩子早日康复。然后，跟着那老太婆，向门口走去。

刚跨过门槛，便置身在老人家的屋里。屋子呈正方形，黑黝黝的看不真切，除了靠天花板附近有一个蒙着铁丝格的墙洞外，找不到一扇窗子。一张陈旧的波斯地毯，几只散放在小圆桌旁地上的坐垫，是这间屋里的全部摆设。

赛姆哈教长的墓在屋子正中央，那样子实在特别，活像上面盖着厚厚黑罩布的鸟笼。墓上摆了一排古老的铜制蜡台，一边开了个小圆门，镶着金色的小棍。

鸟笼的金色小门旁，坐着一位体态丰腴、略带几分姿色的中年妇女，这就是外面所说的教长的遗孀。只有她，才能通过小金门和教长对话，把他那隐秘的话语传达给求教的来访者。可是，这个教长，谁也没有见过。他如何，又为什么被囚禁在这个笼子里？换句话说，被囚禁在这座坟墓里？没有人知道！恐怕也不曾有人问起过。人们知道的仅是，赛姆哈·艾斯尤推教长具有神秘的力量和真正的魔力，他经常以至仁至慈的安拉之名，和地下的鬼魅精灵来往。

栽娜卜呆呆地望着鸟笼，不知所措。教长的寡妻默默地示意她坐下。她在指定的垫子上坐下了。那女人盯着她看了一会儿，低沉稳重地问道：

“合计好了？想过了？……”

栽娜卜没有作声。一会儿，迟疑地说道：

“是的，不过……”

几乎被青色头巾盖住的额头微蹙：

“不过什么？”

栽娜卜脸红红地：

“一镑钱，贵了点儿！”

女人的唇边上浮起一丝轻蔑的微笑：

“贵！一镑钱贵？不是为了你心里想要的吗？你前面那个，我要了她五镑！换了你，又该说什么呢？”

栽娜卜怯生生地说：

“以先知起誓，我要有钱，绝不这么磨蹭了。”

教长的女人声音轻柔起来：

“安拉赐福给先知。你以为这钱留给我自己，都进了我的腰包？那你就错了！以你的生命起誓，我是遭过灾的人了，哪还需要钱呢！我的好妹子，我们拿你这钱，买头干干净净的小白羊，以你的名义在这扇门里宰了，把血涂在门槛上，让安拉赐福给那些听到我们谈话的精灵。幸福和欢愉之门在你面前敞开！”

末一句话说得栽娜卜的心如小鹿般撞个不停，她羞涩地垂下眼睑。待得定下心来，便从胸前取出一个手绢包，解开结扣，拣出一镑钱，哆哆嗦嗦地把它放在小圆桌上：

“怎么，就一只羊……不给护身符和别的了吗？”

女人的眼角扫了一眼圆桌上的钱：

“怎么能没有呢……护符，香，还要卜卦……别担心，我知道你的香里要掺什么：硇精、树胶、黄铜、铜绿、睫毛，妖怪眼。一定写个符给你，不过总要戴着，绝对不可摘下来。以安拉起誓，你胆子太小了。好吧，你等等，让我替你问问教长看！”

她把嘴贴近金色门的洞口呼唤着：

“赛姆哈教长！”

一种依稀可辨的声音从墓穴中传来，就像世界末日来临时，幽暗深邃的地下，一具干尸正轻轻掀动、苏醒过来。那女人飞快地转过身子道：

“快说，你家三代的名字！”

栽娜卜不敢怠慢：

“我叫栽娜卜，拉吉布·本·侯姆代的女儿！”

女人转向洞口，大声叫道：

“赛姆哈教长，她叫栽娜卜，拉吉布·本·侯姆代的女儿。”

一阵可怕的，深深的寂静。突然，先前那微弱的声音又隐隐约约地从遥远的地方传来，女人全神贯注地贴在金门上谛听，栽娜卜也急不可耐地伸着脖子，竖起耳朵，紧盯着她，想听个只言片语。

没过多久，那女人就过来告诉结果：

“听着！教长说了，要几根他的头发！……非得是头顶上分缝处的！”

栽娜卜又羞又急，呐呐地问道：

“谁的头发？”

女人狡诈地瞥了她一眼：

“谁的？……当然是你心上人的喽！”

栽娜卜犹豫不决了半天，自言自语地说：

“要他的头发来卜卦？！”

教长的老婆斩钉截铁地说：

“要头顶上分缝处的头发……你可别忘了……你是个聪明人，想法告诉给他的理发师，让他满足你的要求。我的好妹子，你听着，教长说你还得弄个死了爹娘的戴胜鸟的心！……”

栽娜卜一片诚心地问道：

“戴胜鸟的心？”

女人肯定地说：

“要死了爹娘的戴胜鸟的心……别忘了！”

“就这些？够了？”

“先把这些拿来……用他的命做的护符绝不会让人失望。教长在下面说过了……什么都瞒不了他，不管男女，一戴上这种护符，都会称心如意的。”

栽娜卜信服了，脸上泛起一片红晕。

第四章

这天的傍晚竟像春日的黄昏，碧空如洗，没有一丝云彩。埃及的太阳活像个青春之神，鼓足了炎热的劲头，给开罗送来炙烤的热浪，偶或也跟尼罗河上醉人的和风亲热一阵。

栽娜卜和穆赫辛铺着一小块席，坐在凉台上，借隔邻的墙荫乘凉。翻过墙就是赫勒密医生的家。栽娜卜绣着连衣裙，一脸沉思的模样。穿着新衣的穆赫辛托着一本书，不停地翻着，可是，看来一点没有想要读的兴趣。两人谁也不说话，各忙各的，都揣着一肚子的心事，仿佛忘记了身边还坐着另一个人！

最后，还是栽娜卜想打破沉默，她手里忙着，漫不经心地问道：

“你在看什么书？”

穆赫辛头也不抬，有气无力、心不在焉地说了一句：

“诗集。”

“谁的诗集？”顶针推过一针，她接着问。

没有回答。

栽娜卜看了一会儿，剪着布，叹了口气说：

“唉，命啊！……我要是也读书写字……真倒霉，我就差会读会写了！”

穆赫辛抿着嘴，嘲讽地望着她，不怀好意地问道：

“就差这个吗？”

栽娜卜没有察觉出他话里有话，独自审视着缝好的部分。撩起一只手，微微后仰，欣赏着，打量着，然后，颇为自得地说：

“穆赫辛，瞧，明天就可以完工了！”

起初，穆赫辛并不理会。突然之间，他想起了什么事，微红的脸，热情地赞赏道：

“啊，漂亮极了！”

一会儿，又略带羞涩地问道：

“是按现成的样子裁的吧？”

栽娜卜马上自豪地答道：

“是赛尼娅的！完全按赛尼娅·赫勒密的新连衣裙裁的……你看见了吗？”

“哪个……”穆赫辛结结巴巴地说。

“赛尼娅的新衣裳你没见过？妙极了，新式样！一会儿，你就能亲眼看见了。赛尼娅就要在她的阳台上隔墙递给我！”

穆赫辛的心怦怦跳着，他怀疑地望着姑姑，似乎想证实一下。栽娜卜抬着脑袋，向墙头张望着：

“一早我就跟她说好了，怎么还不来呢？”

穆赫辛一震：

“现在来？……我是问，她的新衣裳……我是说，衣裳……”

他语无伦次。一颗心，仿佛装满了不可名状的欢乐喷薄而出，现出一种奇怪的热情：

“是的，姑姑。我真想看看你新衣裳的样子。一定要看看，好好欣赏欣赏。姑姑，以伟大的安拉发誓，我总希望你穿得漂漂亮亮的。漂亮的女人就要穿漂亮衣裳。”

栽娜卜还在打量自己的杰作：

“那当然！”

“这就对了，姑姑！明天，大家都得大吃一惊。以伟大的安拉发誓，明天你一定漂亮极了，大家准说：主啊！……”

栽娜卜像少女似的，羞答答低垂着眉眼。她故作谦逊，慢条斯理地低声说道：

“反正乱嚼舌头也不要钱！”

猛然，一个想法掠过心头，弄得她心慌意乱，手里机械地摆弄着针线，头脑却在盘算、寻思着……

穆赫辛还在兴致勃勃地唠叨。她尽管有一肚子的心事，可仍然美滋滋地听着他的夸奖。

最后，她似乎打定了主意，转过身来，以一种不寻常的慈祥和温情说：

“孩子，你穿的这套新衣也特别精神！”

少年以欢乐的童音高兴地问道：

“真的吗？”

“以栽娜卜起誓！可惜有一样太不般配了！”栽娜卜盯着他的头发。

“是什么？”穆赫辛不安地问她。

“谁给你剃的头？”栽娜卜不知该不该说。

穆赫辛迅速地伸手撸撸头发，偷偷向墙头送出迅速的一瞥：

“怎么了？我的头发怎么了？”

“没什么……”栽娜卜讨好地说，“不过，我意思是说，这个剃头师傅的手艺不怎么样。”

“达苏基师傅？”

“我怎么知道是他？这条街上剃头的就他一个人？”

“怎么啦？”穆赫辛说，我们——我和叔叔，都在他那儿理发。”

“麦布鲁克呢？”栽娜卜意味深长地问道。

穆赫辛马上反问道：

“他怎么了，哪儿理不一样呀？”

栽娜卜不知如何回答。一会儿又问道：

“不……我是说……我想说，穿你这样漂亮的衣服，就应该上专门给那些体面人理发的师傅那儿去！”

穆赫辛抬眼看着她，似乎想弄明白话里的含意，这几句话在他心里激起微微的不安：这是对他的新装和最近开始的打扮变相的批评呢，还是想告诉他，这套新衣服和有意的打扮使他和叔叔、朋友们很不一样了?……不过，她的口气和脸上的神情都不像是指责。

“唉，我要是你呀……”栽娜卜还在说，“非得上专给有钱有势的人理发的店去。我真不明白，你干吗这样?你爸有钱，你怎么会不知道哪儿有一流的理发师呢?……唉，多好的命啊!我们楼下的那位阔邻居准在头等的理发师那儿理发。”

明白了姑姑的用意，穆赫辛笑笑，长舒了一口气，马上接口问：

“穆斯塔法先生?”

栽娜卜的眼神表明,她相当重视这个问题。她脸上忽然烧起一片红晕，结结巴巴地说：

“机灵鬼，你可知道他在哪儿理的发?”

穆赫辛用眼角扫了她一眼，笑着说：

“当然喽，我怎么不知道?有一回，我见他坐在清真寺前面的大理发店里，门上写着‘凯玛尔理发店’!”

“赛依黛清真寺前面?”栽娜卜索性想弄个水落石出，“你说的是那个……广场上有家铺子卖……”

话没说完，隔壁阳台上，响起了一声音乐般甜润的声音：

“栽娜卜阿姨!你在吗?”

话音刚落，墙头上露出一张漂亮的脸蛋。头发乌黑，起伏闪亮。栽娜卜抬起头，穆赫辛的脸霎时变得蜡黄，又逐渐发红……他僵直地坐在原地，两眼紧盯着手里的书。

栽娜卜叫道：

“来呀，赛尼娅!”

赛尼娅看见一边的穆赫辛，便亲切柔和地说：

“噢，不了……没关系，下次再……”

随着话音，美丽的脸庞消失在墙后。

栽娜卜急忙站起身，想留住她：“过来，上这儿来，苏苏!没有生人，这是穆赫辛。孩子面前你还躲躲闪闪的干什么?你是学校里读书的人了,在他面前还害臊？……来呀！”

赛尼娅又出现在墙头上，迷人地彬彬有礼地笑着说：

“我没注意是他。”

她拘谨地转向穆赫辛，娇柔地问了好：

“下午好，穆赫辛先生！”

他是那样惶惑不安，急急站起，两眼盯着地，结结巴巴地答道：

“下午好！”

小墙不过一米来高。栽娜卜抬起手，从墙头接过赛尼娅手里的小包：

“带连衣裙了？……给我包，你从墙上过来，像往常那样，到这边来！”

赛尼娅甜甜地婉言拒绝：

“阿姨，我不能待了！妈妈在屋里等我给她弹钢琴呢！”

“现在？……现在弹！”栽娜卜问道。

赛尼娅笑着：

“是的，是现在……”

栽娜卜央求她：

“就坐五分钟……五分钟行吧？……等会儿，我和你一块儿下去！”

“真的，阿姨？”赛尼娅高兴地问。

“我起誓！你先坐下，看看我的活儿。然后咱们一块儿下去！”

“为了您的好心，我答应了。阿姨，你把手伸过来，拉我一把。”

她柔嫩的小手撑着栽娜卜宽大的肩头，只一跳就到了席子上，她笑着说：

“好了，我到你们阳台上来了！”

两人肩并肩坐着，穆赫辛的视线一寸一寸往外移，移到了席子边上。

栽娜卜急忙解着包袱，嘴里唠唠叨叨，既认真，又透着奇怪地问道：

“你妈从什么时候起，爱听钢琴了？”

“妈妈一直喜欢钢琴，心里不烦的话，更爱听了。今天，她一个人在家，没客人，也没什么操心的事。爸爸跟往常一样，一大早就上吉瓦里药房去了。噢，对了，我妈今天要请你过去坐，可是我拦着没让她来叫你。”

“为什么，赛尼娅？……唉，真是的！”栽娜卜甚为不满。

赛尼娅指着连衣裙，高兴地逗着她：

“因为我知道你忙着做衣裳，过去闲坐着不耽误你吗？阿姨，我这不是做了件好事？”

“赛尼娅，你真可爱，心真好！”栽娜卜抚摩着赛尼娅秀美的肩膀，“不过，不管怎么说，你不该这样。你妈妈能耽误我什么呢？好了，咱们快来看看，再下楼去，不能让你妈一人待在那儿！”

她抓起连衣裙，摆在赛尼娅面前：

“瞧，这是我做的。你看这布，法国货，挺阔。不过和你的不一样。真没办法，我到处找布拉地·莫丽地牌的，唉，腿都累断了，也没买到。回来想想，这不也一样。你别以为它便宜。妹妹，以你的生命起誓，价钱一分钱也不少，不信，你拿去问问……”

说到这里，她转头问穆赫辛：

“我的裙子不和这件一样吗？”

穆赫辛脸上立刻像炭火似的又红又热，他颤抖、热情地答道：

“真……漂亮！”

栽娜卜回过来，轻轻地拍着赛尼娅白净细腻的胳膊：

“苏苏，你看，他多喜欢你这条裙子！”

秀美的姑娘抬起头，向穆赫辛投去彬彬有礼的一瞥。穆赫辛急忙垂下眼睑，痴痴地再次表示肯定：

“确实好看！”

说完，他手忙脚乱地伸手摸着那本书，避开了赛尼娅的目光。

姑娘注意到他的窘态，忍住了嘴角上的笑。她那羚羊般莹黑的大眼睛在长长的睫毛下闪动着，瞧了瞧穆赫辛手里的书，妩媚、端庄又带着点儿娇憨地问道：

“是小说吗？”

穆赫辛不敢看她，激动的手指着书名说：

“不，是诗集，是米哈伊尔·迪勒米的诗集。”

赛尼娅轻轻地问：

“您喜欢读诗？”

穆赫辛犹豫了一阵，忽然扬起头，下定决心，鼓起勇气，红着脸，微笑着说：

“喜欢，……您呢？”

她答道：

“我嘛，说实在的，更喜欢小说。不过，我也喜欢配着钢琴，唱一些长诗和短长格的韵诗。”

栽娜卜放下手里的裙子，兴冲冲地转向赛尼娅，热情地说道：

“你不知道，穆赫辛也能唱，他的嗓门儿可高了！赛尼娅小姐，以前我没跟你说过，他小时候就跟乐团里的女舞蹈老师一块儿唱过！”

赛尼娅好不惊奇：

“是真的，还是闹着玩？”疑惑的目光落到了穆赫辛的脸上。

他躲开了姑娘的眼光，胡乱翻弄着书页，低声说道：

“那是早先的事了！”

赛尼娅特别感兴趣，高兴地问道：

“你真在乐团里呀？”

这一回，他真想看她一眼，可是，在那双迷人的黑眼睛前面，他立刻低下头：

“我是业余的……”

栽娜卜在一旁怂恿，急忙说：

“穆赫辛，给我们来一段‘你的身段像柔枝轻荡’！”

赛尼娅惊喜地叫了起来：

“阿布杜·霍姆里唱的？！这种歌谁能唱，又古老又难唱！”

栽娜卜指指穆赫辛，信心十足地夸奖他：

“让先知的名字保佑他，他会……穆赫辛，你说呀！”

穆赫辛双颊绯红，不安地支吾道：

“我现在不会了……都忘了。”

赛尼娅狡黠迷人地笑道：

“恐怕，穆赫辛先生非得有伴奏才唱吧！”

穆赫辛长长地舒了一口气，使劲点着头：

“是的，确实如此！”

栽娜卜扫了他一眼：

“撒谎！昨天，你刚在门厅里唱给我听过。现在害臊了，是吗？”

穆赫辛壮着胆子，抬起头说：

“不,昨天我根本没唱。你昨天用一个大鼓那样的盘子给我端汤来的！”

赛尼娅张开嘴哈哈大笑，一口洁白整齐的牙齿就像闪光的宝石。穆赫辛开始并不明白她为什么要笑，最后一句话普普通通，有什么值得好笑的！他小心翼翼、有礼貌地望着她。可是，当他发觉正是自己使她发笑的时候，脸上不禁泛起一片红晕。随即，又有些得意，一种从未感受过的幸福正悄悄拨弄着他的心弦。那是多么新颖，多么细腻，又是何等地隐蔽啊！赛尼娅笑着站起身来，一本正经地对他说：

“那好，鼓要是换成了钢琴呢？”

栽娜卜喊了起来：

“妙极了！……不过，你妈不会说什么吗？”

赛尼娅娇嗔地吐着每一个字：

“正相反，我妈最喜欢阿布杜·霍姆里的歌了。她小时候总听他唱。”

栽娜卜转向穆赫辛，站起身来说：

“来，穆赫辛，咱们一块儿去！”

尽管一种无可名状的幸福撞击着少年的心头，可他还是不好意思地推辞：

“可……只是……”

赛尼娅已经走近墙边，送出银铃般动听的声音：

“来呀，穆赫辛先生！别犹犹豫豫的，我保证用钢琴、用序曲的强音给你伴奏！”

说不清是不是恐惧，穆赫辛的心怦怦地跳动着。不过，他还是随着两个姑娘，向墙边走去。

片刻，三个人翻过墙头，到了隔壁的平台。这里已是赫勒密医生的家了。他们进门沿着楼梯，到了屋里。

这是一间陈设幽雅的大厅。地毯、沙发都装饰着闪亮的金银线。墙上悬挂着苏丹铃羊头的录制标本和象牙，大门口还挂着一条苏丹大鳄鱼的标本！

穆赫辛自忖，为什么屋里尽是苏丹的东西呢？忽然，他想起赛尼娅的父亲艾哈默德·赫勒密医生原是埃及部队里的军医，他一定像大部分埃及军人一样，驻过苏丹。

赛尼娅让客人在客厅坐下，自己赶快去找妈妈。妈妈正在卧室里，拉开小小的礼拜垫，跪在上面做晡礼。等母亲做完礼拜，赛尼娅走上前说：

“妈妈，我带了几个客人来，一个是栽娜卜阿姨，还有……”

她迟疑地停下了。

母亲扶正了头上做祷告的白绸巾，卷起礼拜垫，直起身来，高兴地说道：

“安拉赐福！欢迎她来！”

赛尼娅装着不经意地匆匆又说：

“还有她侄子穆赫辛。”

母亲看着她：

“她侄子？”

“是的，她的侄子穆赫辛。”女儿提高了一点儿嗓门。

母亲的脸色难看了：

“难道我们缺他！你把一个男人带进屋里来！”

赛尼娅揶揄地笑了起来：

“男人？能叫他男人……才这么一点儿，一个孩子！”

然后，她正了正腔调：

“妈妈，你没听说过，都说他的声音好听，响亮！现在他给您唱阿布杜·霍姆里的歌！”

母亲不认为这是件小事，她责备女儿：

"你胡说些什么呀？安拉不会赞同的！他给我唱？……一个男人？"

赛尼娅显得有些不高兴了：

"您老说男人！……我跟您说过了，不是一个男人……他像您的儿子，您的孙子！"

母亲转过身子，根本不想听：

"别这样！这也是最新的时髦吗？……你也想让我丢开理智，赶什么时髦？"

赛尼娅愤愤地望着母亲，一声不响地听她说：

"好啊，我女儿也跟别人一样，赶那恶心人的时髦！谁能像我一样，说你们几句？……你妈图个什么呀？不，做做好事吧！放开我，赶快放开我！愿安拉指引你走正路！"

赛尼娅气急了，拖住妈妈的手，声音强硬地说：

"别让人家笑话咱们了！我跟您说了，那是个孩子……孩子！你亲眼去看看嘛！去呀！"

母亲害怕了，低声说道：

"可是……女儿……"

赛尼娅用力打断母亲的话：

"没有什么可是。您这纯粹是添油加醋，夸大其词。过去看看再说话嘛！"

"好了，孩子……别这样拽我，行行好吧。你总这样拽着我，人家看见会笑话的。这回，以你的生命起誓，我可不能听你的了。"

她想从女儿手中挣脱出来，可赛尼娅怎么也不放手，她虽说是一本正经，可声音却柔声柔气：

"别这样，妈妈！您一定得听我的。我比您知道得多。来吧！"

母亲失望了。

"你去吧，自己去吧，干吗非得拉上我呢！啊，灾难！我可上哪儿藏身！"

赛尼娅仍然拉着母亲，生气地说：

"妈妈，您非跟我一块儿去不可！我早就下保证了，我不能说话不算数，人家会怎么说我呀？走吧，快点儿，客人在客厅里等半天了！”

母亲担心地看着她：

“既然这样，那好吧！你等等，让我戴上面纱。”

姑娘等不及了，叫起来：

“面纱！灾难呀！见一个孩子要戴面纱！您纯粹想让人家笑话咱们。妈妈，您听着：我求你了，这实在没必要。相信我吧，这样不好，栽娜卜阿姨第一个就会看出来的。难道您连栽娜卜也不相信了？一个和您这么大年纪的人，您也不信她了？她带侄子来就是要看看您，要是见您这个样子，那多不好！”

看来，这最后一条理由终于说服了母亲，但她还是向女儿看了又看，仿佛想从她眼里找出可以信赖、可以心安理得的东西。

她用白绸头巾把花白头发和大半个脸紧紧包好，问女儿：

“他们在哪儿呢？”

活像被安拉搭救了生命，赛尼娅这才长出一口气，默默地领着母亲往客厅走去。进屋后女儿撒开手，急忙向坐在沙发上的栽娜卜和穆赫辛走去，连连道歉：

“别见怪！……妈妈正在做礼拜呢！”

妈妈过来，亲着栽娜卜的脸颊：

“欢迎，栽娜卜小姐！……真太欢迎了！”

说罢，转向穆赫辛，伸过右手和他握手，左手扯着头巾，挡着半个脸：

“欢迎你光临，穆赫辛先生！”

一连串例行的欢迎和客套话之后，她说：

“以安拉起誓，他简直是个大人了！”

穆赫辛叽咕了两三个字，又低下头，眼望着地面。

赛尼娅的母亲似乎想特别表示一下对穆赫辛的欢迎，便用稳重、严肃的声音对他讲：

“穆赫辛先生，你母亲真是一位善良的公主啊！”

穆赫辛挺不好意思：

“阿姨，您认识我母亲？”

栽娜卜急忙插进来：

“唉，真是的！穆赫辛，你怎么会不知道呢？不过这也是老早的事了！”

赛尼娅母亲表示同意：

“是早先的事喽！那些日子可真让人忌妒啊！现在海勒白泰恐怕早把我忘了，做姑娘的那些日子上哪儿去找啊！过去，我们都是一条街上的，女孩子就在各家门前玩。你妈妈家是土耳其人，她是我们当中年龄最小的，可总管着我们，大家都怕她，什么都按着她的意思做，她爸是土耳其兵，叫艾布·夏纳普·艾斯德尔。

“我们什么游戏都玩，她老是头头，大家就叫她国王的女儿——公主。她总喜欢独出心裁。过节时，大伙儿都穿红的，她就穿绿的，我们穿绿的，她就穿红的！……噢，有一天，她把我们惹恼了！她说：明天，我要发了财，把你们都买来，当丫头，奴隶！唉……过得真快，多美啊！”

她不作声了，望着天花板，仿佛在追忆那美好的童年时光……

众人默不作声。最后，还是赛尼娅欢快的声音打破了寂静：

“走哇，去琴房弹钢琴！从这儿走！”

她领着大家出了客厅。临赛拉姆大街的那个木阳台正对着谢哈台咖啡馆。房间中等大小，全套欧式家具：安乐椅，靠垫，电灯，正对阳台门的角落里放着黑色钢琴。

姑娘像只羚羊，轻捷地跳到钢琴边，一下端坐在琴凳上，灵活的手指轻快地在象牙色的键盘上掠过，激起一阵鸟儿鸣啭的美妙声音。她突然扭头转向客人，朝另一头的少年嚷道：

“穆赫辛先生，你干吗坐得这样远呀？”

她指指近旁的一把椅子：

“请到这边来！”

穆赫辛仿佛被针扎了一下，跳起身来，活像一个被施以催眠术的熟睡的人接受了指令，走到指定的椅子前面。

赛尼娅笑笑：

“这就对了，现在可以和我一起唱了。怎么样，现在就唱那支老歌吧？”

她单手弹了一个音符，低声试了试声。猛一下又转过头，对着进屋以后就无休止地嘀咕着的母亲和栽娜卜嚷道：

“请你们好好听着，我们要开始了！”

“主保佑你们，开始吧，我们都听着哪！”栽娜卜答道。她立刻又以自豪的口吻和身旁赛尼娅的母亲说：

“你就听阿布杜·霍姆里唱吧！”

母亲惊讶地问她：

“不会弄错吧？他真会唱阿布杜的歌？这么小的年纪就会？能记得住吗？”

赛尼娅示意让大家安静。然后，她看看穆赫辛说：

“来吧，穆赫辛先生！”

少年哆嗦了一下，只得服从。他站起来，走到钢琴旁边，可又不知该怎么办。赛尼娅两手按在琴键上，送去令人心醉的一瞥，微笑着说：

“说真的，我不行，您可别全靠我！”

声音美妙得宛如音乐。少年觉得一股热血涌上脑际，热乎乎，醉醺醺，心中升起了某种欲求酩酊的勇气。他轻轻地埋怨她：

“你刚才不是答应得好好的，赛尼娅小姐？这一来，到了紧要关头，你可让人笑掉下巴了！”

赛尼娅咯咯笑起来，她的嘴唇、牙齿竟像一只魔杯，不需要琼浆，就远远地把一颗颗脑袋旋得晕乎乎的。只听她说道：

“我保证，没有让人笑掉你的下巴。曲子太难了，我还不会。穆赫辛先生，请你先开个头，求你了！”

说完，她正正身子，表示要开始了！

穆赫辛迟疑了一下，头脑里乱得很。他张开嘴，又闭上了，既没吐字，也没出声。赛尼娅看着他，以不容反抗的目光示意他开始。接着，又敲出一个她认为是原曲上的一个音符，鼓励他大胆地唱。

就在这时候，在座的人都听到了一声旋律，他慢慢吐出，逐渐升高。

起初，还略带惊悸，后来听得出情绪稳定了，热情、甜润，盘旋穿插，变幻着撩人的音律！……

栽娜卜听着，但更多的注意力却集中在赛尼娅母亲的脸上，了解对方的反应，当她看到赛尼娅母亲先是惊奇，继而感叹和赞赏，便立刻自豪地摇摇脑袋，不停地示意，称赞少年歌手的能力和天才。

赛尼娅母亲真的被穆赫辛的演唱给迷得如痴如醉，她屏气凝息，听得出神。

赛尼娅微笑着望着天花板，聚精会神地听着，内心里不时和上几个音符。她万万没有想到，歌手唱着阿布杜的歌，但思念的、唱的却是她：

你的身躯像柔枝轻荡，
这比喻没有丝毫夸张。
你的双颊红云飞舞，
是百花众仙的女王。
爱情充满愁苦和忧伤，
心儿啊，千万要提防。
只有那拒绝和遗弃，
才是对冒险者的赐赏。

第五章

穆赫辛和栽娜卜回家的时候，已是黄昏时分。这个晚上，世界上没有，也根本不可能有比穆赫辛更幸福的人了!

碰撞以后的伤痛总是在一段时间以后才察觉到，穆赫辛离开了赛尼娅，才感到那令人眼花缭乱、神荡魂迷的幸福的滋味。啊，多么美丽的梦!整个下午发生的一切居然是真的?还是掠过脑际的幻影?可是他确实见到了她，走近去和她说了话。而以往，他根本不可能跟她说话，连面都见不着。只有一回，她来看栽娜卜，他和叔叔们一起在门缝里偷偷看了她几眼。

事情大概是两个多月以前的一个星期五。大家高高兴兴在家，麦布鲁克过来，指着栽娜卜的房间，挤挤眼睛，说：

“她那里有客人，一个女客……”

说完，亲亲自己的手指。

满屋的人立刻站起来，由赛里姆上尉带头，向栽娜卜的卧室走去。门关着，几个人一齐弯下腰，争着凑在门上的一个小洞上，你推我搡像快活的小伙子似的，哧哧地发笑。

不看犹可。这一看，大家都为眼前从未见过的美人惊呆了，从那以后，只要听说赛尼娅来看栽娜卜，便都争先恐后向门上那个小洞奔去。穆赫辛就这样知道她了。过去，和他们一样，他向那扇门跑过去，和他们一起瞻仰崇拜的形象。可现在，谁能比得上他?他刚刚从她家里回来，跟她说过话，坐在她身旁。说不定，已经博得了她的青睐。从今以后，他们要经常、经常地见面——那是她要求的，好让他从基础的唱腔开始，教她唱歌。这件事当然得到了她母亲的同意和准许。难道这一切真发生在旦夕之间？……何等的幸运！何等的奇迹！

穆赫辛觉得迫切需要把这巨大的幸福讲给谁听，可是跟谁说呢？

他记起了天天揣在怀里的她的绸手帕。他宝贝得如同逊尼派教徒天天捧着《古兰经》一样！

好吧，就告诉她的绸手帕吧！

于是，他想一个人躲在遥远的角落里，亲吻那珍贵的手帕，向它倾吐那不竭的话语……可是真不巧，大家都回家来吃饭了……

穆赫辛沉浸在甜蜜的幻想里，对周围的吵吵嚷嚷充耳不闻。

赛里姆和阿布杜不时抬起头，气呼呼地望着外屋的门。赛里姆捻着胡须：

“怪了，吃晚饭他从来都是准时的，而且总是第一个。”阿布杜的双手神经质地摆动着……

栽娜卜默默地看着他们俩生气，心中甚为不安，左思右想，还是说句宽慰话为好：

“吃晚饭还早呢，急什么？哈奈菲在睡觉，我去叫他，他却闭着眼睛大叫大嚷的，说什么天塌了也不起床！”

阿布杜和赛里姆迅速地向名誉家长的床瞥了一眼。阿布杜厌烦地说：

“主啊，怎么懒成这个样子！”

一阵沉默，赛里姆突然转向栽娜卜，不怀好意地问道：

“连你也不知道麦布鲁克上哪儿？”

像一个避免正面回答问题的人那样，栽娜卜扭转身子，走向穆赫辛坐着的地方。

阿布杜终于发现穆赫辛一人躲在角落里，也走过去问道：

“穆赫辛，你是饥呢还是饱？今天干吗一个人坐在这里一声不吭？”

同时，赛里姆也向栽娜卜走来，好像记起什么事，若有所指地问道：

“麦布鲁克不是有件小事……上……比方说，上……”

栽娜卜装作没有听见，有意把他俩拉到另一个话题，于是亲切地拍着穆赫辛的肩膀，对阿布杜夸奖说：

“安拉保佑，今天他的一副好嗓子震动了赫勒密医生家……赛尼亚的妈妈发誓说听到了阿布杜·霍姆里自己在演唱。赛尼娅小姐的琴也弹得没说的。她还让他教唱歌呢！”

一听这话，穆赫辛很不高兴，有点儿后悔。他本想瞒着叔叔，不让他们知道这件事，起码别这么快就弄得谁都知道了。

果然，栽娜卜宣布的消息立刻产生了回响。阿布杜听了惊奇差半，怀疑地看着穆赫辛，仿佛对今天穆赫辛默默独坐一隅的秘密恍然大悟。赛里姆同样不肯放过穆赫辛脸上的任何表情——对邻家的访问确实使他容光焕发。他捻着胡子，清清嗓子，冷冰冰地嘲笑道：

“只要安拉意欲！他做得妙极了！出去卖唱赚钱了！……穆赫辛先生，你卖唱拿多少薪水呀？”

穆赫辛狠狠瞪着赛里姆，没有作答……

这更增加了大家的怀疑。阿布杜严厉地问栽娜卜：

“是你带着他上人家那儿去唱的？这光彩吗？”

穆赫辛强压怒气，尽量平静：

“关你什么事？”

阿布杜更气了，暴跳如雷：

“你说什么？……跟我有什么关系？别以为你是大人了，你还是个孩子！你来这儿就是读书，不是当什么乐师跳舞的！期末考试马上就到，要是你家里人知道……”

穆赫辛忍无可忍，叫了起来：

“少管闲事！”

他猛地站起身，怒气冲冲地走开了。栽娜卜叫住了他，亲切地问道：

“你上哪儿去，穆赫辛？”

他挣开她的手，一声不响，径自走向自己的床边。

栽娜卜追上一步：

"你不吃饭了?"

穆赫辛不停步，生硬地蹦出一句：

"不吃了!"

栽娜卜回到阿布杜身旁，责备地望着他说：

"何苦发这么大脾气，完全没有必要。教赛尼娅唱歌怎么了? 赛尼娅教他弹琴又有什么不好?"

阿布杜愤愤地摇着头：

"你胡说些什么?"

赛里姆别有用心地笑了笑，对阿布杜说：

"听见没有? 他教她唱歌，她教他弹琴，实在是件大好事!"

他转过身子，用一种能理解的目光久久地逼视着对方。但他还想再弄清楚些，于是，佯装好心说：

"我们当然都是为他好，这才提醒他，只是……或者说……"

阿布杜两眼望着天花板，颔首表示同意。

此时此刻，这两个人同时感到彼此又有了协调的意见，那可是一种纯洁的、历史悠久的相互的调和! ……

穆赫辛脱了衣服上床，钻进蚊帐。他真想在这小小天地里享受享受一个人独处斗室的清静和自由!

他第一次发现生活是这样的不幸：五个男人住在一个房里! 他第一次觉得这种共同生活实在无法容忍。以前，它曾是大家欢乐、愉悦的源泉。这个"大家"包括他、他叔叔和佣人麦布鲁克。或者，按他们熟悉的语言是"大伙儿"。

为了忘却那冷漠严酷的声音，一心谛听赛尼娅那神妙的嗓音，穆赫辛用被子把头蒙得严严实实，开始回忆那幸福的白昼所发生的一切。

一切经过，连任何细枝末节都历历在目，甚至平时最不感兴趣的、毫无价值的动作和谈话也不放过。终于，和今天的事有关的情节一幕幕都在脑海中展现出来。他想起了，当他唱完歌时，赛尼娅是多么高兴和热情……看着他，眼中流盼的笑靥，作为奖励捧上的一杯玫瑰汁!"奖励"!

这可是她用的词。还有拿杯子的一双手和纤细的手指，那唇边的妩媚，整齐的皓齿，销魂的目光……睫毛！……

穆赫辛闭上眼睛，以便更清晰地看清她。

他想睡，好在睡梦中和她重逢。他要睡。但是，今晚，他能像神仙那样任凭心儿觉醒、让眼睛入睡吗？……

睡意从他的眼睛里逃得无影无踪，今夜，他不可能入睡了，除非她允许……米哈伊尔·迪勒米的诗句在耳际萦绕：

如果你们允许我的眼睛安睡，
请把你们的幻想送到我的枕边。

第六章

阿布杜和赛里姆的忍耐是有限度的。栽娜卜的安抚也不见成效。他俩决心不再等麦布鲁克了，怨气冲天地向饭桌走去。阿布杜歇斯底里地叫着，让栽娜卜立即去叫醒哈奈菲和穆赫辛，并且赶快盛饭。

栽娜卜顺从地去卧室叫人。突然，屋门砰的一声打开了，麦布鲁克像条疲惫不堪的狗闯了进来，上气不接下气地说：

“唉……唉……我转了又转，气都喘不匀了！”

阿布杜和赛里姆吃惊地望着他。阿布杜问道：

“怎么回事？你上哪儿去了？”

麦布鲁克没头没脑地说了一句：

“没爹没娘的戴胜鸟！”

赛里姆手放在耳朵上，莫名其妙：

“什么？”

麦布鲁克哭丧着脸说：

“没爹没娘的戴胜鸟。安拉慷慨，恩赐给我们这没爹没娘的戴胜鸟……唉，主啊……这没爹没娘的！”

栽娜卜慌张地站着，偷偷看阿布杜，阿布杜眉头紧锁，粗暴地问麦布鲁克：

“什么没爹没娘的戴胜鸟！我简直弄不清这是怎么回事！”

他转向赛里姆：

“你明白吗？”

赛里姆撸着胡子，一手拄额：

“我正坐着找谜底呢！”

栽娜卜忍着，暗中向麦布鲁克使眼色，不让他讲话。可是对方根本就没明白她的意图，揉着膝盖说：

“哎哟，我的膝盖头……以先知的下巴颏儿起誓，整整一下午，我从盖勒阿区的哈赛尼亚一直跑到特拉塞的泽乃胡姆……”

他忽地抬起头，对栽娜卜说：

“都是为了你，为了你那——对不起——没爹没娘的戴胜鸟。我跑遍全城，只找到一只戴胜鸟，还不知它有没有爹娘，是不是孤儿。反正我也没敢问——实在对不起，我哪里懂得鸟话呀？”

尽管栽娜卜不断地使眼色不让他往下讲，可他总弄不明白，顾自不停口地说：

“我碰见了肉铺的徒弟白勒哈。他说：‘没关系，只要给我一元钱，我就找个上好的没爹没娘的戴胜鸟给你，它准是个孤儿，要不，你送它回家去好了！’”

赛里姆哈哈大笑，用胳膊肘捅着阿布杜，让他也笑：

“我看，最好的办法，还是上孤儿院去找吧！”

阿布杜可没笑。这时,他不想开玩笑,他始终紧锁着眉头,绷着脸问道:

“告诉我，这到底是怎么回事？”

然后他又转向栽娜卜：

“是你要没爹没娘的戴胜鸟？”

栽娜卜不作声。

阿布杜用可怕的目光望着她，嚷道：

“又是搞巫术？是不是你又在搞什么迷信，瞎花钱，听这类废话！”

栽娜卜略作镇静，抗议道：

“什么迷信、巫术？你别瞎说，这是药！”

阿布杜气坏了，冷冷地问道：

“药？！”

栽娜卜坚决地回答：

“安拉晓得，这是医生开的药方！”

赛里姆又哈哈大笑：

“说清楚了，咱们可不开玩笑。哪位高明的大夫开了个戴胜鸟的方子？大夫叫什么？说给我听听。我想他一定把这鸟写在方子里了？求主饶恕，要戴胜鸟的孤儿，对，必须是孤儿！要是它爹它妈有一个还活着，那药一定不管用了，对吗？”

阿布杜听了这话，对栽娜卜大叫：

“从今以后，再也不能把钱放在你手中了！不行！……够了……我们再不能忍受了！给我们吃得这么差，可把钱都花在迷信上！我们的钱都白白浪费了，都花在找对象的迷信上了！”

这话简直使栽娜卜要爆炸了：

“谁说这话，让他烂舌头！我求巫术了？我找对象了？胡说八道！好吧，我起誓，你们要是再说这种话，我再也不理你们了！钱都在那只旧鞋里放着，你们都拿走好了，你们自己管，自己花，自己做饭，自己理家吧！我绝不跟你们要什么……让我看看，你们在什么地方比我强……我看着你们，看你们裤子露腚！”

阿布杜火气更大，神经质的恼怒使他拼命地叫唤：

“你说什么？……你想吓唬我们？好吧，我起誓，不用你做饭，也不用你盛饭！马上把钱给我，这月剩的钱都给我，我们不用你管！……好吧！……我们算知道你了，把钱交出来！”

栽娜卜从牙缝里挤出声音：

“好吧，亲爱的！安拉赐福，我的脑子可以休息了，谁不喜欢休息！好吧，我马上把剩下的钱都交给你们！……”

她扭转身子，立刻向自己的房间走去。

阿布杜猛地向赛里姆转过身去：

“让她进火狱吧！这比留她在这儿强一千倍！……怎么样，同意吗？……”

赛里姆捻着胡子，戏谑地回答说：

“非常同意。我们的饭菜实在太差劲了。我们这个亲爱的政府把预算都用在私事上，用在那些废话上了！”

阿布杜急忙认真地补充道：

“这简直太不像话了，让我们饿肚皮，馋得流口水，一辈子也吃不上一口肉！”

“要不，有一天她买一只大鹅，我们就得吃两个月的鹅肉！”赛里姆接着说。

麦布鲁克一只手撑在桌沿上，看着眼前发生的一切，那模样真像一个老百姓欣赏什么高雅的说唱故事。

阿布杜转身问他：

“麦布鲁克，你怎么不作声？不同意吗？”

仆人如梦初醒，揉着眼睛：

“以安拉起誓，我不懂……都怪这该死的没爹没娘的戴胜鸟。这该诅咒的灾难，因为它才闹出了这些事。不过，你们不该生栽娜卜的气！”

阿布杜嚷道：

“你别在这里装糊涂。我们就要你一句话：爱吃好的，还是爱吃坏的？……说呀！”

麦布鲁克毫不迟疑地答道：

“我起誓，当然愿意吃好的！”

赛里姆笑了，急忙说：

“理所当然的！”

他一本正经挥着手，提醒阿布杜：

“现在应该和大家都讲明了。”

阿布杜点头，表示赞同，立即向卧室走去，把这“政变”的消息告诉哈奈菲。人们都知道，要想叫醒哈奈菲，最简单最快速的办法莫过于把他盖着的被子猛地掀起，然后在他耳边长长地吼一声。所以阿布杜一进屋，毫不犹豫，立即采用了这个办法。哈奈菲终于动弹了，他愤怒地咆哮着：

“唉，主啊！看在先知的面上，我想睡一会儿也不行？我今天连着上了五堂课！”

阿布杜坚决要弄他起来：

“醒醒，可以起床了，哈奈菲先生！告诉你一个惊人的消息，现在可靠的情况说明，政府把钱都浪费在那些无用的个人事情上了！”

哈奈菲打着哈欠，睁开了一只眼睛：

“这跟我有什么关系？我和政治无关！”

阿布杜皱起眉头，不高兴地说：

“怎么无关？……你是一家之长啊！”

哈奈菲那只睁开的眼睛又瞌起来了，有气无力，心不在焉地说：

“哪家报纸上登的呀？”

阿布杜略显吃惊：

“怎么是哪家报纸？！……不……不……这不是登在报上的事，我是说我们家的政府……我说的是栽娜卜！……”

哈奈菲翻个身，背对着阿布杜，想再眯一会儿：

“好吧，看在安拉面上，饶了我吧！”

说罢，哈奈菲呼出一声重重的鼾声，表示他已经睡着了。阿布杜想尽办法不让他睡，一次又一次掀掉被子，用力晃着他的肩，威胁说，再不起来，就往他头上浇凉水。总之，他像平常一样，使出了全身解数。名誉家长终于招架不住了，欠起身子，咕哝着，咆哮着，喊着，诅咒着。阿布杜见他确已起身，不会再睡了，便丢下他，向穆赫辛的床头走去。

还没到床边，门厅里又传来争吵声，夹杂着栽娜卜的声音。他立刻走出卧室，奔过去恶狠狠地说：

“钱呢？”

栽娜卜不动声色。

赛里姆指指桌上的一镑钱：

“瞧，剩下的全在这儿！”

阿布杜看看桌上的钱，看看栽娜卜，嘶哑地喊道：

“不可能，今天才十九号！这个月还剩十二天呢，一镑钱过十二天，纯粹是废话！”

栽娜卜不作声，平静的帘幕下遮掩着她巨大的愤怒。最后，她冷冷地搭了几句：

“不信？那随你便好了。我就剩这些。再不信可以来搜嘛！”

赛里姆走近阿布杜，低低地在他耳边嘀咕道：

“对，咱们搜搜也好。”

麦布鲁克站在不远的地方，伸着脖子偷听。赛里姆的话让他听到了。他清清嗓子，自言自语道：

“赛里姆先生，安拉晓得，除了搜再没有别的法儿了？”他自然提高了嗓门：

“为先知祈祷吧！没必要去搜了。安拉阻止恶行。额头上印着的眼睛都看见。过一会儿，它不还是一镑吗？咱们分了吧，天地在此，不然怎么办呢？”

阿布杜不胜惊奇地向他望了半天……忽然，仿佛从天上掉下一个念头，他拍着麦布鲁克的肩膀，深思熟虑，稳重而坚定地说道：

“听着，麦布鲁克，安拉不要她！你拿着钱，从今以后，你就是我们的政府了。明白了吗？你管钱，我们起码不用担心浪费，不用担心把钱花在那没用的胡说八道上。”

仆人迅速地看了栽娜卜一眼，惶惶不安地像在征询意见，又像是求得允许：

“可是……不过……”

阿布杜皱起眉头：

“怎么？有什么可是、不过的？你看钱太少是不是？你想说不能靠一镑钱过到月底，是不是？正是这个问题，靠你巧安排来解决，就靠你的聪明才智了。你不是我们的政府吗？干吧，到月底还有十二天，行行好，让大伙儿顺顺当当地度过这些日子，我们还像以前那样吃，关键就是用这点儿钱过到月底，反正我们不要栽娜卜了！”

栽娜卜气愤地冷笑一声，咬着牙，背对着他们说：

“安拉成全你们……我嘛，可该休息了。赞美安拉吧！清真寺，这事可怨你，可不怨我了！[1]”

说完，冲进自己的房间，砰的一声把门关上。阿布杜听着那震耳欲聋的关门声，望望那扇紧闭的门，生气地说：

“安拉降给她六十个灾难！”

他看看赛里姆和麦布鲁克：

“一言为定，是不是？”

赛里姆答道：

“对，一言为定。”

他上前一步拍拍麦布鲁克的肩头：

“麦布鲁克万岁！万岁！我们的肚子既靠安拉也靠你了，麦布鲁克先生！”

可阿布杜插进话来：

“亲爱的，日子可不能这样过。从现在起到月底，你就得靠封斋和知足过日子了。一镑钱，说什么也不够，麦布鲁克，听着！创造奇迹吧，往后，我们肯定得像水手一样，天天喝豌豆粥，吃奶酪和玉米饼；或像种地的，吃焖蚕豆、生菜和素丸子。”

赛里姆添油加醋地说：

“简直和庙院旁边白吃白喝求施舍的没两样。”

“是的，麦布鲁克，”阿布杜认真地说，“就像你看到的那样，该怎么做就怎么做，一切你安排。一个目的，过到月底，别因为钱少而饿死。拿去吧，你自己去算计、掂量好了，不需要再叮嘱了！”

说着，他把一镑钱塞给麦布鲁克。

仆人从长袍兜里掏出一只大布口袋，颜色和贴身的背心一模一样，仿佛是用背心的剩布缝制的。

他放妥了那一镑钱，又将口袋揣进兜里，然后说：

“借乌姆·哈希姆的吉祥，你们不用担心；信士们哪能饿死呢。祈祷吧，先知说过：求助于安拉的人，安拉总会使他满足！”

---

① 有一个人不愿做礼拜，但他怕别人说，还是到清真寺去了。一看门关着，心中暗暗高兴，说道：“清真寺，这可怨你不怨我了！”

第七章

第二天，穆赫辛满面春风地向学校走去，一颗心高兴得都要从胸膛里跳出来了。坐在电车里，他感觉安拉似乎从未创造过比今朝更美好的清晨。电车穿过拉祖厄里广场，贴着塑像旁的绿树浓荫驶过。鸟儿在枝叶间啁啭跳跃，鹞鹰在苍穹里呼应游弋，奇妙、有趣……过去，他千百次地走过这里，对什么都视而不见，可是今天，他看见了，听到了，而且引起了重视。是世界从今天清晨发生了巨变，还是他变了，换上了另一对眼睛？

踏进校园，他真想找个人讲讲话，哪怕是清洁工也行。可他吃了一惊，周围连个人影也不见。是不是来得太早了？……果然如此，督学办公室墙上的大钟刚刚敲完七点！

穆赫辛带着甜蜜的梦幻，在校园的角角落落转悠。有时还得压制着内心的欢愉，他以一种不可名状的兴奋跑着，跳上主楼的大台阶，又扑通跳下地，奔向滤水器，其实他一点儿没有要喝水的欲望！接着往另一个教室跑去，然后是第三个，第四个……

这时，若有个熟人看见他，准会奇怪得认不出他是穆赫辛了。

兴奋的劲头逐渐消失了。他埋怨同学们竟到得如此晚，特别是最要好的同学阿巴斯……

穆赫辛显得稳重，有头脑，不像和他同龄的同学那样总爱玩些孩子气的游戏。平日里，难得见他跑跑跳跳。他的全部消遣和娱乐都是精神的，而非物质的，一天中他最美妙的时光莫过于和阿巴斯及其他情投意合的人谈诗说文。因此，他的外表显得比他的年龄更老气些，在那乱糟糟、吵嚷不休的同学中间，也颇有些长者的威严。这点，老师们也无不心中有数，对他另眼相待，都估计他年终考试一定能取得优异的成绩。

学校里，穆赫辛落落寡合，更喜欢的是独来独往，这和他讨厌那些轻浮的年轻人的想法是有点儿关系的。不过，绝大多数同学都很尊敬他，爱听他讲话，一见他和阿巴斯在大台阶下讨论什么，立刻围拢来谛听，这个大台阶可是他俩中午碰头的老地方了。穆赫辛只爱跟阿巴斯在一起，他觉得两人的性格有相似之处。但更重要的是，阿巴斯信任他，对他忠诚不二，默认穆赫辛对他的思想和智慧产生影响！

穆赫辛等着阿巴斯。不知为什么，他现在强烈地希望能见到他。

想向他披露什么？……这样做好吗？行不行？……是的，阿巴斯确实是自己的好朋友，可是，他能理解发生的这一切吗？退一步说，穆赫辛有权将这不属于他一个人的私事透露给他听吗？

可是，今天早晨他想说话，想抛掉自感的持重。他又一次地静下来。这时，有同学到校了，他迫不及待地跑去，问他们好，欢快地说笑，满肚子的话，滔滔不绝，简直把人弄糊涂了。同学们面面相觑，这就是经常离群索居，需要同学把他从孤独中解脱出来的穆赫辛吗？

阿巴斯终于来了。一看见他露面，穆赫辛扔下大伙儿，马上跑过去，拉着他的胳膊，把他拖到一个角落里。这回可不是那个大台阶了，否则孩子们又会认为他俩在讨论，争相围拢上来。

穆赫辛劈头便问阿巴斯为什么来得那么晚，语气认真得令对方不胜惊奇。阿巴斯简单地回答，他像往常一样，根本没有晚。可是穆赫辛却执拗地说他晚了。

阿巴斯坚持着自己的话：

“老兄，根本不可能。是你今天来得太早了！”

“不……你就是晚了！”穆赫辛一反常态、热烈地坚持着。

阿巴斯更奇怪了，无可奈何地答道：

“好吧……出什么事了？”

穆赫辛顿时不出声了，他惶惑不安，不知所措，刚才的热情消散了。不知如何回答好。

他默不作声，感到阿巴斯奇怪地望着他，等他回答，便哈哈一笑，走到朋友身边，解释说仅是开开玩笑。

为改变窘境，他连说带笑，话不绝口。飞快地谈论着一个个话题，不合时宜地说东道西。仿佛他就想说话，把自己泡在滔滔不绝的话里，把充斥在肠胃的废物都吐出来，减轻心脏的负担……阿巴斯不胜诧异，从朋友一句接一句冲动的语句里，意识到他正处在一种神经质的状况中，不禁问道：

“穆赫辛，你今天怎么了？”

穆赫辛红着脸，怯生生地以探询的目光横了他一眼，讷讷地说：

“没什么……”

他忙把谈话引向另一个日常的话题，这一回，声调尽量显得平稳正常。于是，两人开始谈起今天的课程、作业和功课。突然，阿巴斯叫了起来：

“糟了！今天有阿拉伯语的口头作文课，你记得吗？……”

穆赫辛机械地问了一句：

“哪节？”

此时此刻，他的思想已在遥远的天边遨游。

阿巴斯并未察觉他的失神，认真答道：

“第六节，最后一堂课！”

穆赫辛没有作答，幸福又一次撞击着他的心，他只想跑，想飞，想跳，想说！

阿巴斯还以为他的伙伴聚精会神听着呢，继续说道：

“看吧，今天不知该叫谁了？老师总是按着面前的名册叫。安拉保佑，千万别叫到我，我根本没准备！”

穆赫辛不理会朋友的心情，突然说道：

“阿巴斯……生活是美好的！”

阿巴斯愕然望着他。穆赫辛顾自继续说道：

“阿巴斯，你知道吗，我们所说的幸福是什么东西？你如果是个真正的男子汉，你就说说看，什么叫幸福？”

阿巴斯莫名其妙：

“幸福！……我怎么知道？”

穆赫辛有力地问：

“你就不知道你什么时候能幸福起来？”

阿巴斯想了一阵：

“考试得了好成绩！”

穆赫辛露出失望的神色，对朋友很是不满，他从牙缝里挤出一个个字：

“你呀，真是个糊涂虫！”

上课铃响了，他俩急忙随着人流走进教室。

穆赫辛的心里恨不得一整天都谈这个题目。可阿巴斯对朋友的最后一句评语却百思不得其解：为什么他是个糊涂虫呢！

同学们都坐下了。坐在穆赫辛后面的阿巴斯实在憋不住了，悄声问他，为什么说他糊涂？穆赫辛示意他别说话，然后挺直腰板，端端正正，以空前未有的喜悦和热情听课。老师见他回答问题，理解疑难如此敏捷，听得又这样认真，精神集中，非常高兴。

午休时，两人又凑在大台阶下。穆赫辛想念点情诗，特意把珍爱的米哈伊尔诗集带来。可是，同班同学从第四节课起，都在纷纷议论考完试选择专业的问题。事情是数学老师在代数课上提出来的，比往年早了些。这时，同学们见他俩又聚在一起讨论什么，便急忙围过来，问穆赫辛：

“你选哪一科：文科还是理科？”

“当然是文科！”他毫不犹豫地答道。

可是阿巴斯却不那么痛快：

“我喜欢文科，可爸爸想让我学医。”

穆赫辛使劲把他拉过来，说：

“要听你自己的话，有自己的爱好。”

他转过身，告诉大家：

“他并非今天才选择自己的前途。早在童年时，就已觉察到自己天生的爱好和趋向。”

他用劲儿捏着阿巴斯的胳膊：

“你非得像我一样，学文科。我非得让你跟我一样进文科学院。”

一个同学表示反对：

“文科有啥前途？”

穆赫辛对他说：

“你光是从钱和家产上考虑问题。我不图什么家财万贯。”

另一个同学试探着问：

“那么，你图什么呢？”

穆赫辛指指自己，又指指阿巴斯，以青年人的自豪和满腔热情说道：

“明天，我们将成为祖国的喉舌！”

他看着朋友，希望得到对方的鼓励和支持，能继续自己的话题，说下去。可是，蓦地，心头闪过一句话，使他顿时容光焕发。这句话，对他，对阅历与他相仿的同龄人来说，本身就是一个启迪：

“阿巴斯，我们明天的职业将要表达全民族心中所憧憬的一切！主啊，明白我的意思吗？你们如果能意识到表达内心的能力的价值有多大，表达千万颗心的能力的价值有多大就好了！”

他思索片刻，又一个思想使他两眼炯炯有神：

“《背记》一书中的格言你们都没忘吧，人有心和舌，一个民族也是如此。它有一颗心指引着前进的方向；一条舌，可以使内心的物质力量运转。唯有钱是不需要的。”

围绕着这个话题，他那热情的话语滔滔不绝地涌出……

铃声又响了，下午的课时开始了。到第六节课，穆赫辛盼望离校的心愈发强烈，感情几乎要燃烧。可是，一脸络腮胡须、摆着神圣不可侵犯架势的阿里老师进来了。同学们起立，又随着老师坐下。他向全班环视一周，打开了面前的本子。这下子，孩子们可慌了神，彼此交换眼色，揣摸谁会被叫到黑板前做自选题目的口头作文。讨厌这节课的人更是提心吊胆，一颗心好似悬在嗓子眼里。只见老师的眼睛在点名册上游动，忽而抬起，忽而低下，谁都怕听见自己的名字。终于，老师说话了：

“穆赫辛！”

他看着穆赫辛命令道：

“穆赫辛，到黑板前面来！”

点中这个人，大家都乐了，吊在半空的心也踏实起来。

穆赫辛毫不迟疑，起来向黑板走去。

“穆赫辛，你自己拟题目加以叙述。”老师又命令道。

孩子茫然，不知所措。他什么也没准备，脑袋里空空的。

半晌，他站在那里，说不出话来。忽然，传来了老师慢条斯理的声音：

“先把题目写在黑板上，然后像往常那样分几点说明！”

穆赫辛自忖道：我选什么题目好呢？

突然间，冒出了一个想法，把脸也逼红了。他马上把它赶走，可它立刻又回来了。那一刻，不知是哪里来的勇气，更弄不清有什么力量推动着，或许是那强烈的感觉在告诉他，说服他：此时此刻，只能对这个题目进行流畅的、精彩的论述。想到这里，他抄起粉笔，激动着力地挥笔写下了题目《爱》。

黑板上刚出现这个字，底下群情大哗。老师莫名其妙，为什么全班开了锅。他用笔敲着桌子，叫大家安静：

“怎么了？……什么事？”

他见学生的目光都注视着黑板，便也转过身去，“爱”字赫然入目，他按捺不住，吼着责备说：

“安拉啊，安拉！给我回去，老老实实坐在座位上！真是不知羞耻，荒唐透顶！”

穆赫辛吃了一惊，老师从没有这样对待过他。他惶恐狼狈地站在那里，不过，那促使他写出这大胆字眼的自信和力量却丝毫没有丧失。眼前的这帮同学太可怜了，他们习惯听到的是学习、复习、巩固这些词汇，没有人见过“爱”“感情”和“心”。一旦接触，立刻联想到猥亵淫秽，仿佛在生活中，除了学问，就是堕落，别无第三样东西。在他们心目中，“学问”就是“复习”和“考试及格”的代名词，而“堕落”则是“爱情”和“心”的同义词。超出考试内容的格，便是渣滓、下贱、卑鄙，这些小不点儿就是这般被谆谆教诲的!

阿里老师看出了穆赫辛的不安、慌乱，但又是那样的端庄、正派，不禁想到他自去年入学以来，一贯操行优良，表里如一，是个众所周知的好学生。于是，态度稍见缓和，但说话的口气仍流露出严厉的责难：

“你今天是怎么了……疯了？”

穆赫辛没有回答。头脑里却突然闪过一个造一造这老头子反的想法。看来这个老学究并不比在座的任何一个学生懂得更多! 他似乎察觉到，朦胧中好像看到一些伟大的，相当了不起的东西。像阿里老师这样的人是永远看不到的!

阿里老师又查找点名册，想另找个学生。

可是全班同学一致以罕见的热情鼓励穆赫辛：

“我们喜欢这个题目! ……喜欢这个题目! 穆赫辛，说吧! 快讲呀! ”

穆赫辛也看着全班同学，他知道，这个词已经激起了这些无知的孩子们巨大的兴趣，他们是那样如饥似渴地等着这个题目。好朋友阿巴斯最起劲儿不过，使劲儿向他挥手，脸上漾着似懂非懂的微笑。这微笑顿时拂开了穆赫辛心头的迷雾。

他鼓起勇气，决心不惜任何代价，也要讲下去。可是一眼看到这位像个苦瓜似的老师一脸苦相，又觉得无计可施了。

忽然，他的聪明被得到了最好的证实。

他立刻抓起粉笔，在“爱”的大题目下写了下面一些字：

爱分三类：爱伟大的主，顺从和感恩之爱。

爱双亲，血统之爱。

爱美，心灵之爱。

全班喝彩声雷动，阿巴斯带头请求老师同意这个题目，这可是纯粹的文学啊！老师转过脸去，扶正眼镜，读念第一类，又读第二类，声调里透着默许和接受。第三类念了两遍，看来心里又不好受起来，他不出声了，接着命令穆赫辛擦去第三类。

穆赫辛没有马上动手。可是这一回，不管全班怎么请求，抗议，阿里老师寸步不让。穆赫辛无可奈何，只好抹去第三类，不过却暗自下了决心，谈前两类时，一定把第三类的意思加进去，用“比较原因和第一原因的办法来谈！”

就这样，阿里老师总算同意把“爱”这个字留在黑板上了！

穆赫辛开始叙述了。全体同学屏息凝神地谛听着，出现了这一年中任何一节课中不曾有过的安静和专注。可是每当他一涉及“心灵”这个问题，阿里老头总像猫碰上了耗子，咆哮着，咕噜咕噜地低吼。同学们却一个个瞪大了眼睛，盯住穆赫辛，抓住他每个字，听得饶有趣味，兴致盎然，似乎确有所获，而且获益匪浅。是的，应该说获益甚多。他们听到了一种日常接触的东西，可是过去谁都没有勇气去表达它，或是对感觉到的不甚了了，对世界上还有美的存在全然不知，对“心”在他们的实体中的作用一窍不通，根本不理解生活的崇高意义！

这些，穆赫辛都察觉了，同时也感到，他们神态上之所以如此聚精会神地谛听他的话，眼中之所以流露出如此巨大的兴奋和喜悦，究其原因，无非是：他说出了他们心中的情感！

第八章

赛尼娅和栽娜卜站在琴房木阳台的一扇窗子后面，眺望赛拉麦大街。她们在等穆赫辛。时间已近黄昏，可是，还没见穆赫辛从学校回来。昨天，他和赛尼娅约定，从今天起教她唱歌。今天，栽娜卜先来了，一会儿，穆赫辛直接过来。

两个姑娘略带羞涩地看着窗外打发时间。正前方的谢哈台咖啡馆自然是第一个吸引她们注意力的地方。这个时间和往日一样，顾客们进进出出、密密匝匝，热闹非凡。

赛尼娅的目光刚接触到路边一排排的桌凳，马上用胳膊捅捅栽娜卜，在她耳边嘀咕着：

“阿姨，小心点儿，你留神看那个吸水烟袋的。怎么回事？……他总盯着咱们的阳台。瞧！隔一会儿就捻捻他的胡子，那样子都快笑死人了！”

栽娜卜看了一眼，立即回身对赛尼娅说：

“没错……你不知道，这是我的堂兄弟。”

赛尼娅一怔，对自己的态度有点儿不好意思，不无歉意地说：

“看你，阿姨！刚才怎么不告诉我呀？”

停了一会儿，她又问道：

“他是工程师吗？”

栽娜卜答道：

“不是，我另一个兄弟阿布杜是工程师。这个嘛，是个军官。昨天穆赫辛就说他爱摆弄那个，那个什么……”

“打琴？”

“对了……我们这个……你说得真好。”

赛尼娅又回过身去看栽娜卜的堂兄弟，想说几句恭维话，弥补刚才的冒失：

“阿姨，说真的，他一举一动都还有股威严劲儿呢！”栽娜卜向咖啡馆那儿的赛里姆瞟了一眼，轻蔑地笑了笑：

“他哪里有什么威严劲儿……这副样子都是装出来的。”

正说着，赛尼娅突然小声地惊呼一声，拽着栽娜卜的胳膊，目光不离咖啡馆，颇为认真地说：

“阿姨，快看！多巧呀，刚来的黄头发、小胡子的先生正好坐在你堂兄弟的背后。”

栽娜卜不看犹可，一照面，一颗心立刻扑通通跳个不停，脸色骤变。不过她把一切都伪装得很好。

赛尼娅盯着这个刚来的人，顾自说道：

“瞧，他看着你堂兄弟在笑呢！他俩过去认识吗？……不过，怎么没打个招呼呢？”

栽娜卜的声音有点变样：

“谁也不认识谁。”

这句话让赛尼娅微微吃惊，她犹豫地问：

“他俩还不认识？”

栽娜卜压抑着内心的叹息，说道：

“不认识。我是说或许有一天会认识的！”

仿佛怕话中有什么不妥，停了一会儿，她又说道：

“他还算我们邻居呢。”

赛尼娅看着那个人，激动地问道：

“这个人真是你们的邻居，不是开玩笑吧？……他一个人过？……他干什么的？”

栽娜卜盯着咖啡馆，魂都飞走了一半：

“嘿，他的职业……很有钱！……一定有钱！”

栽娜卜当然知道自己在想什么，也能理解看个不停的赛尼娅。于是她迅速而生硬地伸出手，一下子把赛尼娅从阳台上拉了回来，粗声粗气地说：

“回来吧，别老站着看了！”

赛尼娅回到屋里，高兴地说：

“我难得站在阳台上看。不过，这里的确是一个有意思的窗孔，原来，咖啡馆里每天都有这么多人啊！”

栽娜卜不作声。

赛尼娅又回到阳台上，继续看着。

不一会儿，她高兴地喊了一声：

“穆赫辛回来了！”

她看了一阵，接着报告说：

“他先上咖啡馆和你堂兄弟打招呼去了，书存放在他那儿就对了，可以直接从邻街的门进来了……”

赛尼娅说了些什么，栽娜卜一句也没听见。她呆呆地望着咖啡馆，思想在梦幻中游荡。忽然，她看见咖啡馆前面，赛里姆拿起穆赫辛的书，离座向家里走去，而穆赫辛正在敲赫勒密家的大门……于是，她决心立刻上街去。

现在要紧的，是她看见那里坐着的只有穆斯塔法一个人。栽娜卜最后看了一眼，便离开窗口，从屋里的沙发上拿起长罩袍。赛尼娅不解地问道：

“阿姨，你上哪儿去？”

栽娜卜装得若无其事地答道：

“我找裁缝去，一会儿就回来……没几步路！”

“就剩下我一个人了？你不知道我妈不在？”赛尼娅话里透着些不满。

栽娜卜裹上罩袍：

“我保证十分钟就回来！”

赛尼娅真生气了：

“非得现在上裁缝那儿呀？”

栽娜卜只顾穿衣，匆匆答道：

“好姑娘，我想起一桩非常非常要紧的事，一定要走。你不用害怕，我要是迟到五分钟的话，随便你讲什么好了！”

说罢，对着镜子，着意打扮起来。先把面纱上的鱼鳞铜棍端正地放在鼻子前，特别注意从头巾下拉出两绺染黑的短鬓发。那样全神贯注认真的修饰，俨然像个二十年华的妙龄少女。赛尼娅在一旁看得直发笑！

正忙着，黑皮肤的苏丹女仆告诉她们穆赫辛来了。一会儿，小伙子已经站在厅屋门口了。他羞涩地站了一下，便向赛尼娅走去，忸怩拘束地问了个好。

栽娜卜趁赛尼娅还礼的刹那间跑到阳台上，从窗户里探出大半个身子去，咖啡馆里的人定能清清楚楚地看见她！接着，又急急忙忙跑回两人身边，说她出去一下马上回来，便匆匆告辞走了。

屋里只剩下穆赫辛和赛尼娅面对面站着。

少年的羞涩赧颜的心情到了胆战心惊的地步。白天，苦苦练了一整天专为这一时刻使用的“勇气”，瞬息之间，荡然无存。闷声不响低着头，像个犯了错的孩子站在训育员面前。

赛尼娅可不像他这么害臊、恐惧。虽说才十七岁，比穆赫辛只大两岁左右，可确实冷静得多。而且从身体、思想上都臻于成熟，可以算得上一个地地道道的女人了。她有时低垂着长长的美丽的睫毛和穆赫辛聊天，送出一声声充满女性温柔的笑声，但又彬彬有礼，小心适可地锁住了眼里的春光。这一切原不是她的本性，而是一种做作的羞态。埃及女人最大的魅力恐怕就在此！说实在的，埃及女人确是天底下最能体察那秋波一回眸所发生的作用和产生的力量！她从不像那些轻佻大胆的外国女郎那样，对谈话对象频频顾盼、挤眉弄眼。她只是把含蓄而有保留的目光封存在低垂的睫毛里面，像收藏在鞘盒里的一把宝剑。一旦需要的时刻到来，她才抬头，只消悄然闪他一眼……只一闪便什么都够了！赛尼娅客客气气地打破了沉默：

“穆赫辛先生，请坐！”

她指指钢琴旁边的一把大椅子，微笑着说：

“老师，今天教我什么呀？”

“您想学什么，我就教什么！”他那过分的礼貌、谨慎和做作简直到了令人讨厌的程度。

赛尼娅仍然微笑：

“我自己说不清喜欢哪些歌……不过，昨天那支歌，尽管很古老，但我简直无法表达我是多喜欢它！我还是第一次这么喜欢一首老歌。不过，功劳全归你，穆赫辛先生，真的，唱得太好了！唱得非常美，音非常准！”

穆赫辛的脸红了，这神奇的夸赞使他的心欢乐得乱撞。他仿佛从中汲取了一些勇气，努力抬起低垂的脑袋，说：

“赛尼娅小姐，谢谢你……谢谢你的好意！”

赛尼娅说道：

“穆赫辛先生，我敢肯定，你有着惊人的天才，你唱歌很有技巧……这正是我希望你能教给我的，你说是吗？”

她高雅地微微一笑，走向钢琴，打开琴盖，坐在他面前。

穆赫辛神魂颠倒，他努力想解脱自己窘迫的状态，跟她高高兴兴说上几句话。于是，走近钢琴，竭力表现出高雅和风趣，故意学着她最后几句话：

“这钢琴，也正是我希望你教我的，不是吗？”

话刚说完，血立刻涌上他的面孔。赛尼娅的秋波在他身上一扫而过，这一眼，足以使大力士倾倒：

“没问题，我保证你会很快进步的，因为你对我说过，你会吹口琴！”

她又转向钢琴，指尖在琴键上滑动。穆赫辛站在她背后，心慢慢踏实起来。现在这个姿势，她是看不到他的，他却可以偷偷地欣赏了。穆赫辛第一次发现，她的头发剪成最时兴的式样，象牙色的洁白的身体，美丽的头上，长着密密的秀发，黑乌乌，光溜溜，像一轮乌木雕琢的圆月。这形象使他想起今年古埃及史课本中常见的一幅肖像。这幅肖像使他爱不释手，每堂历史课总良久地注视着，身心仿佛在幻想的世界里翱翔，只有老师开始讲课的声音才能把他沉落到地面上。那是一幅女子的像：头发也是剪过的，漆黑发亮，圆圆的，像乌木雕琢的圆月:埃及女神伊西斯。

赛尼娅忽地抬起头，仿佛突然记起了什么事，对穆赫辛笑着：

“你看……我忘了一件大事。”

小伙子大吃一惊，他正欣赏那美丽的后脑勺呢！他不安地望着她，如梦初醒。不过，他还是控制住了，呐呐地问道：

“什么？”

“我一直想问问你那个能唱的舞蹈老师的情况。”

穆赫辛定下心，说道：

“噢，这可是好早以前的事。”

赛尼娅怀着美好的希望，娇柔地说道：

“我就想听听，特别想知道她的事儿！”

穆赫辛有些奇怪，但心中窃喜：

“你真是很想知道？”

“是的，给我说说你知道的舞蹈老师是什么样的！”

像一个回忆消失的往事的人，穆赫辛停了一会儿，随随便便地张口了:

“跳舞的……我几乎忘光了。那时我还很小，可我还记得，那是些多么有趣的日子呀！我觉得很幸福，可又不知为什么？对了，想起来了……记起来了……”

穆赫辛脸上现出一片奇怪的表情……那不再是一张害羞的天真的孩子的脸庞，刹那间，它长大了，蕴育着深深的感情：

“是的……我绝不会忘记……”他仿佛自言自语、轻声地说着。

赛尼娅很奇怪，惊奇地望着他，注视着他的脸，琢磨着脸上的表情。那一对幻想的眼睛，正透过昔日大气中以太的帷幕……

第九章

穆赫辛六岁那年，舞蹈师莱比白曾是家里的常客。她和这个家庭如此亲密无间绝非偶然。当时，穆赫辛的奶奶得了神经病，求遍百医，用尽良药，竟全然无效。在这束手无策的时候，一个医生献策：

“对她的病最有效的医道是静心、安神、舒畅，尽可能地让她高兴。心情越舒畅，对她恢复健康越有好处。”

“可是怎么让她高兴起来呢，医生？”

给她唱歌，让她高兴。唱歌跳舞对她是一帖无上的良药！这之后，一个偶然的机会，穆赫辛的母亲在一家亲戚的替礼上见到了莱比白，发现这位享有盛名的舞蹈师竟是那样温文、有礼、谦逊、高雅。而舞蹈师也在众多的女宾中注意到她，并产生好感，两人由相识到谈起需要一服快乐的药剂的女病人。穆赫辛的母亲趁机邀请舞蹈师到家里去玩！

从那以后，每年夏天，莱比白带着乐队，背上乐器来丹霍尔探望穆赫辛一家。多则一个夏天，少则一段时间，她都是这里的贵客。村野山色，清新空气，足以养神颐气，给有病的老太太驱忧解闷，使全家充满欢乐的情趣！

舞蹈师自己也说，她和乐队在哈米德·欧塔菲先生家度过的那段日子是她一生中最美好的。唯一的不快，就是艾哈迈德·姆推布有时请她们去应付临时性的晚会或是一宗好买卖。

可是，这些日子，对小穆赫辛来说，毫无疑问，是最舒坦的日子了。

他整年掰着手指头盼呀盼的，每过一个月，那高兴劲儿都从胸口中蹦了出来。

美丽的梦境多么甜蜜！伟大的孩提时代的幻景是多么迷人！一切携同这幼小缥缈的心灵遨游又是多么美好！

那时，穆赫辛最大的欢乐和自豪莫过于被吸收为乐队的一名成员。当他挤在乐师们中间，和她们同唱、同吃、同坐一条板凳时，高兴劲儿简直无法形容。他不知生了多少气，流过多少泪，因为有人没把他当成个基本成员去邀请、称呼，没把他看成像乐队中的哈菲兹·娜基娅和盲女苏鲁姆一样。他不知发过多少回脾气，让这些老师们教他吹拉弹奏的诀窍。

他整天跟着乐队，以她们为楷模。她们对自己的主人和师父莱比白女士忠心耿耿，尊为最高榜样，小穆赫辛当然也不例外。

是的，这样的欢乐是永远铭刻在心上的：他和乐队围成半圆形，席地而坐，师父怀抱琵琶，坐在中间的高椅上。他抬头望着她，犹如瞻仰大理石座上的一尊女神像。音乐开始，他的小脑袋左盼右顾，注意女神的副手，内心里的甜美慰贴简直无法用语言解释。

他凝神望着这年近三十的可爱的女子，心中往往升起一股奇怪的感觉。特别是夜间集会或什么庆祝会上，许多女客专程来到穆赫辛家，听她的演唱。那时她便着意修饰一番，满身珠翠，光彩熠熠。

有时，他似乎能模糊地意识到师父的风雅。她除了迷人的咏唱，还常常用她那天赋的乐观性格，高雅的情趣以及蓬勃的神情给她的听众带来欢愉。

穆赫辛多么愿意坐在她身边，找机会献点儿殷勤。为了保护嗓子，舞蹈老师喜欢用牙签草煮水喝。于是，整个早晨，穆赫辛在园子里给她采集这种草，拿它换取师父给他和大伙儿讲的有趣的故事。

“给我讲个女厨子的故事！”

小穆赫辛的声音中充满了希冀。师父笑了，又故意皱皱眉头，对他和身边的人说道：

“女厨子？孩子们，这可不好！……你们偏要听我忘了的事……”

故事是这样的……

一天，女厨子病了。莱比白师父固执而认真地建议由她来顶班。她反复强调说，她的口味，谁也莫想比得上。她叮嘱大家，吃时要多加小心，别因为贪嘴，连手指头都吞进肚里去了。特别是她做的鱼赛过一级厨师，谁要是没尝过她做的亚历山大鱼，就不配说这辈子他吃过鱼。

大家同意让她试试，带她进厨房。青菜、鱼和必要的调料都准备齐全。她动手烹调……可是，这是怎么一回事？刚过五分钟，厨房变成了下午的菜市。所有的铜罐、铜盆、铜盘都溜到地上站了队，角角落落摆满了锅碗瓢盆，找不到个下脚的地方。这是怎么回事？

恐怕她没有向自己提出这个问题。谁也不敢走进厨房。为了不让别人夺走她的功劳，她拒绝任何人来帮忙。

空锅早就坐在火上，她还在东跑西颠，手里拿着鱼，嘴里哼哼：

“像杏仁一样美哟！……”脚底下磕磕绊绊，不时踢着地上乱摆的家什……

满世界都是鱼。简直无法想象，怎么会如此神速……地上是鱼，架上是鱼，盘里是鱼，水池里还是鱼，整个厨房成了鱼的天下！

可是，莱比白师父没有注意到厨房里竟成了这步田地，她确实在卖力地工作，那股子热情的劲头，使她不时地笑着，喊着：

“主啊，主！我亲爱的人们！这有多了不起，大伙儿现在都瞧着有能耐的跳舞师父！”

不知她最后忙出了多少盘。终于，她满头大汗从厨房里跑出来，雪白的毛巾上烟尘斑斑，她在大厅里大嚷起来：

“亲爱的，做完了！今天有加作料的茄子、掐尖儿的秋葵叶，还有鱼……噢，香极了！……我煎得别提多香了！”

声音突然断了，她脸色发黄，给厨子看病的法里德医生出现在门口。法里德医生对这位舞蹈师慕名已久，又是热心的观众之一，他们在晚会上多次见过面。现在一见她拿着烟渍油污的毛巾，不禁吃惊地叫道：

“哎呀，你还是这儿的厨子？！”

舞蹈大师刚刚弄清是怎么回事，立刻扭过身子，捂住脸，一会儿又掴打着两鬓，害羞地跑掉了。嘴里低低地、气喘吁吁地嘟囔着：

“羞死人了！……羞死人了！……”

这天，还不止是自告奋勇做鱼的事呢，亚历山大鱼带给她的也不光是这些。

一件比这还糟糕的事在后面。她做的鱼已经腐败变质，可她不知道，吃了不少。队员们也拼命吃，谁让这鱼是她亲手做的呢！

不巧的是，当天晚上已经定好，在一位乡绅家里演出。

她去了。宾客盈门，人声鼎沸，她唱了又唱，晚会到了欢乐的高潮。忽然，莱比白觉得胃里一阵阵绞痛，她怕人家看出来，强忍着。终于她忍无可忍了，刚想站起来，发现整个乐队也都在肚子痛，一个琴师蜷缩着靠在另一个同伴身上，捂着肚子，师父明白出了什么事情。那个样子——按照后来她风趣的话说——真让人哭笑不得。客人们发现整个乐队都在摇晃，后来，发现人们几乎同时蹦起来，个个捂着肚子，穿过拥挤的人们，向厕所或盥洗室奔去！

盲女苏鲁姆最惨，女伴们哪还顾得上她，她站在那里，不知怎么办，一只手捂着肚子，另一只手在空中乱摸乱抓，着急地叫喊：

“灾难呀！快给我拿个便盆，拿个痰盂！唉，尊敬先知的人哪，主可让你们都睁着眼睛哪！”

女宾们先是哈哈大笑，然后赶快去“急救”！

那天晚上，小穆赫辛未能如愿和乐队一起行动。尽管他眼泪汪汪，求了无数次情，可母亲始终不同意。所以，他也和其他人一样，不能目睹，只能从师父那儿听到这个精彩的故事。她讲得那样风趣，逗得天真的穆赫辛笑声不断。听完故事，他得到了满足，便忘了想和她们一起去的事。莱比白刚讲完，想抽支烟，喘口气，可穆赫辛毫不放松，苦苦哀求：

“再讲个犹太人婚礼的故事吧！”

科普特历二月，是一年中最冷的日子。一天，一个有钱的犹太人请莱比白和她的乐队为婚礼演唱。师父坐在乐队中间，等着新娘子沐浴梳妆回来。犹太人结婚有个风俗——当然是舞蹈老师说的——新娘子必须洗掺有犹太法学博士圣水的冷水澡。浴罢，方准许梳洗打扮。这以后，非犹太人，无论是穆斯林，还是基督徒绝不能碰她。万一碰了，就得再洗一次。

新娘子来了，浓妆粉黛，一身华服。随着她的就座，歌舞骤起，狂欢开始。高潮过后，渐趋结束。那天晚上，狂风怒吼，雨雪交加，开罗从没有那么冷过。莱比白闲下来，看见新娘子的礼服那么豪华耀眼，便走上前去，想仔细看看用什么料子做的。她伸出手，随便摸了摸。不料，手刚碰上，惊叫声顿时四起，传来一片怒吼声。莱比白吓得张着手，痴呆呆僵立在那里。只见新娘的亲属和送亲的人一个个怒冲冲走出房间，带着新娘子，在数九寒天的隆隆雷声中去洗第二次冷水澡了。

不一会儿，可怜的新娘洗罢冷水浴回来了。她又咳嗽又喘，牙齿直打战。楼下男宾听见楼上喧哗声，赶来探问，新娘的亲属乱嚷起来：

“莱比白把她割了！……莱比白把她烧了……莱比白摸了她！”

莱比白躲在乐队里听着，吓得一阵阵哆嗦着，骨头都快抖散了。她默念着“宝座”①，不时抬眼偷看这家人的愤怒平息没有？她紧靠着身边的乐师，小声说道：

“娜基娅，靠过来点儿，做做好事，快把我挡上！……苏鲁姆，求求你，抓住我！孩子们，保护我，保护我吧！……啊，艾布·苏欧德②用你的慷慨大方救救我吧！我愿用半打蜡烛，只求平平安安地离开这儿！”

苏鲁姆虽然更害怕，却还安慰着师父，气愤地在她耳边说：

“该死的！瞧他们能把我们怎么样！”

娜基娅也悄声说：

“难不成也把咱们捺到冷水里洗个澡！”

“主啊，干嘛这样！”苏鲁姆牙齿咯咯发抖，“这和我们有什么相干？”

这时，愤怒已经平息。大概办喜事的也看出来了，最好是一切恢复

---

① 《古兰经》“黄牛章”中的一节。

② 一位先知的名字。

原状，免得这个晚上闹得不欢而散。所以他们立刻静下来，让莱比白和乐队继续唱歌跳舞。为了不再惹出新的麻烦，用欢乐弥补方才的遗憾，莱比白欣然从命，她正襟危坐，命令乐队拿起乐器，着急地对娜基娅说："琵琶音调到希贾兹卡尔①！"

她放声唱道："让挑拨离间的人生气吧……"

序曲刚结束，乐队里叽叽喳喳、乱糟糟的。苏鲁姆拔得最高，盖过了她的音：

"主啊……师父啊……埃及女人啊……国王们都在倾听……"

唱完这句，苏鲁姆压低调，歪过身来，低语道：

"主啊，调门太高了！"

师父狠狠瞪了她一眼：

"你怎么了，姑娘？"

可是，她马上发现是自己把调子起得太高，使整个乐队不知怎么办。于是，微笑着，安慰苏鲁姆：

"还唱呢，这可要丢脸了！孩子们，跟往常一样唱，只求今晚平安无事，最后，让他们把'挑拨离间的人生气吧'吞进肚里，带着它去睡觉吧！"

在那无数往事的回忆中，有一个晚上是穆赫辛终生不能忘却的。这个晚上在他记忆的海洋中，在他内心深处镌刻下永不磨灭的形象和情感。

那是一个黄昏，哈吉·艾哈默德·姆推布请师父为一个盛大结婚喜筵助兴。哈吉千叮万嘱，告诉她这个晚会既豪华又重要，让她一定准备好。乐队知道了消息后，人人都兴奋地做准备：有的练习，有的检修乐器，有的挑闪亮服饰和化妆品：香粉、眼墨、唇膏、眉笔。顷刻之间，全乐队充满了活泼和欢乐的气氛。

在那嘈杂、乱哄哄的欢乐中，却有一个人，目光哀愁，心头是那样失望：他就是小穆赫辛。

这时，他像个追随蜃景的人，痛苦地站在墙边。他不是乐队的成员！

---

① 埃及民间音乐的一个音调。

以前哪里发生过这样的事！全队都忙着，准备外出，就没有他。乐队竟不需要他帮忙，自顾参加婚礼去了。他的那些女伴，哈菲兹，娜基娅，还有苏鲁姆，都沉浸在自己的欢乐中，谁也想不起他，甚至没人发现他的存在。

无可奈何，他期望、哀求的目光转向莱比白师父。师父正在镜子面前打扮，也忙着自己的事，连她也忘了穆赫辛是乐队中的一个重要成员！

想到这里，他痛苦极了，不禁放声大哭起来，然后用两只小脚跺着地板，嚷道：

"带我去，我要跟你们一块儿去！"

可是母亲不答应！

穆赫辛气坏了，号啕大哭。师父和女伴们安慰他，可是不行，气愈生愈大。他下定决心，无论干什么，也得跟着去！

"我怎么了……呜呜！我非去……非去不可，我要看结婚，我一直没看过结婚的！"

师父笑了几声，开始可怜起他来。她走过去，贴着耳朵，悄声告诉他，保证说服母亲让他去。

小家伙马上不嚷嚷了，用满含希望的目光望着她。他知道，经过长时间的相处，妈妈对舞蹈师父的信任胜过家里的任何人。

师父真的去说情了。母亲开始有些犹豫，可是师父立下保证：

"只要他跟着我，您不用担心。我保证把他带在身边。让他亲眼看看结婚典礼吧！"

穆赫辛又怕又怀着希望，躲在门后偷听，母亲的应诺刚刚传入他的耳鼓，便立刻高兴地大喊大叫起来，动手翻找新衣服，得空便向所有的人——仆人和乐队成员——报告，他也要随乐队一块去演出了。

在他那颗幼小的心灵中怀着一种远比单纯的感恩要强烈得多的感情，直到那一时他还无法理解的深深的感情。

傍晚，乐队乘坐的四轮马车停在办喜事人家大门口。门前早已搭起豪华的大帐篷，彩灯通明，花饰无数。道路两旁，小方旗，三角旗，红的，黄的，绿的，迎风飘扬。盏盏汽灯，一直通到屋里，真有从羊街到卡尔乃喀清真寺的大道一般的气派。

帐篷里摆着几百张木质靠背椅、长凳、方凳，早被那些只有安拉才认识的贺客占得满满的，许多人连主人家也不认识他们。确实，来客中有谁才是真正的被邀请者呢?！恐怕这些自请的客人连新娘子是谁，叫“栽娜卜”还是叫“谢勒碧”都弄不清楚。

穿黑制服的运水夫，托着摆满一杯杯红色饮料的大盘子的佣人穿梭往来，一只只手伸出去，争着索取自己的一份。

帐篷的一角里，说不请是个军乐队还是半军乐队，鼓啊，笛啊，还有那些黄铜军号，奏出震耳欲聋的噪声。不过，对增加气氛，张扬显赫倒是必不可缺的。

女歌唱家一到，人群中立即出现了异样的骚动。两个仆人抢到四轮马车跟前，扶着享有盛名的师父下车。

雍容华丽的民间舞蹈老师仪态端庄地走下车来，只见她满头珠翠，两腕上佩戴金镯，脚镯发出优美的声响。遮身的黑罩袍下，露出绣有金银片、亮铜棍的绸袍。这些饰物在苍白的灯光下，依然熠耀夺目。远看去，眼花缭乱，仿佛是一块美玉闪烁着光华，向前移动着。

舞蹈师撩起衣襟，小心卷好，转身看看乐师，命令她们当心自己的乐器。等每个人都抱好了，师父启步慢走在前面，身后，就是那穿着节日盛装的小穆赫辛。

穆赫辛马上发现，娜基娅怀抱琵琶，哈菲兹有小长鼓，苏鲁姆拿着铃鼓。他不高兴了，嘟囔着，差点儿流下眼泪。他也要有一样乐器，他不也是一名队员吗? 师父说服、安慰，想让他安静下来，可是没用。最后只好命令把响板给他。师父微笑着，温柔地对他说：

“你拿响板。你人小，拿小东西正合适！”

师父拉起他的手，想让他走在自己身边。

可是穆赫辛根本不同意。

他只请求像其他成员那样跟在她身后，老师无奈，带着队伍开步走了。一个仆人在前面开路，带她们向女宾休息室走去。男人微笑着，目不转睛地送她们远去，赞扬、调情和诙谐的笑语此起彼落：

“我的先生……这是怎么回事……”

“让道啊，你，还有他……老太太，看花眼了吗？小心你的袍子！哈哈……”

如此等等，不一而足。

等她们的身影消失在休息室门后，这些插科打诨才算停止。队伍一进门，便发现她们置身于一间宽敞的大厅里，全是女宾，满屋子说不尽发光的衣衫和贵重的珠宝，人人都像一颗颗明亮的星星。

师父刚一出现在门口，两位喜宴的主人便迎上前来，有一位是新娘的母亲。她们以著名舞蹈师的礼节欢迎她，然后把她们带到房间另一头早就准备好的地方。宽敞的地板上摆了一圈绸坐垫和柔软舒适的靠枕，中间一把安乐椅，专给这位享有盛名的师父备的。

穆赫辛随着乐队一起进屋，立刻引起在座的注意。新娘的母亲问老师：

“你的孩子？”

没容师父回答，穆赫辛立刻指着手中的响板，细声答道：

“不，我是乐队的人！”

大家都笑了。小小的年纪，可那认真的答话里却充满了决心和意志！新娘的母亲想亲亲他，不料他一转身，急忙追上队伍，挤了进去。全体就座，开始放置衣物，调校乐器了。

老师也离开主人，跟着穆赫辛走了过来。

乐体全体四散坐在靠枕或坐垫上。中间的高椅上是师父，她们开始用行话说开了。

和往常一样，大伙开始议论纷纷起来。盲女苏鲁姆不停地问：这户人家，这次宴会，不是像估计的那样？这是不是个高贵的、酒肉不断的家庭？同伴们用锐利的目光四处查看着……屋子中央有一张白绸铺盖的带华盖的长沙发椅，安着一对富丽堂皇的新人的座席。那顶华盖，里面也衬着白绸里子，简直像蜡制的苍穹，四周垂挂着一束束茉莉、香花、白玫瑰的帷帘。

新人尚未来到!

于是，乐队姑娘开始品评来赴宴的女宾。

不管怎么说，一切都能证实，这的确是一次豪华的婚宴。看到最后，弹琵琶的娜基娅说：

“看来，这些人真有钱。不过也应该给咱们拿点儿高级香烟。烟，才能使人心情舒畅。”

老师一旁小声地呵斥：

“嘘，你这小鬼！新娘子她妈会拿来的。”

新娘的母亲真的过来了，委婉地问跳舞师想用点儿什么，又说大家都希望能在冷餐之前听她们唱上一支歌。

莱比白客气地答道：

“亲爱的太太，听您的吩咐！……不过乐队队员们想抽烟，我想来杯苦咖啡。”她指指穆赫辛，刚想张口，小家伙打断了她的话：

“我和乐队队员一样！”

老师责备道：

“香烟？……别的都可以，就是烟不能给！穆赫辛，这可不好。”

师父迅速地朝新娘的母亲看了一眼，贴在她耳边说：

“给他一杯果汁！”

新娘母亲答道：

“就这些吗？你们要的太少了，那好，马上就来。老师，以先知起誓，你们千万别客气，这儿就是你们的家，想要什么就说。师父，我们想让你把今晚变成一生最快乐的夜晚。唱吧，跳吧，让它成为最欢乐的一夜！”

她急忙去给乐队拿东西。

跳舞师抬头四顾，发现客人都投来赞赏和期待的目光。

她向大家笑笑。

忽然，席间冲出一个大胆的声音：

“喂，老师，请你给我们唱一支‘情人走远，心儿跳动’！”

莱比白深施一礼表示从命。女宾们却大声喧哗，发出一阵阵放肆、鼓励、谴责和吃惊的笑声。全场的目光都在搜索那个大胆的女人，只听见她还在高声说：

“情人远去，心儿跳动，光阴飞逝，音信全无！”

一小时过去了，乐队只顾调音、抽烟、喝咖啡、闲谈、评论……丝毫没有要唱歌的样子。仿佛最重要的一环就是挑逗观众，让他们等得心痒难熬。确实，这也是干这一行的一种本事，而埃及歌舞师又是唯一精通这一门艺术的：引起观众兴趣，使他们焦急等待。

席间，谁也没像小穆赫辛那样心急火燎的。

这个初涉艺坛的小家伙真不明白，乐队为什么如此慢慢腾腾、令人心烦地耽误时间！高涨的热情催动他，他唯一的希望就是乐队马上演出。于是他天真地督促师父：

“怎么都哑巴了？什么时候开始唱呀？大家早就想听咱们唱了。”

师父像对待一个不懂事的小孩子，同情可怜地瞟了他一眼。她弯下腰，用说悄悄话的口气对他说：

“傻孩子，这是我们的工作。这就是干这一行的秘诀：

愈让听众等得不耐烦，他们就愈佩服你……明白吗？”

鼓手哈菲兹正用手掌捺紧鼓皮，她接着说：

“俗话说得好：不随和，有苗头。”

师父不住地点头：

“就是这样！”

说罢，把嘴边的烟卷伸向哈菲兹，让她点火。

终于，按艺术的需要，跳舞师觉得确实到火候了。她发出命令拿乐器，也正是这个时候，晚会的主人进来了，宣布冷餐会开始。

师父示意放下乐器，微笑着对大家说：

“噢，清真寺，这回怨你不怨我哟！”

新娘母亲过来，抱怨地方不宽敞，请跳舞师一人入席，建议其他成员原地就餐。她说，大盘是拼盘，和餐桌上的一模一样，甚至更好些。

不挪地方，舒舒服服吃好，免得到那边乱哄哄的，还不好意思吃呢！师父同意这样安排。不过她要求小穆赫辛和她一起入席。新娘的母亲想亲亲穆赫辛，连忙回答：

“这算什么呀！……主啊……这可太好了！……”

不过，穆赫辛又一次断然拒绝丢下自己的伙伴，冲着师父喊道：

“不……我不愿意……

师父想起对孩子母亲许下的诺言：时刻把他带在身边。便坚持让他跟着自己，于是她假装生气地对他说：

“跟你说了，和我坐在一块！”

她贴在他的耳根上温和地说：

“桌上的餐食更好吃，把那儿好吃的都吃光吧！”

穆赫辛抓紧椅子扶手，不听话：

“我不想吃好的……我要在这儿吃……和乐队坐在一起！”

正说着，两个仆人抬来一只大托盘，放在乐队中间。盘里是一碟碟满满的麦片粥、红烧火鸡、各色鲜菜、肉、烤羊肉串、油煎丸子……还有甜食，点心和水果！”

穆赫辛不管三七二十一，自顾挤进乐队中间，老师一时不知如何是好。

但她很快就下了决心，向新娘的母亲道过歉，傍着穆赫辛坐下，和他一样，与乐队一齐吃了起来。

盲女苏鲁姆闻到香味，问女伴，是不是真的是鸡？

大家先吃麦片粥。

看来，仆人忘了拿勺子。苏鲁姆张着两手问：

“姐妹们，勺子呢？”

吃得津津有味的小穆赫辛答道：

“只有叉子！……你要吗？”

盲女不解地问：

“叉子？……你用什么吃麦片粥呀？”

穆赫辛笑着接口道：

“用叉！……我们都用的是叉子……你也跟我们一样，用叉吧。”

苏鲁姆生气了：

“用叉子喝粥，多有意思！我发誓，你别胡说八道……快给我调羹，要不你不得好报……现在不是开玩笑的时候。快，行行好，给我一把……”

师父故意装着愠恼的样子说：

“没调羹，他不是跟你说了，让你拿叉吃吗？别瞎闹了！”

苏鲁姆气呼呼接过叉：

“光有叉？我的姐妹，这哪能吃麦片粥？”

她像叉肉那样直直地插进粥里，当然，一粒麦片也盛不起来。叉子送到嘴边，结果，什么也没吃着。

姑娘们哈哈大笑。小穆赫辛笑得最起劲了，那样天真，那样开心：

“瞧啊，她不会用叉吃麦片！”

他想过去教教她如何用叉，是横着，不能竖着用，是把粥舀起来，不能直直地扎进去。可是旁人都偷偷地拦着他，娜基娅挤着眼睛，大声说：

“别管她，她不是吃得挺好的吗？谁能说她残了？”

然后在他耳边小声说：

“要是这样，一个晚上也吃不上十颗。先知保佑你，别管她，瞧她怎么办？……这不是挺逗乐的吗？干吗不开会儿心呢！”

开始，穆赫辛同意了。他捂着嘴，免得笑出声来。可是不一会儿，他想了想，天真质朴地说道：

“这么说，她就不能吃了？苏鲁姆不能和我们一块儿吃了？罪过呀！要让她和咱们一块儿吃……苏鲁姆，你瞧着……”

他动手教她怎么用叉喝粥。苏鲁姆终于能像大家一样吃了。

师父默默地关注着这一切，感动地自言自语道：

“穆赫辛，你真是个好心肠的孩子！”

半夜，狂欢已到了高潮。乐队也唱了好几首歌了。不过节目之间都休息很长时间。

热情的听众围着乐队，就像埃及国旗上的新月环抱着星星一样。他们听得那么专心，竟像一个人在谛听。不过，他们不是低着头，不是默默地一声不吭。相反，一个个连喊带叫，大声喝彩，赞美声把歌声都盖住了。大家脸上的表情都是一致的，疯狂的欢乐，刺激的乐音，全场没有一人不卷入这个整体。她们从音乐声中体会出一层层意思，凝练出不同的情感。音乐如同被崇拜的圣物，集众人于一身，变万千生灵为一体。

午夜刚过，有人贴着舞蹈师耳根说了些什么。立刻，师父又对乐队全体成员悄声说了几句。顿时，全体正襟危坐，表情转为严肃，熟练热情地抱起乐器，犹如士兵接到冲锋的命令高举手中的武器。蓦地宛如尼罗河上金色的哨音，悠长激越的啦啦声①响彻屋子的每个角落：新娘在伴娘的搀扶下出来了。她身着雪白的绸礼服，头戴白色花冠，在亲属和女眷的簇拥下，迈着细步。左侧的伴娘，往四处撒盐粉，一边高呼：

“先知的情人，保佑他！”

新娘子扭着身子，走到了长沙发椅前面，坐到自己的位子上。伴娘用手托着手帕，坐在身边，接受客人的份子钱。这时，乐队使出了最大力量，歌声震天动地。

新娘刚坐稳，便有人宣布新郎来到了。他走到门口，对停下的男伴郎笑笑，羞涩地独自向前走去。伴郎伸长脖子，不停张望，争着看新娘，当然，也不会错过机会，瞧瞧女宾中的美人，更忘不了冲她们笑一笑。新郎在太太小姐中觅路前进。她们用目光品评着他的年龄，悄声交换着看法，评头品足。好不容易来到了沙发椅前，他迟疑地站下了，然后鼓起勇气，举起右手，揭开新娘头上的白色盖头。

顿时，凝神屏息，贺客一个个引颈翘首，张大眼睛看着。仿佛等待着一场不可推翻的判决。连乐队，虽说都在拼命拨弄打击乐器、高声演唱，可谁也没有忘记盯着新郎的脸看个够。

盖头揭开，新郎官略现惊慌的神色，但很快控制住了感情，他笑笑，弯下腰去，拉起新娘的手吻了一下，然后，登上长椅，并肩坐下。

① 逢有喜事，阿拉伯妇女用舌头在口里迅速颤动，发出的欢呼声。

这时，欢呼喝彩声重又大作。欢乐的喊叫声震耳欲聋。乐队的歌声又一次达到高潮。

突然，一阵响板声起，舞蹈师身着半袒的闪着金光的舞服出场了。她走到了大厅的中央，扭动起绵软苗条的腰肢，肚皮不停地前后摇动，像牛奶雕琢的枝条。响板在她那涂着指甲草的手指间响动着。

大厅里嘈杂喧闹声逐渐停息，最后鸦雀无声。一双双惊呆的眼睛紧追那扭动的美妙身段，随着那滑腻的肚皮的颤抖，一对乳峰宛如成熟的浆果高高耸起……一切的一切，都和着鼓点节板，以迷人的姿态抖动着……

在这些缭乱的眼神中，穆赫辛的眼睛射出天真无邪的赞叹。以前，他多次见过师父跳舞，可是，今天晚上，第一次看见她在这么多赞叹的目光前跳，他首先感到的是骄傲、自豪。他认识她，生活在她身边，他是乐队……是她的乐队的一名队员……随之而来的是心中产生了许多说不清的感觉。舞蹈快结束前，新人的家属、亲朋，然后是来宾纷纷走上前去，像往信封上贴邮票一样，亲手把各种金币：金镑①、金路易②贴在她的前额上。

贴满金币，她用手帕擦掉，好再贴第二次、第三次！

没有金币的送了其他的钱币。新郎的家人把一万元钱的犒赏撒在地上，乐队的成员、本家的仆人、随从一哄而起，争相抢拾。

深夜两点，多次的歌舞后，新郎新娘想进洞房了。

一对新人站起身来，挽着臂膀，从长椅的梯阶上慢步走下。家属，亲朋和随从依次列队，尾随而行。师父和乐队也抱起乐器，走在大家后面。送亲的队伍在欢呼声和喜庆的呼喊声中行进。一直走到洞房门口。新人步入屋里，关紧房门后，呼喊声又一次在宅中回荡。客人们开始活动了，喧哗嘈杂声又渐平息，大家先后走到新郎家人面前，说着吉祥的告别话：

“早生贵子……”

婚宴就在这样的气氛下结束了。主人、客人纷纷夸奖舞蹈师，祝贺

① 已废止的旧英国钱币，等于一英镑。

② 法国大革命前的金币。

她在这辉煌之夜的精彩表演和巨大胜利!……

师父沉醉在欢乐中，她高兴地哼着曲子，亲切地穿过拥挤的人群，走向乐队。正准备离开的时候，她突然想起了穆赫辛，一颗心急得怦怦乱跳：

“糟糕!我的灾难呀!……孩子们，穆赫辛哪儿去了?!”说实在的，大家都把可怜的小穆赫辛忘得一干二净。她们只顾送新郎新娘，竟没有一个人注意到现在已是凌晨两点了，一个孩子怎能挨到这个时候而不睡觉呢!

师父焦急地寻找着，终于发现他伏身在地上，半截身子钻进椅子底下，睡得正香。她急忙把他抱起，不停地吻着那张小脸蛋。

穆赫辛睁开眼睛。

一看见师父，他的睡意立即消失，抖动着眉尖，双颊绯红。不知为什么，有点儿不安，然后赶快从她怀中挣脱出来，跑了……

多少年过去了。可是那幸福的、甜美的一刹那——睁开眼来发现自己正躺在她怀抱里，享受着她的亲吻——却永远铭刻在心里。

后来，舞蹈师和哈吉·艾哈默德·姆推布结婚了。穆赫辛感到灰心丧气，是那样的失望，犹如蜃景消逝，沮丧沉落在心灵深处。为什么呢?他可找不出什么原因……

第十章

时间不知不觉地过去了……

他们俩没有练唱，她也没有弹钢琴。此时此刻，这两人像有什么心事，默默地低垂着脑袋。赛尼娅看来严肃而认真，而穆赫辛则是顾虑重重和恐惧不安。

这则童年的故事并不是造成这种气氛的主要原因。故事如果真能令赛尼娅高兴起来，那她绝不会是现在这种心事重重的样子。

根本原因在于，穆赫辛回忆了他童年的事情之后，竟鼓起勇气，在这极不适当的场合，冒冒失失地把绸手帕的事说给她听了。他说：手帕没丢，也没让风刮跑，它还在，在一个人手里。那人天天拿着、保存、珍惜它。可他没说这人是谁。不管她怎么苦苦哀求，他始终犹豫害怕，拒不吐口。没有办法，她只得瞎猜谁能藏着她的手帕？但又不时抬头，满怀希望地看着穆赫辛。可结果却一无所知。准是他在引逗，想让她追根寻源。最后，她厌倦了猛地冲他嚷道：

“你真不想说谁拿了我的手帕？”

喊完，她又稍稍放松点儿，赌着气，用一种微妙的语气说：

“干吗不愿告诉我呢？……你真坏！”

穆赫辛不说话。

“你当然知道了。”她继续说道。

少年吓一跳，结结巴巴地问道：

“是谁？”

她没有注意到他的不安，边想边说：

“是你刚才说的，手帕不可能掉在你们阳台上！……”

穆赫辛笑了，松了一口气。他已经转变了她的思路，于是便狡猾地说：

“是的，不可能的。”

她自言自语：

“那么，会掉到谁家的阳台上呢？”

突然，她有了一个想法，迅速站起身来，跑上阳台，向外张望。望着前面的谢哈台咖啡馆，她自言自语道：

“可能……噢，不可能……为什么呢？……不会的！……”

然后，她又瞧瞧隔壁人家，望望楼底下，自语道：

“他们楼下那家有小阳台！”

穆赫辛看着，不明白她在干什么，为什么要站在阳台上，不过总觉得有点儿不痛快。

这时，栽娜卜出现在门口。

或许她真上裁缝那儿去了，要不就是到哪儿远处走了一趟，反正离开足有一小时了。看样子，她下决心实施的计划已经落空，因为穆斯塔法先生仍然坐在谢哈台咖啡馆前面，始终没挪窝儿。

栽娜卜在门口看见赛尼娅在阳台上东张西望，忍不住生硬地呵斥道：

“你在窗子那儿干吗？”

赛尼娅吃惊地转过身，见是栽娜卜站在门口，略带歉意地说道：

“阿姨，你回来了？”

栽娜卜发现自己的话太生硬了，便控制住情绪，进屋脱下罩袍，放在凳上，温和地问道：

“琴练完了？”

赛尼娅进屋，坐在椅子上答道：

“我们今天没上课，光是聊天了。阿姨，你上哪儿去了？”

栽娜卜略显不安，但立刻有意避开话题，简单地答道：

“上裁缝那儿了。”

“去了这么久？”

“嗯……”

栽娜卜马上想起白白浪费的半个小时！这可恶的半个小时，她一直在咖啡馆前面大街上走来走去，可是那个瞎眼的傻瓜竟像没看见她似的。

三个人都沉默了。最后，赛尼娅望了望穆赫辛，平和地说：

“穆赫辛先生，你干吗站得那么远呀？”

自刚才的谈话后，穆赫辛一直靠在钢琴的另一头，不断思索着：她能从他讲的手帕的话中明白些什么呢？而自己又能从中获取些什么，换句话说，能捞到些什么好处呢？这一切在赛尼娅方面会产生什么样的影响和结果呢？她刚才起身到阳台上去，这又是为什么呢？看来，其中有许多悬疑的事，她暧昧的态度使他产生了一种恐惧。

黑女仆进来报告，麦布鲁克来了。话犹未完，一身“礼服”的麦布鲁克进了客厅。

栽娜卜嘲讽地盯着他：

“你来这儿干什么？”

麦布鲁克本来神气十足，一听这话，顿时矮了一截。他清清嗓子，煞有介事地宣布：

“我来，是要告诉你们……”

栽娜卜揶揄地打断他：

“你能告诉我们什么呀？”

麦布鲁克有点儿不好意思，低头停了一会儿，然后驯顺地看了看赛尼娅，终于抬起头来，像个白痴似的东张西望。

栽娜卜盯着他的一举一动，突然说道：

“主啊！你们瞧，他怎么像婚礼中的傻瓜一样！……一声不吭！”

麦布鲁克急忙打起精神，看了她一眼，清清嗓子：

“我来，是要告诉你们……”

栽娜卜忍不住大叫：

“喂，我们听了一千遍了！”

麦布鲁克挺挺腰板，抗议道：

“你听我说呀！”

栽娜卜还在奚落他：

“好吧，傻瓜，宣布你那重要消息吧……倒是说呀！”

麦布鲁克没有马上回答，依次看看赛尼娅和栽娜卜，咳嗽一声，然后像宣布什么大事似的说：

“开晚饭了。”

栽娜卜一声冷笑，吓得麦布鲁克出了一身冷汗。只听她冷冷地说：

“就这个消息？你就是为这来的？你穿上抛头露面的衣裳，做出了像二十四K金那样周详的准备，就为了对我们说这句不上不下的话？”

赛尼娅差点儿笑出声来。可是一看这个仆人那样窘迫不安，不想火上加油，更不愿让他下不了台。为了驱散他的惶恐，帮他解个围，她恭维地说：

“麦布鲁克穿上袍子，简直像个市长！”

仆人慌忙向前一步，用宽大的袖子掩着嘴，认真地说：

“以安拉发誓，赛尼娅小姐，我以前真当过市长。”

连思虑重重的穆赫辛也忍不住笑出声。

栽娜卜抬起头，以十分瞧不起他的语气说：

“亲爱的，你说那是什么年头的事呀？”

麦布鲁克朝她挤挤眼，求她别张嘴。

可是不行，她仿佛在报复：

“你以前是个乡巴佬，一直和驴崽子、小牛犊、水牛睡在一块儿。是我们把你带进城来的，让你过上城里人的生活，住上楼房，你这才像个人样！”

麦布鲁克无力招架，那样子真让大家发笑！笑过一阵之后，赛尼娅突然觉得他怪可怜的，便插了一句进来，甜甜地说：

“阿姨，别这么说了。我发誓，麦布鲁克真像我爸爸老家那儿的市长。

不一样的，只是那个市长戴眼镜。”

一听这些话，麦布鲁克又来精神了。他对赛尼娅说：

“我起誓，我还真有副眼镜。”

顿时，哄堂大笑。

栽娜卜辛辣地说：

“眼镜！你要眼镜干什么？你要能读会写，我们会说你戴眼镜看报。可直到今天，你的两只眼睛还像挨了枪子儿一样！”

仆人不睬她，看着赛尼娅说：

“赛尼娅小姐，你相信我，以先知的下巴起誓，我真当过戴眼镜的市长！”

连赛尼娅也忍不住了，发出一阵银铃似的笑声。

穆赫辛过来，对他说：

“傻瓜，不戴眼镜的市长更好，只要他的两眼生来就是好的！”

可是对方不听他的，冲着赛尼娅比画：

“除了我的话，你谁也别信！”

第十一章

第二天是星期五，全家休息……谁也没有出门，像往常的休息天一样，照例等着一顿必不可少的美餐。栽娜卜清真寺的宣礼塔上刚刚响起召唤礼拜的喊声，“家长”哈奈菲立刻双手摁着肚子，叫唤饿了。没一会儿，上尉赛里姆也开始学他的模样，接着是穆赫辛。

只有阿布杜一个人固执地不说饿。他用好言劝慰他们，让他们多忍耐，然后，以礼拜寺说教的口吻，对大伙进行规劝，告诉他们要想活到月底，必须具备知足的美德。

全家默默无言。哈奈菲这屋进，那屋出地走着，以便忘掉饥饿。最后，他忽然问道：

“麦布鲁克在哪儿？”

阿布杜满有把握地说：

“在厨房。”

然后他又补上一句：

“兴许他用自己的袍子给我们做扁豆粥呢！”

哈奈菲揉着肚皮，叹了口气：

“用他的袍子……”

阿布杜马上严肃地回答道：

“我的先生，一点儿不错，用他的袍子和缠头布……您想吃什么呢？怎么，想在这日子吃红烧火鸡？”

赛里姆上尉同样摸着肚子，急忙说道：

“住嘴！今天不准说什么红烧火鸡……危险……别说了！”

又是一阵沉默，哈奈菲冷笑着说：

“安拉啊，今天不给吃的了！”

赛里姆接着说：

“是呀，我听不见锅碗瓢盆杵棒响，也闻不到什么香味！……”

阿布杜火了：

“我早说过了，是扁豆粥！”

“安拉晓得，”哈奈菲说，“厨房里没有扁豆粥，也没有鸡，连麦布鲁克的人影也看不见。”

阿布杜很担心：

“麦布鲁克不在厨房？怎么可能呢？”

说时迟，那时快，只见大家同时跳起，一窝蜂奔向厨房。厨房里空空如也！他们找遍了所有房间，连大卧室里并排的几张床底下，桌子底下，椅子底下，全都看过。可是，除了他们自己和待在自己房里的栽娜卜外，连麦布鲁克的味儿也没闻着。自从被革掉炊事员的职位后，栽娜卜再也不管这些事了。

赛里姆不解地问道：

“上哪儿去了？大中午的，又是礼拜五祈祷的时间？”

阿布杜抓抓脑袋：

“可能去做礼拜了。”

赛里姆火了：

“太妙了！这个傻瓜不做饭先礼拜，我们吃他的礼拜呀？”

哈奈菲挖苦着：

“他去求至高无上的安拉给我们送两盘吃的吧！”

突然间，阿布杜像发现了新大陆，大叫起来：

“别说了，听着！我全知道了，我知道他上哪儿去了。他可能发现厨房里缺点儿什么，出去买东西了。这很自然，比如说，去买盒火柴呀……”

哈奈菲冷冷地说：

"这么说，一分钱一盒的火柴，把一家子都封起嘴巴了。"

阿布杜使劲儿打着手势，不让他讲：

"我是说厨房……事情很清楚嘛，麦布鲁克是个明白人。看见没有，譬如今天他想让咱们吃卤鱼。卤鱼怎么样？……这想法不让你们吃惊吗？"

哈奈菲如梦初醒：

"这是你总工程师的见解了，要不……"

赛里姆也嘟囔道：

"他肯定出去买东西了！"

话没说完，大门开了，麦布鲁克出现在门口。大家一下子都发现了他，像迎接天神般跳着走上前去。但大家立刻异口同声地发出一声惊呼：

"麦布鲁克两手空空，没买扁豆，也没买卤鱼！"

他只捧来了一样东西：一副崭新的眼镜。

麦布鲁克捏着新眼镜，瞧瞧家里的弟兄们。他走到阿布杜面前，猛地把四十五个基尔什塞进他手中：

"你昨天给我的一镑钱我破开了，这是剩下的。把你们的钱拿走吧，我不干这差事了，这点儿钱不够花到月底，安拉和你们在一起……"

阿布杜张大嘴巴，不知说什么，久久地望着他。然后看看大家，又转向麦布鲁克和剩下的那点儿钱说：

"你说了些什么？！"

只有穆赫辛明白个中的原委，他琢磨了一会儿，看着新眼镜笑了。小声对麦布鲁克说：

"现在，你是个戴眼镜的市长了！"

阿布杜惊异不止，拿着钱，望望麦布鲁克。赛里姆用胳膊肘碰碰他，又拍拍他的肩膀，装腔作势地说：

"爷爷不如奶奶，一个不如一个！这就是你委任的政府和财政收支。"

麦布鲁克朝他俩晃着肩膀，不屑地说：

"我呀，我爹没管过家，我娘没管过家，我也没求你们让我管家。喏，这是你们的钱，看在乌姆·哈希姆的面上，干脆放了我，别让我干这差事了！"

第十二章

阿布杜极度失望，他狠狠地盯着麦布鲁克，终于忍无可忍地叫出声来：

“怨我，是我错了！我真糊涂，昏了头！我原想他也是个人！可是，看来，他就是个下人，一辈子当佣人！”

麦布鲁克不理会阿布杜说了些什么，早就躲到一边，像哈奈菲先生那样，拿张香烟盒里的透明衬纸，用心擦那新眼镜。

阿布杜也不管他，自己发泄着：

“正像人们说的：‘五个手指头不一般齐。’我早就该明白这点了。要是人们的秉性、脑袋都一模一样，世界早不是今天这个样子了。”

他还想说，可是赛里姆轻轻地拍了一下他的肩膀，也斜着眼睛望着认真摆弄眼镜的麦布鲁克说：

“别在这种哲学上浪费你的心思！那位根本没在咱们的世界里，在他自己的天地里哪！”

阿布杜扭过脸去看看，火气更大了，愤怒地叫着：

“还煞有介事坐着擦你的眼镜呢，快给我滚开！要不，我让今天成为你最倒霉的日子！”

麦布鲁克起身，向门口走去。他平静地说：

“你真说对了，今天是主麻日，确有倒霉的一个钟头！”

阿布杜喝住了他：

“跟你说了，快滚！我不想再看见你……”

仆人架上眼镜，透过镜片看着阿布杜说：

“对不起，你干吗生这么大气，发这么大火呀？生气不应该，打架更不行。”

他在阿布杜那冒火的目光的逼视下，走了出去。

最后，还是赛里姆打破沉默：

“现在可怎么办呢？”

阿布杜没回答。像是没听见，又像不知如何回答。也许他正在合计着怎么摆脱这番窘境吧。

试验没有成功，栽娜卜也在火头上，正等着瞧他们的热闹。看来，她是胜利了。阿布杜还得过去求她，低头听她发火，依靠这个和该死的麦布鲁克串通一气的人。

阿布杜正在琢磨，如何赔着笑脸，走到栽娜卜跟前，低三下四地说，他的希望破灭了，现在还得靠她，随她怎么安排，只要熬到月底……

安拉往往给每个人创造了符合自己性格的环境。现在，仿佛又不愿让阿布杜放下架子。这时候，门突然开了，栽娜卜带着严肃的表情，迈着犹豫的步子向大家走来，她要报告什么重要的消息吗？！

阿布杜一言不发地看着她，没有什么不满的表示。

栽娜卜急忙说：

“隔壁人家的电线坏了。”

阿布杜不明白她的用意，更不明白这和他有什么关系？她立刻解释道：邻居赫勒密医生家想找个工人修电线，要不，一到晚上更不好办。正巧今天是星期五，恐怕谁也找不到。栽娜卜建议阿布杜去，他差不多能算个工程师了。一会儿就能修好，不用再到公司去找人，为这么点儿小事伤脑筋。

听完栽娜卜的解释，阿布杜像触电似的跳起来。他明白她是要自己上邻家去，便认真地望着她，希望她在这一刹那中原谅他的一切过失：

“现在就去吗？”

“现在……要不，傍晚也行。”

阿布杜四处张望，寻找着什么：

“锤子呢？钳子在哪儿？钉子呢？”

这个新消息，没有让赛里姆高兴起来，他假装镇静地捻着胡子，嘲笑、忌妒地注视着阿布杜的一举一动，观察他的异样变化。一见他急忙找工具，便辛辣地讽刺道：

“别忙，慢点儿，忙中可要出错的！”

阿布杜怒目相对：

“可怜可怜我们，请你老实点儿吧。”

赛里姆依旧捻着胡子，不满地问道：

“午饭时间上人家去？”

阿布杜没管他。哈奈菲揉着眼皮，准备把眼镜架上鼻梁：

“至于午饭嘛……咱们的午饭问题，你们怎么解决的？”

阿布杜不理他，问栽娜卜：

“线怎么坏了？”

栽娜卜答道：

“今天，女仆法蒂玛打扫前厅，用扫帚扫墙上的电线。结果，连线带钉子全掉了。”

阿布杜想了想，看来还是下午去为好。他还要时间准备一下，修电线倒不要什么准备，而是为了修修边幅，整理仪容！

当然，阿布杜也没费什么事，顺便指指桌上的四十五个基尔什。现在，不需低三下四，也不用苦苦哀求，而是自然地让她安排，想办法过到月底。他的话语是那样简短，简直不容栽娜卜弄明白怎么回事，她只感觉到一屋子人重又卑屈地回到她身边了。但，当她看清桌上的零钱后，不禁吃惊地责问道：

“怎么，就这点儿？那一镑钱呢？”

阿布杜的声音有些严厉了：

“没必要多说了……你看着办吧……别让我们脑袋发涨了！”

她默默地收起钱，回自己的房间，实在没有必要再责备、再琢磨了。

她意识到：他们失败了，重新又回到了她这边！这就够了。

刚下午两点，全家人就都注意到阿布杜开始了和往常不一般的活动：脖子上搭条毛巾，下巴抹了肥皂，手里是一把剃刀，出来进去找麦布鲁克或别人帮他用汽油擦掉外套上的油渍。

麦布鲁克一听就火了：

"买吃的都没钱，还有钱买汽油！"

阿布杜皱着眉头，愤愤地呵斥着让他帮忙穿上衣服。约定的时间到了！

全家看他这么认真打扮，心里都不怎么痛快。赛里姆一声不响坐着，胸口仿佛有什么东西在抓挠，他捻着胡子，偷偷地看着镜子里面的阿布杜往新刮的脸上抹栽娜卜的香粉——执意让栽娜卜给他拿来的香粉。

他实在憋不住了，望望哈奈菲。一家之长表面上无所谓，可他也正从厚厚的镜片后面观察阿布杜的动作。赛里姆捅捅他，指着阿布杜恶意嘲讽道：

"你说，他不是去赴约会吧？"

哈奈菲佯装没听见，盯着阿布杜穿着整齐，小心翼翼地、慢吞吞地把土耳其帽戴在头上，那颗扣子正对着右耳，然后喊麦布鲁克赶快用旧报纸把锤子、钳子包好。一切完了，便迈步向门口走去。

名誉家长故意装着认真的样子，温和地说：

"不找个帮手？"

阿布杜坚决地拒绝了。

哈奈菲死缠着：

"师父，让他给你拿东西啊！"

"不要！"

阿布杜第二次说"不"，坚决而粗暴，他分明已经生气了。哈奈菲看看赛里姆，说：

"不……不……安拉是富有的！"

踏进赫勒密医生家，阿布杜发现栽娜卜在客厅门口等着带路。但他东张西望，不理会栽娜卜指出要修电线的地方。除通往琴房的那扇门虚掩着外，厅堂四周的门都关得死死的，周围连个人影也没有。他用谁都能听见的声音高声问道：

“梯子呢？……没有木梯吗？”

态度是那样自负。栽娜卜急忙向那扇虚掩的门跑去，叫法蒂玛。

不等女仆出来，她自己就进去了。屋里剩下阿布杜一人。他端详着墙上的羚羊头和门上的鳄鱼标本。猛地，传来一阵美妙的琴声，敲得他的心房一阵颤动，他乐陶陶的，真有些醉意，直到法蒂玛拿着梯子突然出现在门口，他才不得已，接过梯子，靠在墙上。他听着音乐，登上梯子，暗自问道：她为什么现在弹琴？是不是知道他来了？还是纯属偶然？还是天天都在这个时间弹琴的？不是！他以种种借口把后两种可能排除了，挑了第一种，那就是：当她知道他来了，然后……不错，一切都证明了这一点是正确的。

栽娜卜过来，问他还要什么，顺便看看工作进行得怎样了。这时，钢琴声戛然而止。全神贯注的阿布杜听到虚掩的门后响起了衣裙的沙沙声。随之，传出轻轻的、蜜一般甜润的声音：

“阿姨！……阿姨！”

栽娜卜走过去，还没到门边，声音变大了：

“阿布杜先生要咖啡，还是果汁？”

栽娜卜停下脚步，转向阿布杜：

“赛尼娅小姐问你要咖啡还是要果汁？”

其实，阿布杜早就听见赛尼娅的问话了，根本没有必要请她重复。看来，栽娜卜是想讨好阿布杜，所以咬文嚼字地复述了一遍。

赛尼娅一听栽娜卜提到了她的名字，在门后哧哧一笑，佯装羞涩地咕哝着：

“干吗这样啊，阿姨！……你真不好！”

不等阿布杜回答，赛尼娅一跳藏了起来，炫目的海绿色连衣裙虽只一闪而过，却使阿布杜神魂颠倒，在他的迷蒙的思绪中只剩下一片绿色。

但是，穆赫辛的声音突然把他从痴呆和迷梦中唤醒过来。穆赫辛从琴房里出来，淡淡地问栽娜卜，电线修得怎么样了。

阿布杜顿觉不快，吃惊地望着穆赫辛，冷冰冰地问道：

“主啊，你在这儿……干什么？”

穆赫辛也不痛快地冷冷答道：

“上课呗！”

“什么课？”

“钢琴课。”

阿布杜心头一震，乌云笼罩了刚刚出现的幸福时刻——那琴声，那叫着他名字让他喝咖啡或饮料的温柔的声音。他皱起眉头，刚想回敬穆赫辛几句，忽又传来一阵衣裙的窸窣声，门后又闪过那耀眼的绿色，随之是温柔、甜美、娇嗔的呼唤：

“穆赫辛，你跑哪儿去了？不上课了？”

穆赫辛知道要他回去，立即答道：

“是的，赛尼娅小姐，我就来。”

可是他却没有忘记向阿布杜再瞟上一眼，用一种冷漠、解恨，甚或是嘲讽的腔调大声说道：

“好好修电线吧！小心别触电。”

阿布杜在梯子上，肝火直冒。可是，穆赫辛早已不在眼前了。一会儿，满腔怒火的阿布杜又听到琴声响了，那优美的旋律足可以证明演奏者确实是一名高手。他气鼓鼓地听着，听着，突然，优美的旋律停止了，传来另一种初学者的弹奏……不一会儿，沙沙的衣裙声又过来了，他再一次从半掩的门缝间看到那炫目的绿色。于是，目光凝滞在门上。这时，就是抓住了一根正在修理的电线，他也不会知道的。忽然，心重重地跳了一下，他看到了一对从未见过的、美艳绝伦的黑眼睛，它们确实有神奇莫测的作用！沙沙声转瞬即逝。绿色又一次在他那迷茫的眼睛前消失了。

阿布杜静下心来，不无欢乐和胜利的醉意，自忖道：她为什么一次又一次地出现在自己面前？是有意的吗？

想到这里，双眼和脸庞充满生机，心中激荡着炽烈的激情。他扶起梯子，靠在另一面墙上，以极大的热情和力量登了上去，仿佛一颗心正在攀登那爱情的阶梯。

第十三章

阿布杜尽可能放慢修理的速度，太阳快下山了，才到家。大伙一见，不禁大吃一惊。只见他精神抖擞，欣喜愉快，走遍每个房间，用话语引逗哈奈菲扔下手中批改的作业跟他聊天。可是对方兴致索然。

他又找仆人麦布鲁克，拿他用全家的饭钱买的新眼镜开心，赛里姆带着恶意的微笑装着读报，阿布杜上前抢过报纸，想跟他说话。可是，赛里姆冷冷地扫了他一眼，从地上拾起报纸，重又读起来，自言自语地说道：

“神经病啊？干什么？”

阿布杜听了，尽管有点儿不痛快，可仍然想用开玩笑的口吻说：

“你说什么，赛里姆先生？”

“没什么。不过我看你的表情和你那肥胖的身子有点儿不相称。”

“以你的生命起誓，主要是因为你今天没有和往常一样上咖啡馆。”

赛里姆不理他，像在认真读报，盯着报纸，动着嘴唇。阿布杜不快地离开他，又找哈奈菲去了。哈奈菲根本不理会，一心批改作业，仿佛工作的热情使他忘记了周围的一切。阿布杜觉得周围都是如此的冷漠，令人不快，无计可施，只得又去找麦布鲁克。可是没说两句，又烦了。他彷徨四顾，不知该做点儿什么好。

阿布杜觉得今天身子骨里有一股异常的活力，促使他张口、运动，迸发出热情。可是，今天家里却只是一片死一样的沉寂。如果他天性讨厌沉寂的话，那今天则是十二万分地讨厌！他不可能像处在同样情况下的穆赫辛那样，安下心来，孤零零一个人，任凭幻想驰骋。所以，他跑来跑去，不知该怎么办。他多希望有个人能听他说说，哪怕随便聊聊也行。

终于，他向公共卧室走去。一见里面空空荡荡，扭身就想出来。屋里这么安静、孤独，使他特别烦躁。他那颗激动的热烈的心，竟被一片冷冰包围着。床一张挨一张映现在脑际。他抬眼看看，一种异样的感觉第一次袭上心头……

这和穆赫辛第一次从邻家回来的感觉一模一样，厌恶！五个人睡在一个房里。穆赫辛产生这种感觉——寻找孤独，让幻想插上翅膀，腾空而起。阿布杜呢，恰恰相反，突然感到五个人虽然紧紧地睡在一个房里，但这种紧密的联系是虚伪的。在一段时间里他感到孤独、腻烦，找不到说话的人，谁也不理解他的话……

阿布杜越想越烦，像他这么个敏感的人，哪能长久地忍受一种固定模式的生活！……

随着心情的变化，刚回来时的温顺、娴雅迅速消失了，重像过去那样眉头紧锁，一脸愁苦相。

他所缺的只是一条简单的借口，于是，和往日一样，脾气上来，又大嚷大叫一番。

几天过去了，阿布杜始终焦躁不安，不知怎样才能和邻家联系上。他怕现在到手的就是这些了。阿布杜颇有点儿男子气概，有股子干劲儿，可是脸皮薄，缺乏那种不怕流言蜚语、我行我素、搞出点儿名堂的勇气。

所以，他每天所能做的，最多的是反复问栽娜卜，隔壁的电线怎么样了，还有没有什么需要修理的东西。栽娜卜每每回答他，一切都还正常。这激起了他神经质的脾气：

“你懂个屁！你不能去问问他们？”

大家也注意到他那过分的奢求。穆赫辛冷冷说道：

“电线非常正常！”

压着火的赛里姆更不肯放过这个机会，他总要刺上那么一句两句：

“先生，电线非常非常正常！我们能瞎编一套说它坏了吗？……先生，你找点儿别的事情干吧！”

阿布杜气坏了，冲着他嚷嚷：

“你这个冷血动物，关你什么事？”

赛里姆责备他，但语气听来是委婉的：

“冷血动物？”

“对！百分之百的！”

“大家看哪，诸位！……”

“你干吗总来干涉我的事？”

“安拉宽恕你！是我不对……”

穆赫辛一声不响地看着他俩，栽娜卜不在场，麦布鲁克帮她到屋顶平台晒衣服去了。屋里只有哈奈菲。可这位名誉家长这时正躺在床上，没有心思过来调和这场纠纷。安拉晓得，他只是在被子下笑着说：

“这真是天大的好话。阿布杜先生，你怎么生气了呢？电线嘛，随它去吧，你不会另找份工作干干。比如说，修修煤气灶哇，煤油炉啊，还有阳伞什么的。”

阿布杜转过身来，极端蔑视地说：

“哦，你裹着被子也这么胡诌？睡吧，你睡觉比胡诌强得多。”

哈奈菲掀开被子，立即反驳：

“我睡觉？我整天睡觉？学校上课，学生捣乱。在家躺一会儿，你又在这里乱吵吵……我算是服了，连我的毛驴也服了！”

说完，他蒙上被子，闭起双眼，背朝外，脸对墙，准备入睡了。没多一会儿，果然鼾声渐起。穆赫辛讨好、信任地转向赛里姆，先躲躲闪闪、冷冷地瞟了阿布杜一眼，然后又指着睡着的哈奈菲，低声说：

“我这位哈奈菲叔叔真糟糕！就知道睡觉！”

赛里姆半瞧不起、半怜悯地说：

“我知道他这个老师是怎么当的，这样的老师，学生准钻空子！”

穆赫辛虽然时不时地到隔壁医生家去，可是心里一点儿也不踏实。

至今也摸不透赛尼娅的心思，她仿佛对他瞒着点儿什么秘密。阿布杜去修电线那天，他第一次对赛尼娅和阿布杜两人产生了一种奇怪的感觉。

他觉得赛尼娅的一些举动不大顺眼。不过，他丝毫没有在她面前表现出因这种奇怪感觉产生的变化。所以，那层不快的阴云，很快地掠过心头。不过，他对阿布杜仍然不放心，一想起来就觉得别扭，一些卑下的、令他战栗的感情在心中翻滚。那天，赛尼娅的一些简单举动使他领悟到某种可怕的启示：女人们总是受自己意志无法左右的各种因素所驱使，往往被那些膀阔腰圆、声音粗犷的男人所吸引。也许这是一种性的本能吧，和阿布杜相比，他或许还是个孩子，了不起是个少年，无法给女人带来那种感受！穆赫辛这时仿佛听到客厅里阿布杜洪亮的声音，影影绰绰看到那一对粗壮的臂膀，有力地将木梯立在墙边……

这深深地折磨着他的心。他弄不明白，也理不清，这种模糊的情感宛如针一般扎着他，唆使他去痛恨阿布杜。

阿布杜从医生家回来后对穆赫辛的态度是这种感情的催产剂。过去，阿布杜和他吵过一次，又生气，又发火。可这次，不一样了。他没有注意到穆赫辛，可以说，简直不理会他的存在。他的一举一动充满了绝对胜利的骄狂自负，根本没有把穆赫辛放在眼里！即便有那么一个人配得上和他吵一架，也轮不上这个小小的穆赫辛。只有像赛里姆那样的男人，才有资格和他在这场比赛中较量。

这一切，这颗小小的聪颖的心都感觉到了。他万分怀疑自己。他太小了，甚至不配当一名竞争者，当一名角逐的对手！这种思想折磨得他十分痛苦。

第十四章

谁也不知道，这是命运的作弄，还是人为的玩笑！

一天，栽娜卜说起隔壁医生家的钢琴出了点儿毛病，她答应赛尼娅问问赛里姆，哪里有修的。因为赛里姆自己也有一件乐器。

赛里姆全神贯注地听着。栽娜卜的话刚说完，他就站起身来，栽娜卜急忙说不用偏劳他跑腿，只要把信得过的修钢琴的店名和地址写下来就行了，其他的事，赛尼娅自己会做的！

但赛里姆不干，哪能让大好机会从身边溜走！连阿布杜，这个在他眼中不过是个鲁莽无知的小青年的阿布杜，都去修过电线了，他这个老练的、满脑袋花招的男子汉就不懂找个借口，往心上人的家里跑一趟吗？

赛里姆毫不迟疑地显出自己对钢琴，甚至对所有的乐器都是在行的，他说了一大堆店铺的名字。最后诡称这些地方都是漫天要价，不到万不得已的情况不应该去。医生家的钢琴说不定出了一点儿微不足道的小毛病，像他——当然是赛里姆了——这样的专家，就能知道毛病出在哪里，该怎么处理，何必找那些蒙哄人的店铺呢？

"是的，一定要看看那架琴。无论如何，我得先看看……检查检查。"

一旁听着的麦布鲁克笑笑说：

"不错，赛里姆先生要检查……"

说着，向穆赫辛挤挤眼。

穆赫辛没有笑，板着面孔说：

“谁说钢琴坏了？”

栽娜卜答道：

“你不在的时候，赛尼娅小姐说的。”

“昨天，我没碰呀？”他双眉紧锁，“她准是说想擦擦，而不是坏了！”

赛里姆可有些动气了，插进来说：

“不，先生，她是说坏了。可真该害臊的！”

“不可能，我昨天还弹……”

穆赫辛满脸通红，声音中充满了绝望……

要不是哈奈菲从外面回来，这场争吵怕还得延续下去。他把一摞练习本放在桌上问道：

“什么事？”

麦布鲁克告诉他以后，哈奈菲咳嗽了一声，看着赛里姆说：

“祝贺你。”

“你说什么，哈奈菲先生？”赛里姆冷漠地反问道。

“没什么……不过，嗯……你不用带徒弟？这是钢琴，不是一截电线！”

赛里姆笑了笑，严肃认真地说：

“安拉晓得，咱们的事儿真新鲜。邻居想请咱们帮个忙，咱们却在这里做文章。问题简单得很，我过去看看，我知道该怎么办，我看……”

哈奈菲面带狡黠的微笑，从那深度近视镜的下边望着他：

“简而言之，你去检查！”

“然后，就和你一块儿？”

“我说什么了？……求主宽恕吧！”

哈奈菲向自己的床头走去，脱掉外衣，换上长袍，戴上小帽，一下躺到床上。

赛里姆算是命好，栽娜卜带来消息的那一刻，阿布杜偏巧不在，回来后，才看到他正积极做准备。尽管赛里姆被停了职，这次却从大柜子里拿出制服，不顾大家反对，一定要穿上。阿布杜一打听，当他知道真相后，立刻愁云满面，虽然竭力控制，但那颤抖的双唇上已经透出愤怒的冷笑。他盯着那用美容膏认真卷过的胡子，看着他过分用心地梳理着头发，听他指着制服肩膀上那因停职未穿而生了锈的铜星嚷道：

“麦布鲁克，快把铜星擦亮！”

仆人揶揄地笑着说：

“是，上尉阁下！”

他抓了块破布擦着，对僵立在角落里的阿布杜和穆赫辛挤眉弄眼地笑着。

赛里姆穿上镶有红道的裤子，又以军官的假嗓子要上衣：

“星星擦完了吗？”

麦布鲁克平静地答道：

“完了，星星和蟋蟀①都完了。”

说着，麦布鲁克递过上衣，帮他穿好，认真劝导说：

“赛里姆先生，要是人家见你穿这制服，抓住你，那合适吗？”

“谁抓我？”

“当然是政府！”

阿布杜忍不住了，插进来说：

“脱了！你自己不清楚你是撤了职的人？”

赛里姆转过身，冷冷地答道：

“请收回你的尊言，我不是被撤职，是被停职！”

“有什么两样？”

“工程师先生，我认为任何一位受过教育的人都知道撤职和停职有什么区别。”

赛里姆继续修饰着。

这时，哈奈菲懒懒地从床上爬了起来，一见赛里姆的样子，惊叫道……

“啊！穿上军衣了！”

---

① 这两个词的音节相同。

赛里姆只管在镜子里审视着腰部，毫无表情地回答说：

“怎么了？”

哈奈菲赞叹道：

“真行！……去吧，祝贺你！……要是我们都这样，他们该不叫咱们去修……修什么东西?！”

赛里姆一下找到了话题，迅速接过话来：

“修改练习本！”

他拿起军官用的皮鞭，在空中猛地一晃，示意他要动身了！

不到黄昏，赛里姆已经进了邻居家中，在栽娜卜和女仆的带领下，走进琴房。他四下张望，空无一人，便走到钢琴前，打开琴盖，在琴键上迅速地滑动了一遍，然后又用快速的旋律弹了一支熟悉的曲子。随后，他转向栽娜卜问道：

“这琴怎么了?……没一点儿毛病。”

“主啊，那赛尼娅怎么说坏了呢?”

“可能有该修的地方。我看，最好请赛尼娅小姐自己来说说哪儿有毛病。”

栽娜卜出去找人，女仆也退了出去。

没多久，一阵脚步声。赛里姆慌忙做好准备，快速地捻了捻胡子，撸平上衣，坐端正，扭头一看，进来的是穆赫辛。赛里姆绷起脸，很不痛快地问道：

“嗨！你来干吗?”

穆赫辛茫然，不知如何回答，但甚为不满：

“我常来这儿。”

赛里姆转过身，开始在房间里踱来踱去！

一见关系这么僵，穆赫辛想走开。可是门又开了，栽娜卜来请赛里姆先出去一会儿，说赛尼娅要来告诉他钢琴的毛病在什么地方。她打开通向一个小过道儿的门，让赛里姆跟着她站在门后。这时，赛尼娅迈着轻盈的步子走进琴房的正门，屋里响起娇柔的声音：

“来了吗，阿姨？琴房里没人吗？”

这声音使赛里姆忘乎所以，他伸长脖子，瞪起眼睛，四处寻找这头美丽的羚羊，并故意装腔作势，用装出来的温柔说道：

“小姐，这儿谁也没有。请吧！”

栽娜卜急忙迎上去，把她带到钢琴边上去，让她亲自把毛病说一说。

赛里姆急急地表白道：

“是否能请赛尼娅小姐弹个曲子，叫我听听钢琴的声音。”

赛尼娅羞涩地笑了。一手抓住栽娜卜，指指一个键说：

“阿姨，就是这个‘DO’音不好……你听……”

说着，随手在白键上叩了几下。赛里姆从门后偷偷地望着她说：

“赛尼娅小姐，光这样说不行，你非得弹个曲子。比如说，弹个‘吉星高照’吧……这曲子美极了。我从塞得港回来之前，手下有个步骑兵的军乐队，每天早操以后，我都命令他们奏这个曲子。我当时用口琴吹奏的这个曲子，比‘卫士进行曲’还好听，现在，我好久没吹口琴了，所以特别想听听赛尼娅小姐亲手用钢琴弹一曲。”

赛尼娅腼腆地笑着，飞快地看了一眼身边的栽娜卜和穆赫辛，更羞得满面绯红……她小声对栽娜卜说：

“妈妈要是知道了，该怎么说呢？”

可是，她并没有等谁回答，立刻坐上琴椅。赛里姆躲在门后，注视着她的一举一动：微微弯曲的苗条的身姿，丰满的乳房……他简直要丧失理智了。

她奏起了“吉星高照”，时而铿锵有力，时而行云流水。门后的赛里姆见她用力按键时，隆起的一对乳房不住地颤动，宛如在随曲翩翩起舞，他不禁暗叹道：

“主啊，多美丽的乳房！……简直是两只鲜嫩的柑橘……太美了！”

一曲弹完后，赛尼娅站起身来，羞涩在她的声音里更增添了娇媚：

“赛里姆先生，你听出琴声有毛病吗？我不知道只是‘DO’还是整架琴都应该清洗一下了？”

赛里姆立即答道：

“赛尼娅小姐，以安拉起誓，我……我没注意，因为你弹的‘吉星高照’真是好得无法比拟。请允许我对你说，这辈子我还没听过比这更好的演奏呢！”

赛尼娅看着栽娜卜，脸更红了。一旁的穆赫辛挺不是味儿。赛尼娅用赛里姆完全可以听到的低声说：

“米尔西①！”

话题转入赛里姆建议的擦洗钢琴的事。他答应过一两天，带一个专修钢琴的专家来。这架钢琴及应修业务今后归他专门负责，对赛尼娅小姐的一切命令，他都将心甘情愿地、愉快地立即执行。

赛尼娅小声含羞地说了许多彬彬有礼的、温柔的感谢话。喝过女仆送来的咖啡，赛里姆告辞了。临走时，他权威性地、自命不凡地说道：

“今天，我就派个当兵的，或者班长来给你修！”

他迈着自负而有力的步伐走出厅堂，肩上的铜星闪着金光。

一进家门，他脚下带马刺的军靴吵得全家不得安宁。

赛里姆径直回到家里。乘没人发现的时候，赶快脱掉军服。他翘着胡子，昂首阔步，满脸红光，俨然是一个什么伟大事业的胜利者。家长哈奈菲一见抢先开口：

“英雄，你干了什么事业呀？”

赛里姆朝他动动鼻子：

“少说话！”

但是，哈奈菲偏要问：

“怎么了？尽什么义务了？”

赛里姆走进公共卧室，解开上衣扣，迅速答道：“这姑娘真看上我了！”

哈奈菲还想问个水落石出，可是这个军官再也没有说话。赛里姆环顾了一下卧室，看着那四张挨得紧紧的床铺……嘴唇一撇，露出了鄙夷的

① 法语，意为谢谢。

神色。他有生以来第一次觉得生活是如此陌生。他奇怪自己竟能和四五个人同居一室。不过，也正是这种情绪，使他觉得自己还是高高地位于其他几位之上。他随手扔下了上衣，走出来：

“我们难道是一窝狗吗？……我一定要把我的床搬走，搬到另一个房间去。半打人就挤在这么一间屋里？……我们是狗吗？”

阿布杜竭力忍着，但那通红的脸早已证明压抑着的愤怒：

“一辈子我们都是这么过的。这以前，先生你就不知道你是条狗吗？”

哈奈菲以为这在说着玩，哈哈大笑，麦布鲁克也开心地笑了。赛里姆上尉拉长了脸，说道：

“你想侮辱我？”

阿布杜神经质地答道：

“我是说，我们没有第二个房间。谁喜欢，就这样过；不喜欢……”

赛里姆冷冷地问道：

“跟你有什么相干？我上顶层，上顶层的屋里去……上洗脸间……有人愿意跟我去吗？”

正说着，栽娜卜和穆赫辛进来了，室内顿时一片沉默。赛里姆哼着“吉星高照”，换完了衣服。

哈奈菲突然高兴地叫他，充满希望地说：

“赛里姆，你没给我们讲完呢，姑娘到底怎么看中你了？”

一听这话，穆赫辛不禁打了个冷战，使劲儿咽了一口唾沫，脸色一下子变得很难看。赛里姆走了出来，忘乎所以地赞叹着：

“唉，她的胸脯……为先知祈祷吧，像只小小的嫩柑子！”

一听这话，穆赫辛立刻产生了一种虔诚的修士听到有人用猥亵的语言亵渎了他的崇拜神的感觉。栽娜卜却满心欢喜，夸奖起她的女友来：

“赛里姆，你看见她穿的那身连衣裙了吗？”

上尉努力回忆着：

“连衣裙？安拉啊，我还真没注意！”

缄默不语的阿布杜眼前，立刻浮上一片绿色颜色越来越浓烈，最后全部覆盖了他的思想。绿绸掠过他的心头，像和风拂动春天的嫩叶。他的心几乎炽热地燃烧、炸裂。他真想上去扇赛里姆一个嘴巴，或给他一拳，让全家天翻地覆、昏天黑地大战一场……可是，他忍住了。

家长哈奈菲立刻用惯常的、不加害于人的嘲讽回答了栽娜卜，一个平静空虚、不受任何思想折磨的心灵上发出的嘲讽：

“你干吗要问他连衣裙的颜色呢……赛里姆除了她的胸脯、肚子和大腿外，还能看见什么呢？”

穆赫辛听着这些话，想着赛尼娅那天使般的形象，不禁怒火中烧。他要把这些龌龊、野蛮、粗鲁的语言赶出自己的头脑……他对赛里姆产生了一种他不理解的感情，那种模糊的感觉又一次清晰地呈现在眼前：他在赛里姆面前显得软弱、无力。就是赛里姆这样的男人以不可抗拒的力量，轻而易举地征服了女人。要不就是这样的男人知道许多他不知道的东西。要不……也许……小小的穆赫辛不明白，这仅是一些他无法分析的模糊的感觉。他弄不清，但却开始憎恶赛里姆、怕他，当他面，有一种类似的自卑感。于是，他开始倒向阿布杜一边，把他看成是朋友，至少是一种类似他的人。这种人不注意女人的乳房、肚皮，看到的是另一种东西。他和穆赫辛一样，这些卑鄙的、可怕的语言使他震惊，并刺痛了他。

少年对阿布杜的认识是正确的。他刚听完最后一个字，立刻跳起来，厉声质问栽娜卜：

“干吗这么不知羞耻地胡说八道？你把人带到人家去就为了回家讲这种话？”

阿布杜丢下他们，愤愤地走了，以示抗议。

他真的出了家门，再也无法忍受听到的一切。

这一抗议有如一桶冰水流过穆赫辛燃烧的心坎上，他稍觉心安，以此安慰内心深处折辱的焦虑！……

第十五章

邻家的钢琴修了好几天。这段时间里，穆赫辛不能过去。他以极大的耐心等待着人家再来请他和赛尼娅一起上课，为了打发难熬的时光，他拿起曼法鲁推翻译的《茶花女》在阅读着。

一天，他放学很早。家里只有阿布杜一人在画学期年终考核的几何图。他脱掉外衣，百般无聊中想把《茶花女》读完。可是，平日放书的地方书不见了，他便问阿布杜。阿布杜也不知道，小家伙挺奇怪。可是不一会儿，他就沉浸在对赛尼娅，对阿布杜和赛里姆的沉思中了。

她是不是喜欢这三个人中的一个呢？谁是她挑选的意中人呢？……

一想起赛里姆说，姑娘看中了他，穆赫辛的一颗心便急剧地跳起来，心中感到一阵恶心。他自问，难道赛里姆这样的人真能得到赛尼娅的欢心？但一想起阿布杜和他的运气，又觉得多少有了点儿安慰！

像阿布杜这样的人，起码比别人更能赢得她的爱慕！可是这两人——他和阿布杜，对自己的命运都是吉凶未卜，而这个赛里姆从那天起，倒是高高兴兴地走进走出。看他那兴致勃勃、骄矜的样子，真像是手操胜券、吃了定心丸似的。

他继续着自己的思路。旁边一张桌子上，阿布杜弓着背、趴着画……突然，仆人麦布鲁克手里晃着一封信走了进来，他狡黠地微笑着：

“赛里姆先生的信！给赛里姆的回信！”

穆赫辛心一动，阿布杜也抬头看着麦布鲁克手里的信，但他一声不响，又埋头画图了，仿佛只有这样才能安下心来，但内心里却紧张地活动着。谁写信呢？自从来到这里后，赛里姆从未接到过信，为什么在最近这多事之秋中又来了这封信呢？他满心狐疑。奇怪的是，此刻他脑袋里转悠的问题，也是穆赫辛脑际产生的问题。

穆赫辛鼓起勇气，问麦布鲁克：

“谁来的？”

仆人做了个一无所知的表示。信是封口的，他怎么知道谁寄来的呢！

阿布杜第二次抬起头来，看看信，手伸向麦布鲁克：

“让我看看邮戳。”

仆人把信递给他，邮戳是赛依黛·栽娜卜邮局的，他颠过来倒过去地看，越看越怀疑，脸色也变了。最后，他把信放在旁边的桌子上，对麦布鲁克说：

“好吧，放在这儿等他回来吧。”

他的声音虽然平静，但是已经有些异样了。

一见阿布杜埋头自己的工作，穆赫辛只好独自考虑这个问题：可能是谁来的呢？麦布鲁克见两人都不理他，便说要上门口等还没回来的人，也走开了。

仆人刚走，阿布杜又一次拿起那信，翻来覆去地看着、琢磨着，然后转向从远处偷偷瞧着他的穆赫辛：

“信封没粘结实！”

穆赫辛立刻明白了这句话的用意，一种强烈的愿望驱使他说：

“信里写了些什么呀？”

阿布杜贪婪好奇地瞄着信封，犹豫不决地说：

“可以拆开再粘上！”

穆赫辛鼓励他：

“以安拉起誓，里面准有逗人的东西。”

阿布杜翻弄着信封，还没下定决心，他低声问道：

“拆开看看，怎么样？”

一听这话，穆赫辛高兴得像个小孩子，立刻靠拢来：

“好吧，看看里面有些什么？”

阿布杜昂起头，狠狠地盯着穆赫辛：

“但是，你不许说……”

“不用担心，你以为我疯了？”穆赫辛坚决地回答。

阿布杜立刻行动起来，为了能重新粘好，不露马脚，他小心翼翼地拆着信。他取出信纸，如饥似渴地读了起来。穆赫辛紧贴在他身上，同样贪婪地看着。一开始，两人莫名其妙，看不出什么名堂。及至读到信尾的签名，顿时，真相大白，一阵幸灾乐祸、解恨的哈哈大笑声，在屋里回荡！

原来，信是赛里姆寄给他的心上人的。可是，对方只字未写，原封不动地重又退寄回来。

这下子，阿布杜和穆赫辛可乐坏了。两人开心地读着这封情书，像对待伪善者的感情那样，不时挑出一些句子，讽刺挖苦地大声读着。信是这样写的：

我亲爱的心，赛尼娅小姐：

我爱你，以任何人都不曾奉献给他人的爱热烈地爱着你。我对你一片忠心，以兄弟、父子之间都不曾有过的忠诚忠实于你。我崇拜你，像膜拜圣神似的崇拜你！

你弥补了我生活中的空虚。我眼里只有你，我只感觉到你的存在，做梦也只梦见你的影子。我喜欢眺望早晨的太阳冉冉升起，因为我看到太阳里有你的倩影；我愿意谛听百鸟在枝头鸣啭，因为我在鸟儿的歌声中听到了你的蜜语；我要赞美百花怒放的美的景色，因为它为我显示了你美艳的色彩。此生此世，我只为了你，才乞求自身的幸福，至今我之所以还活在尘世，只是为了能在你的身边，一睹你的芳容！

如果你觉得我这个朋友不可交往，那么，请念我为你抛洒了无数泪水，忍受过无限痛苦和悲伤，用你那温和体贴的话语相告吧！

祝好！

神魂颠倒的情人：

赛里姆·欧塔菲上尉

读完，阿布杜嘲讽地问穆赫辛：

“凭你的良心说，赛里姆能写出信上的一句话吗？”

穆赫辛默默地思考着、回忆着，突然叫了起来：

“真有意思！你读过《茶花女》第一百八十二页吗？……这是他一字不差抄下来的！”

“妙极了，真解恨！”阿布杜高兴地说。

穆赫辛也高兴地一再肯定：

“我说我脑袋是怎么了？前天，我才看过这一页……

噢……这下子我明白了……我不是跟你说过，小说《茶花女》找不着了吗？”

正说着，阿布杜急忙拿起这封情书，像拆开时一样，格外小心地把信纸放进信封，粘得和原先一模一样。

不一会儿，赛里姆高兴地哼着小调回来了。门口，麦布鲁克告诉有他的信。

一听这话，他蹦了起来：

“在哪儿……信在哪儿？”

看他这疯劲儿，麦布鲁克笑了笑，告诉他在楼上阿布杜那儿。没等麦布鲁克说完，赛里姆便三步并作两步奔上楼梯，冲到阿布杜跟前：

“信在哪儿？”

阿布杜朝他看看，仿佛对他说：请你先问声好……可是，赛里姆什么也顾不上，他等不及了，拼命地重复着一句话：

“信在哪儿？……”

阿布杜只好抬手往身旁的桌子指了指，赛里姆一下子扑过去，抓起信，跑到一边去看了。阿布杜向待在角落里的穆赫辛投去会心、嘲弄的一瞥。

没一会儿，赛里姆脸色惨白，拿着信回来了。他径直向阿布社走去，让他看信封，大声叫道：

“信被拆过了！”

阿布杜佯装不知，吃惊地问：

“怎么可能呢？”

“拆了，又粘上的。信封口还湿着呢！我是傻瓜？想在我脑袋上烧饭，欺负我……”

从没听过他发出这样可怕的声音。

阿布杜有点儿发抖了。不过，他很快就控制住了自己，然后严厉地问道：

“有什么必要说这话？”

赛里姆愤怒到了极点：

“这封信不是给我的。我没接到回信。以安拉发誓，我没有接到回信……我没接到！”

阿布杜也火了，神经质地叫道：

“接到也罢，没接到也罢，干吗对我说这话？我又没替你收！”

赛里姆咆哮起来：

“下流坯！谁拆这封信，谁不要脸！”

的确，这个人确实下流……少教养。

阿布杜假装看图，低着头，冷冷地答道：

“对，拆信的人！……”

赛里姆死死地盯着他，开始进攻：

“先生你不知道是谁拆的？不知道这个下流货吗？”

热血涌上阿布杜的脸，他也大声吼道：

“我跟你说了足有一千遍了，你想用你的信给我们捣乱呀？”

赛里姆答道：

“安拉在上，不弄清这件事我誓不罢休。否则，我绝不在这儿睡……

什么事都好说，就是拆人的私信……”

阿布杜依旧冷冰冰的：

“干你该干的事去吧……放开我，让我念书吧，我可不是大闲人，我要考试了。”

赛里姆把信揣在兜里，向门口走去，他说道：

“让大人物来访问你吧……这家就不会乱糟糟的了！”

说完，他狠狠地关上身后的门，走了出去。

阿布杜看看目瞪口呆的穆赫辛，给他吃定心丸：

“别理他，别担心，他之所以发这不要脸的脾气，就是因为没接到他想要的信……”

穆赫辛淡淡一笑，表示赞同。但他始终默默地和一种萦绕着内心的东西搏斗着。

一出家门，赛里姆便上海里勒·艾阿小学找哈奈菲先生去了。他是家中年龄最大的，是一家之长，必须把这事告诉他，看他是支持，还是任其所以，不予干涉。这回，倒要看看他能不能运用那自然法则授予他的权利和侠勇之气。

一路上，赛里姆自忖道：不管怎么说，哈奈菲先生总是一家之长。最后，也只能靠他了。在这件事情上，他总能表示出一点儿志气的。他之所以毫不犹豫地认为应该依靠他，觉得这样做最明智，其原因也在于此。

这天，轮到哈奈菲和负责体操的军官在校值班，监督学生的体育锻炼。所以，必须留到七点半。早晨上班前，他已经告诉家里了。现在，赛里姆找到学校，目的想来个先入为主。否则，如果阿布杜先下手，瞎说一气，事情对他可就不利了！

到学校，传达室里门房、工友都找不到。赛里姆只得自己走进校园，四下里张望着，指望能碰到一个人。走着走着，他看见一个小学生踢着石子，向水房走去。他把孩子招呼到身边，问道：

“孩子，哈奈菲先生在哪儿？”

学生看了他一眼，立刻答道：

“是那个外号叫摇晃先生的哈奈菲吗？”

赛里姆吃了一惊，不解地自言自语道：

“摇晃先生？”

学生指着教室后面的一块空地说：

“你找他吗？……在那儿！他和一年级三班在那儿！”

忽然，传来童声的欢笑。身边的孩子一听笑声，撇下赛里姆便向同学们跑去，和他们一起欢笑着，还小声地偷着叫道：

“哈奈菲先生，摇晃先生！……摇摇晃晃的哈奈菲先生！”

赛里姆叫住了他，走过去，叫他立刻请哈奈菲先生过来。

小学生走了。赛里姆等着，想着心事。他怀疑自己依靠哈奈菲能否有把握取得胜利。这个哈奈菲，连小孩都把他叫作“摇晃先生”，他能起作用吗？

没过多久，哈奈菲来了。他奇怪，赛里姆为什么到这里来了。家里出了大事！好在赛里姆马上就夸大其词地把信的事告诉了他，他尽量把问题说得严重。

家长始终低着头，静静地听着。不论谁看见，都会觉得他是那样稳重、果断、有魄力。最后，赛里姆用力摇他肩膀，望着他说：

“你怎么一句话也不说？哥哥，说说你的看法呀！”

名誉家长抬起头来，马上答道：

“我认为，你是对的！”

“难道这样不对吗？这件事就是阿布杜干的，不会是别人。我敢肯定，我敢剃了胡子来肯定。”

“我也敢剃了胡子来肯定……就是阿布杜干的！”

“那，现在怎么办呢？”

“你是对的！”

“光说我对不行呀，哈奈菲先生！你是一家之长，年纪最大，是我们的主心骨。你就这样一声不响？就不该使用你的权力？”

哈奈菲鼓足了劲儿，坚决而骄傲地说道：

“我一定使用我的权力！”

他伸手，拉住赛里姆和他一起走着：

“和我在一起，别害怕！……我们将为你把家搅得天翻地覆！”

他的话是那样激昂有力，使赛里姆觉得有了希望，心中踏实多了。

两人回到家中，走进屋里，赛里姆把哈奈菲推到前头，小声叮嘱他：

“厉害点儿！”

“别害怕！”

屋里，阿布杜正忙着画图。哈奈菲装着不痛快的样子，皱着眉头，愤愤地问道：

“信的事是怎么回事？怎么家里会出现私拆信的事？”阿布杜看看他，什么也没说，哈奈菲严厉的目光使他害怕了。沉默片刻，他突然神经质地喊起来，说他不对任何人的信件负责，也绝不允许别人把这条罪名强加到自己身上。说着，他扔下画板，向哈奈菲走过来，嘴里嚷道：

“你……你有什么必要管这种无聊事？”

名誉家长马上闭上嘴巴，低下头去。

阿布杜继续说：

“怎么不说话呀？……干吗不作声？”

哈奈菲先生抬起头，清清嗓子，犹豫了一阵，结结巴巴地答道：

“你是对的！”

这话可把赛里姆气疯了。他一把抓住哈奈菲的胳膊，又拧又摇，提醒他别忘了自己说过要把他们的家搅得天翻地覆；别忘了应说这事是阿布杜干的，最后又一次——当着大家面，要求他表态。

名誉家长又把身子转向赛里姆，对他说：

“你是对的。”

阿布杜又对他嚷了起来，希望他能明白，赛里姆说的一切既和他无关，也不能为他证实什么……而且……

但是哈奈菲瞪了他一眼，打断了他的话，又对他说了一次：

“你是对的！

这一下可把麦布鲁克逗笑了，穆赫辛一颗心始终吊着，受着良心的谴责，也忍不住笑出声来。大家都很清楚，哈奈菲不过是个丑角，根本不可能指望他。赛里姆见他把这件事弄成了一场打哈哈的圆场戏，真想提抗议。末了，他气得走到大衣柜前，收拾好衣物，气呼呼地嚷着朝外走：

“这个家太差劲了！没有长辈！乱七八糟，闹闹哄哄！今天我在理，我找的是摇晃‘先生’！”

哈奈菲不放他走，千方百计压他的火，一会儿好言相劝，一会儿连说带笑逗他。用一些话来捧他，故意让他高兴：

“赛里姆先生，你干吗生气呢？相反，你应当高兴。这个问题从两方面来说都是一样的……如果只是一封普通信，拆开了，又有什么关系呢？如果是封情书，里边写的都是谈情说爱，那他拆开了，就更好！”

赛里姆从牙缝里挤出来几个字：

“怎么更好法？”

哈奈菲一片好心，只想让他高兴起来：

“以安拉发誓，信被拆了，得算你命好。只有那种脚踏两只船的人才乱发脾气！傻瓜！这样对你多好！日子长着呢，才来了四分之一封的情书。唉，赛里姆，瞧你多走运！照理，你应该自己打开，念给我们大家听听，让我们都为你高兴，庆贺你的好运啊！”

穆赫辛听了，心想，这话准得让赛里姆变成一只泄气的皮球！他实在控制不住自己了，急忙跑进厕所，笑个不停。

穆赫辛跑过前厅的时候，发现阿布杜正面壁而立，捂着嘴巴，压着憋不住的笑声。

第十六章

没过几天，穆赫辛也收到了一封信！

在目前这种情况下，只要提起一个“信”字，就足以使这个少年或家里任何一个人的心像十五只吊桶七上八下了。没过一会儿，他就知道信是丹霍尔家里来的，为他汇寄来住在哈奈菲先生家里的食宿费。

看完信，大家也觉得挺奇怪：假期快到了，可直到今天，穆赫辛竟然没有说定哪天回家，而往年，则早就盼望着了。真的，今年他心里根本就没有回家度假的念头，他的思想始终沉浸在同房间的几个伙伴们身上。今年，他也不和学校里的朋友来往了。进校的唯一目的就是上课。不论在那里干什么，他都迫不及待地盼望着离校回家的时间快快到来，午休和一切课间休息都用来复习功课，只等时间一到，立即跑回家里，变个自由人。

可是眼前这封信让他回家！他大吃一惊，仿佛刚从那甜蜜的迷梦中醒来，睁大双眼，看清了现实，看来非回家不可了。

假期很短，不过十天，但在他看来已经很长了。眼前已经浮现出他双亲的形象。一想到回家，能看见他们，心中不由得又高兴起来。

不只穆赫辛一个人想不起回家，连栽娜卜也忘得一干二净。往年，她总是精确地计算好他回家的日子，把该让穆赫辛带回去的礼物料理妥当。

连她也忘了，穆赫辛很奇怪。于是他想过去提醒一下，因为走的日子临近了。不料，看见她正在房里做“羚羊饼”点心。噢，她没忘，穆赫辛心想。但又假装不知。见了面闭口不提回家的事，只是问她在做什么。栽娜卜支支吾吾，最后满脸通红地说道：

“咱们楼下邻居家里的佣人拿来一盘面粉和奶油，求我做点羚羊饼。”

穆赫辛挺奇怪：

“是穆斯塔法先生家吗？”

栽娜卜手不停地答道：

“这儿，没人会做这种点心。而我呢，正像俗话所说的：‘先知都照顾到第七家邻居了。’”

一听这话，穆赫辛急忙掩住脸上的微笑。他记得，昨天放学回家时，看见栽娜卜正在楼梯口和穆斯塔法先生家的佣人说话。一看他上楼，她大声提醒对方打扫他们负责的楼段。当时，他还以为她就在谈这件事。可现在，他明白了。谁能保证，不是她先提出来，说：

“你们家的先生是个单身汉，哪有人给他做羚羊饼之类的好点心啊！”

穆赫辛的思想已经飞到赛尼娅身边去了。他想去告诉她回家的事，估计她听到了这消息一定和他一样很不愉快。想到这里，他的心怦怦地跳个不停……他开始琢磨，见了面说些什么好。对了，这一回一定要鼓起勇气，把回家的事当作引子，对她倾吐几个月来始终隐藏在心底里的东西。

傍晚，假期前最后一天的学校生活结束了，他径直向赛尼娅家走去。

按规矩，直奔琴房。屋里空无一人！可当他的目光转向阳台时，发现赛尼娅正从阳台的窗口上盯着过街的小咖啡馆。今天，她身着款式别致的黄色衣衫，头发梳得别致又大方。穆赫辛站了一会儿，心急剧地跳动着，可是，她竟丝毫没有察觉！

他终于壮着胆子，悄悄地向她走去。待和她并肩站立，朝她望着的地方看过去……竟是穆斯塔法先生坐在老地方，正扬着头，送出微笑的目光。穆赫辛打了个冷战。赛尼娅发现身边多了一个人，也吃了一惊。但马上就挺起身子，伸出手，像往常一样，热情兴奋地叫着：

“老师……”

这举动温存着他的心，他的一切……他脸涨得通红，不知所措地闭着嘴。赛尼娅把他带到钢琴前，用甜滋滋的声音说道：

“咱们好久没上课了，是吗？”

她手指迅速地掠过琴键，穆赫辛默默地看着她，最后讷讷地说道：

“今天是最后一课了……”

她不解地抬起头来。

直到这时，穆赫辛的心才算平静下来。他讲起今天来此的目的，说栽娜卜姑姑正为这个忙着，打算明天来告诉赛尼娅小姐。可他等不到明天，所以刚一下课，就跑来了……说到这里，他停了一会儿，看看赛尼娅，只见她也一声不响地望着他——说完话后还在喘息着的他。

他又说：他很难过……下面，不知怎么接下去。

赛尼娅十分温和地问：

“难过？……为什么要难过？”

“因为……”少年言语支吾。

“因为回家吗？”

“是的……”

他的声调是如此低沉，犹豫不决！她呢，或许是明白了，也许在怀疑，于是神色更温情脉脉，声音更加轻柔温存，一片真情，仿佛心底里有什么东西正促使她去鼓励他说，最起码也是愿意听他倾吐这件事……

这样短暂的离别竟使他难过，她觉得不可理解。她带着迷人的微笑对他说：她不相信他只是为这区区小事心里难过，穆赫辛没有回答，一想动嘴，胸口跳动就更加激烈了。赛尼娅亲切地说：

“到底为什么难过呀……你坏，不愿跟我说真话。”

穆赫辛小声咕哝了几句，说：

“因为……回家……”

赛尼娅对这个回答很不满意。她也沉默了一会儿，然后用平常的、却挺认真的口气问：

“走之前不向我妈妈告别吗？”

“当然要去的！”少年抬起了头。

赛尼娅起身，击掌呼唤着女仆，问太太是否回来了。仆人说没有。

她告诉穆赫辛：

“不知道妈妈上哪儿去了。今天，她一反常态，什么也不和我说，一早就出去了。”

说罢，赛尼娅又蹦蹦跳跳到阳台上，朝外眺望。

穆赫辛偷偷地看着她，感到心烦意乱，一种说不出的怀疑正噬咬着自己的心。一会儿她又笑着走回他身边，建议弹个告别曲……接着，不等他说什么，又将话题从钢琴转到了赛里姆身上，说他异常厚道，把钢琴修得那样好。穆赫辛惊讶地看着她，马上想起了那封信。他想从她嘴里听到些解恨的东西，或是嗅到一点儿嘲弄的气息，可是，适得其反。

赛尼娅继续好言感谢赛里姆。穆赫辛的心抽搐着：阿布杜为她家修了电线，为什么没有听到她说过一句感谢的话呢？记得刚才进屋时，她正从阳台上盯着咖啡馆，他自忖道：莫非刚才是为了赛里姆？……少年的心被深深地刺痛了。可是回头再想想，他知道这是不可能的，从修钢琴那天起，赛里姆再也没在咖啡馆里坐过。恐怕“咖啡之路”并不能给他带来什么幸福！

那么，究竟为了什么，又是为了谁，她站在阳台上眺望呢？

他心中不由得对赛尼娅萌发出一种奇怪的仇恨，仿佛他愿意赛尼娅在自己的眼里堕落到如此地步。

阿布杜修电线、赛里姆检查钢琴那几天，她的举止都曾经使他产生这种感觉，但至今他还是十分不愿意把她看作是个故意在客人面前卖弄风骚的放荡的女人。

这种感觉在穆赫辛心中膨胀，但他依然不作声。忽然，他发觉赛尼娅从自己身旁跳起来，向阳台走去，仿佛要摆脱什么不快和烦躁。刚到那儿，双颊立刻泛起红潮，显得神采奕奕。穆赫辛冷眼旁观，不知是眼光还是果真如此，他似乎清楚地听见她深深地叹了一口气，对着窗外的什么人抿了下嘴。穆赫辛周身冰凉，巨大的失望冲击着心头。瞬息之间，一切美梦都化为乌有，一切希望都变成泡影。今天，他才感到，自己对现实的估计是多么粗心大意，他竟希图从她这样的人身上索取过多的、自己不应得到的东西。他是什么人？一名优秀的小学生！现在，他和她有什么关系？难道是普通的邻里关系吗？赛尼娅之所以对他亲热，还不因为他是个孩子，或者起码她是像对孩子对待他的。在她眼里，穆赫辛永远是这种孩子，因此，她可以在母亲面前，大胆地与他温存，给他果汁喝，把他的口袋塞满糖果，只要她愿意，衣服也可以给。

温柔、客套绝不是关心和爱。难道你见到她，因为穆赫辛的到来，而像看见赛里姆和阿布杜那样羞红了面颊吗，或者像她现在这样，从阳台上望呀，望……

穆赫辛眼中的屋子变得漆黑一片，这些思潮像梦魇在他脑际飞旋。他看看四周，发现竟是自己一个人独自坐着，她根本就没注意过他。他觉得处境很尴尬，这对他多么冷淡！那么，他为什么还要在这里被人遗忘，不为人所注意呢？

他站起身来，额头淌着汗水，可是赛尼娅丝毫没有觉察。茫然之中，手伸进衣袋里去找手帕，但一下子就摸到了那日夜伴随着他的赛尼娅的手帕，心不禁怦怦乱跳，但失望来得更快，一下子他脸色蜡黄，僵立在那里。他真想大哭大喊，或者立刻死去。可是他什么都没有做，甚至无法使赛尼娅注意到他的存在，他已经站起身来了。

她终于向他转过身来，伸出一只手说：

“你要走了？”

穆赫辛觉得她的样子和举动随随便便，相当冷淡，知道她没有留他的意思，看来，自己逗留的时间也是过长了，便急忙伸出手，用一种备受压抑、十分勉强的声音答道：

“是的，我走了。”

他向大门口走去，赛尼娅不解地望着。他原本是来告别的，可又这样离开了，走到门口，他迟疑地站住了。赛尼娅见状便走过去探问究竟。只见穆赫辛用颤抖的手从衣袋中掏出她的绸手帕，扭过头去，把手帕递给了她。

赛尼娅接过手帕，吃惊地翻看了一下，发现正是自己丢失的那块，但这到底是怎么一回事呢？她喊了起来：

“我的手帕？你在哪里捡到的？”

穆赫辛低声地答道：

“一直在我这里！”

这一句话足以使赛尼娅明白了。她望着面前这张年轻的面孔，它是那样忧伤，双唇紧闭，二目无神，沮丧的呆滞的目光看着地面。这使她想起了他讲述童年往事那天，曾在他脸上出现的一种男子气概。今天，正像那种进行着激烈的思想斗争的人，这种气概又显得冷酷、可怕。

她对这个少年多少有些了解，对他是放心的……

穆赫辛刚想走开，她便柔声地拦住他：

“小滑头，这手帕在你那儿好久了吗？”

穆赫辛没回答，周身的血液沸腾，他以为赛尼娅用这种普通的话在嘲笑他。只听见她接着说：

“你干吗现在还给我？”

穆赫辛突然固执地说：

“它不是我的！”

赛尼娅一怔，但很快又平静下来，走近他，温柔地把手帕递过去，真诚地问道：

“要是我送你呢？”

“我不要！”

听到这样的回答，赛尼娅大感意外，她脸色陡变不作声了。看看少年的脸，也是十分气愤和激动。片刻之后，她用异样的声音轻轻地说道：

“你有必要生气吗？”

“……”

她扬起头，要他回答，却看见两颗泪珠慢慢滚出眼角。她的心颤动了一下，亲切地抓住他的手，拉他到长沙发前，十分激动地说：

“穆赫辛！……你哭了？穆赫辛……”

她坐下来，让他坐在身边。可是，穆赫辛的泪水怎么也控制不住，只好任其像泉水一样奔涌而出！

赛尼娅赶紧攥住那块绸手帕，为他拭泪，她轻声地问：

“生我的气了？……穆赫辛，你生我的气了？”

穆赫辛只能以神经质的号啕来回答，他实在无法控制自己。赛尼娅的声音更激动了：

“穆赫辛……这样不好！……穆赫辛！”

她紧贴着他，在他脸颊上吻了一下。少年感到了她滚烫的露水一样湿润的亲吻。他抬起头，发现她也激动地在哭！

接着，是双方的沉默。一会儿，赛尼娅先开口问他为什么哭，她是那样地坚决，穆赫辛无可奈何，嘟哝了一些莫名其妙的话。稍稍平息一些后说：他知道没有给她留下什么可资纪念的东西。但是，最使他痛苦的是她故意瞒着他，她本应该……

这句话说不下去了……又说，对她没有任何责备，难过的是为自己，生自己的气。是他自己陷入了不符合实际的幻想之中，做着骗人的迷梦。

他像个热病患者，讲起话来声音颤抖。赛尼娅激动地、饶有兴趣地听他说完。然后，抓住他发抖的手，看着他的眼睛，悄声地说：

“穆赫辛，不该这样。你说是吗？你的话不对了！要是你在我眼里是无足轻重的话，我怎么能教你弹钢琴呢？更不会让妈妈同意这件事了。你知道吗，从屋顶平台上看见你那天起……”

少年的心跳动着，脸上的忧愁渐渐烟消云散了。他望着她，那对眼睛仿佛在问：这能是真的吗？

姑娘继续说着，声音尽管很轻，听来却热乎乎的。她责备穆赫辛不该说出那些话来，少年不知该说什么，也不知怎么办。他犹如置身在以太的真空中，木然不知幸福已在刹那间降临。等他清醒一点后，私下里真想弯腰吻吻她的双手、她的面颊，亲亲那张脸。可他却不敢，反倒像一尊泥像似的待在那里。这一刹那飞快地过去了，他终于鼓足了勇气，像执行一颗跳动的心脏的使命，准备行动了。可是，最宝贵的时机失去了，随着女仆的脚步声，传来太太回来了的声音。两人急忙站起身来，穆赫辛手脚忙乱地整理着，想从兜里翻出块手帕擦擦脸，赛尼娅不顾女仆在场，偷偷把那块绸手帕塞在他手里，小声说道：

“给你留个纪念吧！”

话音刚落，裹着黑袍外出的胖太太进来了，她见穆赫辛在这里，便先问了声好。赛尼娅告诉她，穆赫辛要回家，今天来辞行的，一直等着她回来呢！太太表示感谢，祝他一路平安，让他代为问候他的母亲，并特别关照，如果他母亲已经印象不深，那么一定要提醒她，让她记住是赛尼娅的妈妈。穆赫辛告辞了，母女俩把他送到楼梯口。他飞快地跑下楼梯，只觉得自己好像并不是这个世界上的人，而是来自另一个星球。

第十七章

一到家，穆赫辛发现姑姑早已经把明天早晨要他带回家的礼物准备妥当了。仆人麦布鲁克正用麻绳给他捆行李，别的人都不知到哪里去了，栽娜卜一见他气喘吁吁跑进来，立刻告诉他除了衣服，一切都就绪了，要不是赛尼娅的妈妈来过，衣服也早准备好了。话刚出口，便又顿住，仿佛她说漏了嘴，显得很是不安。这引起了穆赫辛的注意，他立刻奇怪地问道：

“她刚才在这儿？”

栽娜卜想搪塞过去，可穆赫辛却讨好地坐在她的身旁，他起了疑心，便不断用好话引她。栽娜卜无可奈何，只好告诉他了：

“她是来过了。你知道为什么吗？穆赫辛，说给你听了可得保密，任何人都不准说！”

听语气真像要披露什么重大秘密。少年认真地回答：

“姑姑，这你不用担心，说吧！”

栽娜卜犹豫了一会儿，然后歪过身子，趴在穆赫辛耳边，告诉他：赛里姆先生给赛尼娅的信落到赫勒密医生手里了。医生大为恼火，但为了不伤邻里间的和气，便没有把这事情捅穿，仅仅把信退寄给赛里姆算了。同样，他也没有告诉女儿有过这件事。他只嘱咐妻子，让她好好对栽娜卜说说，认为这件事办得太荒唐了。

听完后，穆赫辛垂着头有些不痛快，脑袋里突然冒出一个奇怪的念头：这么说，赛尼娅并不知道赛里姆给过她信，那么，当然也不是以他和阿布杜猜想的方式给他回的信。唉，一旦信落在她手里，谁知道她还会不会把信退回来？兴许会给个更圆满的答复呢！

他觉得挺别扭，但很快又想起刚才他和赛尼娅之间发生的一切……难道不是她抹着眼泪对他说，打平台上看见他以后……然后是那一吻……不，绝不会！这些肮脏的想法不应该出现在他的脑中，从今以后，他没有权利对自己崇拜的赛尼娅产生任何怀疑。

栽娜卜又以恶意的讽刺，在他耳边说：

“安拉晓得，我早料到他是这么一个人了！这个想吃天鹅肉的赛里姆！”

接到赛里姆信的时候，赫勒密医生正坐在捷瓦里药房前喝咖啡，这是他的老习惯了，咖啡由附近的咖啡馆送来的。身边的几个人，从年龄，外表看，都跟他一样，是靠薪水过日子的职员。他们都在听着他用说书的嗓子说着什么……

人们津津有味、聚精会神地听着。他讲着过去在苏丹当军医的日子。毋庸置疑，故事就是昨天和以前的继续。他停了一会儿，呷了口咖啡，搜索着记忆中的往事，漫不经心地向眼前喧嚣的栽娜卜广场看了几眼。听众竟没有一个人说话的，紧紧地盯着，等他再回到原来的话题，只有一个人乘这段空闲从黑外套里摸出一只老式的鼻烟壶，默默地让过身旁的人后，取出一撮，揉进鼻中，使劲打了个喷嚏，嘴里不停地叫安拉。

这时，身边一位法医药师转过头来，说：

“舍阿班先生，你在这儿冲我打喷嚏。我们可是来听医生讲故事的！”

前法律事务所书记舍阿班先生从兜里掏出手帕，擦擦鼻子说道：

“好了，先生！医生，你接着说吧！”

医生把杯子放在前面椅子上的一个托盘里，扫了一眼周围的人，仿佛在问，刚才讲到哪儿了。这时，有家产的前艾希蒙站体检员拨弄着玛瑙念珠——拿它纯粹为了摆架子——虔敬地说：

“您刚才讲过加扎勒河省了！”

赫勒密医生仿佛在回答自己的话：

“对了，加扎勒河省。”

他又默默地看着广场回忆往事。舍阿班好不容易把又一个喷嚏堵了回去，说：

“对对，加扎勒河省的面积就和埃及差不多，是吗？”

医生没有回答，看看在座的每个人。大伙静悄悄的洗耳恭听。他抬起象牙柄的蝇甩，驱赶着咖啡盘上的苍蝇：

“我给你们讲讲加扎勒河省，对，加扎勒河……苏丹……”

随着一声深深的叹息，他吐出了末两个字“苏丹”来。这是一声发自内心的遗憾，也是让人牵肠挂肚的思念，以至传到每个人的耳朵里，大家都觉得“苏丹”就是这个人的一切，是这位壮实的老年军医的生命。他在那里度过了生命中漫长的一段时间。

他的声音，沉稳而热烈，回忆如何跟随埃及军队勘查加扎勒河省的荒地：

他们本在沙姆巴森林附近扎营。一天，士兵们早早地起床了，站好队，每人拿着一只杯子。他把一瓶奎宁药水往每只杯子里倒上一两口。在这一带勘查的，每天早晨都得服用这种预防热病的药水。服完药，大家背好行李，帐篷和水袋，由一个当地黑人向导带路，走进一望无际的稠密丛林之中。夜幕降临，他们才休息。为了御防野兽侵袭，燃起大堆篝火。尽管这样，借着干枝上跳动的火光，他们仍然看见老虎、狮子在远处盯着，眼珠闪着神奇而凶恶的光芒。那些夜晚，有时酷热难当，有时明月高悬。在那醉人的静谧中，他们烤着麋鹿、野牛。肉香引来了狮子，索食的吼声不时划破夜空的宁静。医生和士兵们蹲着，警惕地注视着周围。有人背着枪，以防意外。这种时刻尽管可怕，令人揪心，可医生对此显然乐在其中。他最希望有机会看到一头狮子向他们扑过来，然后被乱枪打死在地！他把这种想法告诉了随身的一个苏丹勤务兵，那人告诉他：

“等队伍到吐戈后，你会看到比这更有意思的！当地人都用短矛捕狮子！”

翌日清晨，他们又出发了。

行军途中，人们不停地猎取食物。猎物可真多！胖麋鹿，肥水牛……

什么都有，每当医生离开队伍，追逐美丽的猎物时，那模样跟那些新兵一样，不管是不是猛兽，随便抓过一支枪就放。

苏丹勤务兵看到了这一点，有一次警告他：

“丛林里，什么野兽，哪怕是很凶的，你都可以打。只有一种动物，你千万不能碰它。要不，全体都得遭难，这就是猴子！……森林里的猴子千万打不得！”

又是几天几夜的行军，大家疲惫不堪，水也喝完了！……向导说：

“还得走上三天，才能找到水。那里有一口井。森林有时像沙漠，除了饮用水，要什么有什么。”

终于到了井边不远处，大家将在那里休息。烈日下，行军和油腻食物引起的焦渴不久便可以解除。走到离井几百米的地方，医生想趁大家不注意的时候，抄近路先到井边上。他连自己的勤务兵也没告诉，一个人跑掉了。到井边，他吓了一跳，一只大猴子一动不动地站着。

他等了一阵，向猴子挥手，猴子不动。他捡起几块卵石掷过去，猴子还是不动，他托起枪瞄准，猴子狠狠地瞪着他，仍然纹丝不动。他无计可施，只好向那奇怪的猴子开枪了！

枪响了，猴子一声没叫，淌着鲜血倒在井里。医生走到井边，往下一看，他惊呆了，深井里除了那只死猴外，竟还有近百只猴子。他百思不得其解，这些猴子怎么来的？它们来干什么？

他想了又想，终于悟出了一个奇怪的事实：这些猴子是来喝水的。可是井太深了，怎么办呢？唯一的办法是，这只大猴子站在井边，抓住第二只倒挂着的脚，第二只再抓住第三只、第四只……只只倒吊着，用自己的身体做成梯子，轮流喝水！

想到这里，医生恍然大悟，明白刚才那只猴子之所以一动不动，是因为它还拉着别的猴子！

他不禁赞叹道：

“这些猴子是何等的团结！大猴子为了集体付出了多大的牺牲！因为手里抓着井下的同伴，所以，尽管被石头打，受枪击，也绝不丢下自己执行的任务，纹丝不动，以坚定的目光昂首挺立、迎接死亡。它刚看见医生时，满可以丢下自己的同伴，逃进大森林去的。

枪杀了这只猴子，医生甚是后悔。但是，此时此刻有一件更重要的事要他操心：精疲力竭的大队人马立刻就要到了，队伍将趴在井沿上要水喝。可是水里有血，还堆满了猴子。再想另找一口井，还得跑几天几夜！队伍能不喝一点儿水再走上几天吗？大家必然要喝，谁干的？……谁该为大队人马面临的危险负责呢？在军法上，毁坏水井或投毒是一条大罪。而他这个专门负责士兵健康的军医怎么干出这等事呢！要知道，保护士兵的健康是他的唯一的工作！想到这些，他不禁一阵阵战栗，痴呆呆地站在那里。突然，他醒过来，撒开腿向丛林跑去。摆脱这种窘境的唯一办法是佯装不知道。就这样，他回到了大部队行列，神不知鬼不觉地走在最后，仿佛他从未离开过部队，更没有到过井边！

部队很快到了井边。士兵们卸下身上和牲口背上的辎重，拿上空水袋，欢呼着向水井跑去。

士兵们向井里一望，立刻发出一片喊叫，个个大失所望，欢呼声顿时变成了愤怒、痛苦的呻吟。

医生在大家身后，默默地注视着这一切，万分不安。可是，谁也没有觉察到他的内心活动。

大家商量该怎么办，医生惶惶地躲着……忽然，他觉得背后有人。一转身，苏丹勤务兵正看着他，从那目光里，他明白这个士兵已明察事情的真相了！

勤务兵一声不响，从行李堆里找出一根结实的绳子，默默地向水井走去，把绳子的一头拴在一颗大树上，另一头吊下井里，然后喊大家就近躲进树丛中。大家迅速藏好身子，盯着那口井……马上，井口出现一只缘绳而上的猴子，接着一只只都出来了，末尾，两只大的猴子抬着那只血淋淋的死猴，一起跳着，窜着，消失在丛林中。

井空了，大队人马都想立刻跑到井边，清除污秽，喝个痛快。可是那位苏丹兵示意大家再静等一会儿，他小声地对身边的医生说：

“猴子绝不会有仇不报，任死者的血白流的。”

果然，话声未绝，猴子又一次从四面八方出现了。似乎刚才是回去通报，如今动员出了一支大军。一些猴子走近井边，用锐利的小眼睛搜寻着。忽然，他们发现一个落伍者，因为架帐篷，没注意到大家都躲起来了。猴群立刻扑过来，把他撂倒在地，拽住他的两只脚，往森林里拖。拉到林子边，余下的猴群蹿上树，折下一根根树枝，又闪电般跑到这个士兵身边，举手便抽！

大队人马付出了高昂的代价才把那个士兵从群猴手里救了出来。尽管大家已经疲惫不堪，十分需要休息，但每个人也只灌了一袋水，匆匆离开这里，继续上路了。

他们迅速地走出了这片地区，进入了另一片林海，这无边无际的海洋里生长的都是制作上等家具的柚木。

部队在这里休息了几天，医生已经忘记了闯过的祸，一心琢磨着周围林木的价值。谁占据了这片宝贵的林海无疑是一笔巨大的财富。不过，唯一的困难是交通，如果能从埃及或海上接驳一条铁路线通到这里，那这笔财富肯定……将来，这一切都会发生的……所以，英国人占领苏丹不仅为了今天，更多的是为了明天。

来不及想得更多，队伍很快离开这里，向另一地区开拔，最后来到了吐戈，稍事休整。这时，医生又可以到处转悠，亲眼看看许多新奇的事物。记得最精彩的莫过于一次狮口夺食的镜头。一头雄狮趴在地上，撕食利爪间的一只羚羊。不远处，一个土著黑人监视着，仿佛正伺机抢夺这位大王手中的美餐。

医生的勤务兵告诉他：仔细瞧这里人的动作吧！这一带羚羊很少，这黑人想夺取狮子的利爪间的羚羊。话没说完，只见那黑人慢慢走近狮子，拾起小石头块向它掷去。狮子像给蚊子叮了一口似的，毫不在意。又一块石头，打中了它的脑袋，狮子看看，又鄙夷地扭回头，专心致志于自己的猎物。第三次，黑人捡起一块更大的石头，对准狮子的鼻子狠狠砍去。狮子忍无可忍，懒洋洋站起身来，慢慢向黑人走来，医生自忖道：这人要不赶紧跑开，准得送命。不料，黑人竟一动不动地候着，待狮子离他只有三四步路的时候，才抄起地上的短矛。只见狮子向他猛扑过去。说时迟那时快，他以迅雷不及掩耳之势，身子往下一坐，短矛借势已经插入狮颈的下端，森林之王终于咽气了。医生大骇，竟来不及看清这一切在几秒钟之内是怎么发生！无疑的，这人一定从小就受了高超技能和敏捷动作的训练！这时，黑人在一片赞许的目光下，扛起从狮爪下夺来的猎物，走开了。苏丹勤务兵似乎颇不以为然，他对医生说：和狮子搏斗，切记不能让它用爪子拍着你。因为它的全部力量都集中在这一“拍”上。以前，他曾在加扎勒河见到一头雄狮下河饮水，被一条鳄鱼咬住了后腿，这两头猛兽间展开了一场剧烈的搏斗，鳄鱼已经把狮子腿咬断了，可是狮子奋力一掌打在它背上，竟把鳄鱼脊骨打断了。

又过了几天，部队穿过几块蒿草蔓生的地区，它像平原，又有沙漠的特征。居民类似阿拉伯游牧民，他们逐水草而居，以牧驼为生，平日住在驼背上像驼轿一样的居室里。像那远洋迷航船只上的乘客，又像那尼罗河上摆渡的“金船”上的游客，成年累月，毫无目的地迁移着。他们彼此间以及和外国人的交易都用骆驼或奶制品、皮毛等。由此，医生看到后又稍有了一种想法，要是把这片广阔的天然牧场好好管理起来该有多好！这些驼毛、驼奶，可以赚不少钱。

刚说到这儿，药房来了一个学生配药，药剂师起身告辞，这个傍晚的故事会只好到此结束。舍阿班先生掏出鼻烟壶，不胜感叹地说：

“大夫，这些事真是太了不起了！”

体检员低头想了想，问道：

“青尼罗省那边怎么样？”

“先别说青尼罗省了，先生，那里什么都长：棉花，橡胶，遍地都是橡胶树……苏丹未来的财富啊……”

体检员晃着脑袋，若有所思，又低头不语了。一会儿，突然抬起头来：

“大夫，听说你从苏丹带回不少钱来，是吗？”

赫勒密医生答道：

"你说的钱是指大象吧?"

书记使劲地打了个喷嚏，好奇地问：

"大象?"

体检员解释说：

"医生在苏丹捕捉到六头大象，那阵象牙值钱的时候卖了四千来镑呢!"

舍阿班更吃惊了：

"主啊!……四千镑!……大象?那都是些什么象呀?"

医生微笑着回答他：

"你怎么这么想呀?一头象的象牙，平均重为六十堪他尔。一堪他尔今天约值十镑钱，也就是说一只象六百镑左右。因此谁都想捕象，不过捕象得有政府执照，执照税贵极了!……"

舍阿班先生说：

"哎哟，这个苏丹竟有这么多宝贝!"

说罢，他叹了口气：

"医生，您的运气真不错!……真让人羡慕。我要是在年轻时，也上那安拉创造的乐园里去跑跑、冒冒险，至少也不会一辈子坐在这儿睡觉、种地!"

又是一个喷嚏，他用手帕擦擦鼻子：

"大夫，您在苏丹时成家了吗?"

医生和体检员异口同声地说：

"那儿没地方安家!"

舍阿班说：

"这么说，您当时是单身了!"

赫勒密答道：

"当然了……我从苏丹回来后才结婚成家的。到现今，二十年过去了!"

"二十年!"舍阿班先生说，"这么说，您去过乌姆·杜尔曼?"

赫勒密医生骄傲地扭扭面孔和鼻子，自豪地说：

"乌姆·杜尔曼，还有别的地方。谁都知道，我参加过很多战役，我不仅是个医生，更是个军人！”

这时，邮递员过来了，他看看赫勒密医生。医生停下话，习惯地问有没有他的信。邮递员常常不去他家，把他的信直接送到药房来。可今天，他有些犹豫。在回答医生的问话前，把手伸进背着的邮袋，低声咕哝着：

“没有……不过，这封信……是……”

最后，他觉得，对他这行来说，没有必要这样。怎么说，医生也是收信人的父亲，何况信封上还写着“艾哈迈德·赫勒密医生之爱女、赛尼娅小姐收”的字样，他就更应该把信交给医生了……医生接到信，也没有看看信皮，撕开便读了起来。一开始，怎么也没懂，又从头至尾读了一遍，还是不明白。及至看了看信皮，他才终于清楚了。

他脸色陡变，觉得自己军人的荣誉受到了莫大的侮辱，便起身告辞，回家和女儿算账去了！……

进门，妻子迎面过来，他连连怪叫，递过信去告诉她信上写的内容。妻子听了，让他不要着急，说服他，先不要告诉女儿，这样，不至于挑起事端，也不会伤了邻居栽娜卜的和气。她答应丈夫亲自去找栽娜卜，先跟她谈谈，尽量和和气气地、妥善地把一切处理好。最后她设法使丈夫相信，女儿赛尼娅说不定也是冤枉的，或许她对这个缺德少教的邻居寄信的事也蒙在鼓里。既然如此，为什么要用这本不是她该负责的事，也不是她的罪过，去惹她生气，让她烦恼呢？

就这样，连说带劝，事情总算过去了！……

第十八章

仆人麦布鲁克把打好的行李放在一边，过来问还有什么该为穆赫辛准备的。栽娜卜认真地站起来。可能是因为穆赫辛行期在即，她有意再讨好一番，好让他在那有钱的亲人面前多念念她的好，她立刻命令麦布鲁克上平台的小屋里，把箱子拿来。然后，示意少年过来，告诉他该带些什么，留下些什么。正在这般地挑着，选着，麦布鲁克忽然在楼上叫栽娜卜，说赛尼娅正等在自家的平台上想和她说话，栽娜卜上去了，留下穆赫辛一个人在屋里，他忐忑不安，不知赛尼娅会说些什么。一刻钟后，栽娜卜回来，继续整理。穆赫辛想问，可她只顾看着手里的长袍叠好了，放进箱里，一再叮嘱：

“穆赫辛，别忘了写信！给我也写……别像去年似的，光给你的叔叔们写！……”

穆赫辛亲切地说道：

“去年，哈奈菲叔叔先给我写，我回了他一封，信里也问候你了！谁给我写信，我就要回信，不是吗？”

栽娜卜马上接着说：

“唉，亲爱的！我要认字，能写就好了。你不知道，去年我生了多大的气，我找你叔叔们替我写封信，可他们，一会儿懒得要死，一会儿又说写了，替你问过好了。不就是信嘛，谁写都一样。今年，我一定单独给你写信，安拉保佑的赛尼娅肯代替我写……”

穆赫辛有些不安，冒失地问：

“赛尼娅？”

她点点头，刚才赛尼娅叫她，是催她赶快上她们家去，早就约好了的。可栽娜卜推辞了，说眼下忙着给穆赫辛收拾东西。一提起穆赫辛，赛尼娅便高兴地提醒栽娜卜无论什么时候给他写信，都别忘了替她和她母亲问过好。可栽娜卜挺为难，告诉她，若不苦苦哀求，家里那些弟兄们谁也不愿替她写信。一听这话，赛尼娅立刻表示她可以代笔。一封、两封、三封，想写什么都可以。栽娜卜谢过后，高高兴兴地赞美安拉，今后再不依靠哈奈菲这样的人了。

可是，栽娜卜哪有穆赫辛高兴！一想着收到赛尼娅亲笔写给他的信，心儿早已经翩翩起舞了。就为了等这可爱的信，他从现在起就十分向往这次旅行了。

就寝前，大家围着穆赫辛向他告别，让他从农村回来带什么样的礼物。这个要煨鸽子粥，那个要凝乳和玉米饼……穆赫辛高高兴兴地躺在床上，叮嘱哈奈菲，他乘的是头班车，明天早点起来。哈奈菲作为一家之长承担着为他买票和送进站的责任！

那个晚上，穆赫辛怎么也睡不着，那幸福之日的形象一幕接一幕地在脑海中浮现。回家的兴奋使他急不可耐地盼望着晨曦快快到来。离家这么久了，就要看见亲人了，看见农村了，特别是等着那封相约的信！

黎明。五点整，上好的闹钟按时响铃。穆赫辛跳起来，直奔哈奈菲的床。他知道，艰巨的工作正在后面：叫醒哈奈菲！

他先把哈奈菲蒙头的被子扯下，叫了一遍又一遍，毫无用处，哈奈菲不回答。

半天，他翻了个身，烦躁地说：

“喂，你怎么半夜三更吵我？又不是上火车。”

穆赫辛冲他嚷了起来：

“什么半夜三更！出太阳了！”

哈奈菲仍然睡眼蒙眬，咕哝着：

“闹钟响了吗？”

穆赫辛笑道：

“嘿嘿……你这个睡鬼，早就响过了！”

起先他还不信，穆赫辛跟他钟点啊、闹钟啊、响铃啊、他什么时候睡的呀，连解释带辩论，两人争来争去，最后，阿布杜听见了。他气呼呼地跳下床，走到哈奈菲床头，用他惯用的手段弄醒了他，说：除了睡觉，哈奈菲一无所用！

七时半，哈奈菲和穆赫辛来到了车站的大铁门前。少年把行李、箱子放在身边，站在大钟下面等哈奈菲买票回来。可是一刻钟过去了，他依然踪影全无。穆赫辛看着大钟，看着一批又一批旅客向火车走去，不安地等着。又过了一会儿，离开车只剩五分钟了，可哈奈菲还没回来。

第一遍铃响了，穆赫辛左看右看，搜索着，还没见哈奈菲的影子。又过了一会儿，后到的人在飞奔，搬运工大声喊着，只剩一分钟了。少年绝望地望着头顶上大钟的指针。只听得一个工人叫道：“小心轧了你的脚！”汽笛长鸣，火车慢慢开动了，出了站，最后消失得无影无踪。这时，一切都结束了，哈奈菲仍然无影无踪。

穆赫辛强压心头怒火，想找个搬运工帮他照看行李，自己去找哈奈菲。突然，名誉家长满头大汗，嘴里噙着票跑来了。来到跟前，递过票，嚷着：

“赶快上火车，没时间了！”

穆赫辛冷冷地瞟了他一眼，伫立在原地，愤懑地、倦怠地问道：

“火车在哪儿呢？”

哈奈菲望望火车停站处，空荡荡的，一无所有，他放心了，掏出手帕，抹着额头上的汗珠：

“还没来呢？……我不是说过，咱们来得太早了吗？”

少年一下子火了，生气地说：

“没来？一个钟头前就开走了！”

哈奈菲不信：

“什么？……开走了？……你敢肯定？”

穆赫辛冷冰冰地问道：

“你跑哪儿去了？……先生你跑哪儿去了？”

名誉家长答道：

“老兄，我给你买票去了，可窗口挤得要命，我心想先在长凳上坐着等会儿吧……”

“什么长凳？”

“我怎么知道哇，绿的、带靠背的……”

穆赫辛压着内心的怒火，抢了他一句：

“好哇！你又在上面睡过去了！”

第二部

奋起吧，奥祖鲁斯[1]奋起吧！
我是你的儿子侯利斯。
我再次赋予你生的权利。
你胸腔中跳动着一颗昔日的心，
一颗坚贞的心。

——《亡灵书》

① 奥祖鲁斯，古埃及主神之一。

第一章

穆赫辛搭上了第二班车，他躲开旅客挑了车厢一角靠窗的一个座位。一坐下便沉浸在一肚子的心事、幻想、回忆中。赛尼娅、昨天发生的事……一齐袭上心头。

车站的喧哗，焦急的候车，回家前种种准备，一切的一切都消失了。现在他处在另一种现实之中，火车把他带出了可爱的开罗，哈奈菲跟着火车跑了一段，挥手告别，感人而质朴地喊着：

“一路平安，穆赫辛……”

这就是家长哈奈菲。刚才，穆赫辛还生他的气呢！他的心地多么善良！满头大汗替他背行李和箱子，一直送上二等车厢……

难道是真的，真如此迅速地离开了开罗，离开了他的叔叔和名誉家长哈奈菲？今天晚上要睡在另一个地方，另一张床上，想着想着，他不觉又心情沉重起来。但后来再一想，别离也不过短短几天，心头的抑郁才渐渐消散。他会收到赛尼娅的信……那封还不曾离开就已开始等待并将成为他生命中最珍贵的信。

然而另一样东西颇足以告慰对开罗的惜别：看见慈爱的双亲。

想到这些，他才转过头来看看周围的旅客。呵，真不少人，缠头巾的、戴土耳其帽的……把车厢挤得满满当当，找不到一席空地。这个时候大家都还没说上话，可又都打量着对方，仿佛忍受不了这沉默、生疏的空气，盼着谁能带个头讲点什么。

不一会儿，一个身着呢袍、背着褡裢的魁梧汉子走了过来，逐一审视着每张面孔，仿佛在问，有没有一席容身之地。刚才，大家也曾见他这副模样，在车厢的走道里来来去去找座位。大家彼此看看，有一个用力挤挤左右的乘客，挪出一撮之地，对他说：

“坐吧，都是穆斯林，理应彼此相让。”

那人放下钱褡坐下了。这时车厢里有人压着嗓门，恭顺地和邻座谈着什么，没多久，声音逐渐高亢，似乎想让别人都来听听。果不其然，有人开始转过脸，饶有兴味地注意他，那神情活像在清真寺里听讲经，在教堂里听说道。

大家的洗耳恭听对说话人是某种鼓励。他滔滔不绝，换了一个又一个话题。

给旅客让位这件事，他随便起了个头。热情赞扬埃及人民内心的同情和团结精神：

“要是在欧洲，这种情况下，即使是大家是认识的或朋友也没人会动一动，哪有人肯为他人牺牲自己的休息呢？”

他又讲起一次他在欧洲某个国家里乘火车的事……一个戴缠头巾的旅客恭敬地打断了他的话：

“先生出过国？”

先生笑笑，谦逊地回答说：

“我去过奥地利、英国和法国，为了生意上的事。”他立刻言归正传，说起有一次，在欧洲火车上整整一天一夜，和周围的乘客竟没有交谈过一句话。仿佛他们都是星外来客，不是地球上的人，没有心脏和感情。

角落里的一位老人清清嗓子说道：

“没有伊斯兰教的国家。”

先生脸有愧色，没有回答，不满地掸着帽檐上的尘土。一个旅客突然看到了他手腕上露出一条十字架，心想，这个老人肯定是好人，说了不中听的话，便亲切地纠正道：

“老先生，您老的意思是那国家里的人没良心，不像咱们国家，科普特人，穆斯林，……彼此都是兄弟。”

旁边一个受过教育的乘客也领会了这点。他一插话，便巧妙地使大家理解了。他说目前埃及各界人们常用的“伊斯兰”一词，实际上并没有什么宗教或派别的色彩。它的含义不外是仁慈的感情、善良的心和广泛的联系，在埃及得到的感情，在欧洲不可能有。功利主义，追求个人利益的毒素普遍伤害着欧洲人的心。

戴缠头巾的，戴帽子的，听了他的话，琢磨这层意思，发觉只有他真正揭开了掩饰在含混词义下的真理，打心底里佩服他的分析，这个话题总算结束了。

这时，有个旅客还想和第一个人谈谈他的话题，便问道：

“先生，外国火车上的乘客就都不和他旁边的人说话吗？”

另一个插话说：

“就是嘛，你看我们这里，在这拥挤的火车上坐半个钟头，下车时，旅客都很熟悉了。”

第三个人说：

“没走多远，现在，还没到班哈，可吉祥已降临到诸位身上了。”

说罢，笑着一张张脸看过去，他在问候大家。

最后，他的目光落到车厢一角没人注意的穆赫辛身上，看了一会儿，奇怪为什么大家有说有笑，可他却默不作声。为了使他摆脱孤独，他彬彬有礼地弯下腰，亲切地说道：

“小先生，你说是不是这样啊？”

少年显得很窘，忸怩地咕哝了几个字，又转向窗口。问话人并不强求，心想，准是他年纪太小，拘束，不好意思在大人当中张口。

大家又说东道西地扯开了。车靠班哈站，有人从窗口探出身子，买了点儿饼、蛋、柑橘，摊开手巾，请大家吃：

“来来！一块儿吃一点儿吧！”

“吃过了，谢谢。”

火车徐徐开动，离开班哈。旅客忙着吃了一会儿东西，第一个发表评论的先生又开口了：

“就说这‘一块儿吃一点儿吧’，欧洲的乘客只顾自己坐着抽烟，吃喝，都不问旁人哪里下车。”

听众求主宽恕，谴责这种行为，争相发表各自的意见。先生又自豪地说：

“埃及人具有古老的文明，我们在尼罗河畔生活了八千年。当欧洲还在蛮荒时期，我们已经懂得耕耘栽种，建起了村落、庄园，有了农民……”

背钱褡的人向窗外吐了一大口痰，说：

“您说得对，先生！基础就在于根基！”

有学问的先生仿佛又想起了什么：

“先生，你的话有理。毫无疑问，我们生来就是聚居的人民。因为自古以来我们就是种地的。当其他民族过着渔猎，独居，一个部落、一个家族的生活时，史前我们便已经在尼罗河流域建立了村落和住处。我们的血液中流着‘聚居’的元素。世世代代的集体生活就是我们的特征！”

第二章

火车终于停靠在丹霍尔站上。穆赫辛一下就看见站台上黑人塞夫尔吉和车夫艾哈迈德·赫齐。两人一认出他，立刻攀着车厢喊道：

“少爷，赞美安拉，你平安到达！”

“白莱勒，先去拿行李！”

“那小少爷呢？”

“我送小少爷……请，少爷！”

少年下了火车，在两个仆人中，他觉得十分不习惯。

“少爷”一词陌生地在耳边轰响着。不过，这次他没有反感，反觉得有种说不出的自豪，如果赛尼娅来，看看，听听，该有多好！

马车在这简陋的小城镇穿行，道旁咖啡馆铺和店铺里的人都盯着他，仿佛在问，坐在这辆家喻户晓的阔气的马车上的少年是谁呢？到家了，楼梯上等候的母亲一见他来，立刻张开双臂，他一见母亲，也本能地冲了过去，和母亲紧紧拥抱在一起。母亲热泪盈眶，欢乐，激动，一次又一次地把儿子抱在怀里。

接着，她从头到脚细细端详眼前的儿子，审视、抚摩，仿佛要挨着查看身体的各个部位。最后，她笑着对儿子说：

“奉安拉之名，真是太好了！……穆赫辛，你胖了！”

说罢，母亲把儿子领进客厅，让他坐在身边，问起开罗和他姑姑叔叔们的情况。正说着，父亲进来了。穆赫辛立刻跑过去吻过父亲的手，在一旁站着，等父亲坐下后，才陪着坐下。父亲问道：

“穆赫辛，年终考试考得怎么样？”

少年人欠欠身子：

“今年没有年终考试，取消了。”

父亲有点儿奇怪，不无遗憾地说：

“取消了？怎么会呢？他们可没有这种权力！”

接着，又问起他的功课和老师的情况，问他今年将要参加的毕业考试准备得怎样，母亲不答应了，呵斥着父亲：

“瞧你，就不能让他喘口气？要问也应该先问他身体怎么样，叔叔们好吗。哪有像你这样不懂事的！”她看看丈夫的鞋说，“还穿这个？我早跟你说要穿皮鞋。穿这种鞋多不合你的身份。你有那么多鞋，干吗非穿这双不行？……你在村里可不是个普普通通的人！”

丈夫边脱鞋边回答：

“我忘了。好，太太，你别生气！”

“阿里！……阿里！……”

一个黑人应声而来，他不是穆赫辛在车站上见过的那个。这个人穿着白长袍，腰里扎了根红带。老爷命令他马上拿皮鞋来。

穆赫辛这才开始打量着周围那些价格昂贵的靠垫和华丽的地毯，然后，彬彬有礼地把目光移向母亲的一身华丽衣服！正巧母亲也在看他，一会儿，她说道：

“穆赫辛，我不喜欢你这身穿着！”

穆赫辛随口咕哝了几句。母亲还在说：

“你呀，一点儿不像我！”

父亲也清清嗓子，说：

“也不像我！”

妻子看了丈夫一眼，笑嘻嘻地说：

“我说农民市长先生，从什么时候起，你又否认是我让你变得文明，教会你讲究的？”

丈夫哈哈大笑：

“安拉，我可没说什么。当然你，太太，你当然喽，是土耳其人的女儿，是个土耳其人呀！”

妻子沉默了一会儿，转问儿子：

“真的，事情也真奇怪，穆赫辛确实不像我。还记得吧，小时候，有一天，我们派车上学校去接他，他又哭又闹……”

父亲往上拉着高级丝袜，说道：

“乡巴佬，跟他说什么呢！”

听了这话，穆赫辛低下头去，他感到被人瞧不起——瞧不起他呢，还是别人？

晚饭摆好了，穆赫辛、母亲、父亲三人一桌。身着白袍，腰系红带的黑人白莱勒和阿里像谢布尔德大饭店里的黑人服务员那样递送着各种美味佳肴。穆赫辛没有一点儿食欲，一样夹上一口，像在完成任务。母亲发觉他吃得这样少，便问道：

“你怎么了，穆赫辛？菜不合口味？叔叔那儿吃得比这更好？”

少年差点儿笑出来，他想起了那盘子芽豆，还有阿布杜从窗口扔出去的鹅腿……尽管那样，他嘴里的芽豆还是蛮有滋味的。他津津有味地嚼着，麦布鲁克在自己身边，眼睛使劲儿盯着袅袅的蒸汽，鼻翼贪婪地翕合，名誉家长哈奈菲还有家里其他人，像围着麦加天房的黑石，团团围着那只大木盘！

集体多幸福！和大家一起生活多么美好！是的，就为了这，他才吃，尽管花样少，营养差，他反倒长胖了！

该睡觉了。仆人们把他带进自己那间陈设豪华的卧室，替他关好门，各自回去就寝了。穆赫辛四下张望：只有一张床，只有他一个人。彻底的安静，死一般的寂静！这种孤独使他忧郁，这个地方使他感到寂寞。公共宿舍中自己的那张床真让人怀念！一共五张，并排的，挤得紧紧的……还不到一夜，他就想念他们了。那里才有舒适，那里才是生活，在集体中的生活是最舒适的生活。尽管环境艰苦些，条件也困难。

第三章

一觉醒来，已是翌日清晨，穆赫辛心烦意乱，没精打采地到处溜达，对屋里每一件漂亮的陈饰，豪华的用具他都漫不经心地打量了一番。只要一想到赛尼娅，便有了精神，浑身冒出一股自豪的劲头，周围的一切，也比刚才有意思得多。这时，母亲拖着及地的华丽的长袍过来了，穆赫辛高兴地望着她，心想赛尼娅要是能看看这个时候的母亲该多好。父亲又换了一套和昨天完全不一样的衣服，手杖又沉重又值钱，刻满了精美的金色雕饰。不知怎么，一见父亲，他耳边又响起了昨天他说的话：

“乡巴佬，跟他说什么呢！”

他为自己感到羞愧。奇怪，为什么自己明明是这两个人的儿子，却又和他们没有丝毫相似之处。从今以后，必得努力，经常使自己能有地方像他们。他年纪也不小了，理应明白自己的地位。他挺中意自己的这个想法，便过去，依偎在母亲身边，仿佛乞求她把这纸醉金迷的生活的秘诀一一传授下来，至少也应让他明白、或让他尝一尝那种滋味。

可是这一切仅是设想而已，还没过一天，就浑身腻味，厌倦得不行，热情和沉醉不见了，自豪感也消失得无影无踪。

穆赫辛的内心深处深深感到他是这个家庭的陌生人。他和父母之间，总有一种说不清的东西把他们隔得远远的，这显然是个事实。不管他如何努力，那种客气和暧昧依然无法消除。好吧！只要愿意，让他们叫他是农民好了。要像他们希望的那样生活，算是没有指望了。他迫切地需要那种自由，需要在那些质朴的叔叔们中间呼吸到新鲜空气。这里仆役殷勤，侍候周到，舒适安逸，可却被无法忍受的桎梏锁上了一颗心。

想到这里，他顿觉心情舒畅。以一种过去从未出现过的叛逆精神仔细审视着这些思想。父亲昨天用的乡巴佬——“农民”这个字眼辱没了他的心。他暗地里生父亲的气，不由得想起父亲的出身和人格。以前，他难道不是个农民，一个满身泥巴的农民吗？今天仍然是。那么什么使他变了呢？是豪华的衣衫、高贵的手杖，还是皮鞋、丝袜和钻石戒指？他不是也在模仿吗？还不是那土耳其出身的妻子以“文明化”的名义对他施加的影响吗？……是的！他有什么权利瞧不起农民呢？是因为农民穷？穷又是缺点吗？

这些想法在穆赫辛的头脑里翻来转去。于是他觉得这个家是这样令人讨厌，这种生活是如此孤寂，回家第一天就烦了，那么还有十天该怎么挨过去呢？他如鱼儿恋水似的恋着叔叔们的家，总想找个借口快快躲开，再回到他们身边去。

……可是，他不正等着赛尼娅的信吗？想到这个，心定了，气也顺了，记得该给叔叔们写封报平安的信。于是他急忙走到桌前，摊开信纸，开始表达对他们的真诚思念。然后，另给栽娜卜姑姑写一封，说不尽亲切、温顺的词句，请她向赛尼娅小姐代为问候。想象中，赛尼娅一定会看到这封信，所以像写给本人一样，恭敬专注，情溢于表。

母亲发现儿子烦躁不安，建议他上庄园里住几天。那里绿绒毯般的苜蓿铺盖着大地。穆赫辛欣然从命，母亲立刻下令备车和备齐一切需用物品。

天黑前，穆赫辛和父母带着几个仆役踏上通向庄园的大道，那里离丹霍尔城不过数里之遥。车子走过吊桥，刚刚擦过场院门口那棵高大挺立的野无花果树，就听到一阵自家的狗吠。郝里——庄园的管事和一些庄户人闻声跑出来。狗认清了来人，不叫了。人们簇拥着马车，欢迎主人，特别是穆赫辛的到来，扶他下车，不停地念叨：

“热烈欢迎小少爷！您给庄园增添了光彩！”

管事晃着他那持重的白胡子说：

“老爷好……少爷好……太太好……都好！”

一个人走近穆赫辛，对他说：

“您不记得我了？……我叫阿布杜·麦格苏德。您忘了，在丹霍尔上学时，有个礼拜日，您让我弄头牲口来，上艾布·迪亚布水渠逮鱼去，您还记不起来？您骑着小毛驴，半路就下来了，对我说：‘阿布杜，你也骑会儿！’我说：‘少爷，我不累，我们农民愿意走路。’您生气了，非要我骑不可……少爷，您记得吗？”

穆赫辛一声不响地笑了。

他父母开始和管家、老农谈起庄园里的事，不住声地发号施令。执事和管家毕恭毕敬地回答：

“老爷，一切如意……水道都疏通了，南边那块地修成场院了。今年的苜蓿，您老已经看见了，真是好极了。托福少爷来这里，今年又是丰收的一年！”

老爷望望管事。

“哈桑，阿尔加维和贝都因护院两人的事怎么样了？”

“老爷，一切都圆满解决！”

“是呀，一个庄园里别闹什么贝都因和农民的矛盾了！”

“老爷，现在什么矛盾也没有。当着副执事、卫队长的面解决的，如今农民和牧民很融洽！”

太太向庄园的别墅走去，身后是丈夫、儿子和其他人。管事哈桑边走边唠叨：

“你们使庄园感到荣幸，……以安拉起誓，一切都好，……老爷好……太太好……少爷好……都好！”

太太听烦了，呵斥着可怜的管事：

“你话怎么这么多，老是好，好个没完。你们这帮种地的就是这么没完没了。”

管事讨了个没趣，很窘，但还笑着回答：

"安拉使你们长命百岁!……太太，你们来，我们心里高兴啊。"

穆赫辛很感动，但一路上总是低着头，默默地跟在母亲身后。

农妇们知道庄园主人来了，唱着欢庆的喜歌来欢迎。胆大点儿的一个想捧过女主人的手吻吻，不料，被太太一顿训斥：

"离远点，远点，别弄脏我的裙子！"

农妇却不见怪，宽容地笑着：

"哟，我们不吻太太的手，吻谁的手呀?"

一见太太挥手让她们走开，管事赶忙过来执行太太的旨意。他高举胳膊，轰鸡鸭似的嚷道：

"走吧，走吧! 都回家，回家去!"

她们哈哈大笑，继续唱着喜歌，各自回家去了。

穆赫辛激动地靠近母亲：

"干吗轰她们走呢? 这不应该……"

妈妈并不在乎，她跨进房门，态度生硬：

"有什么不应该的? 不过是些乡巴佬！"

穆赫辛刚在自己的房间里坐了不到一个钟头，外面叫开午饭了。两个当班的仆人照例站在长桌的两头。太太、丈夫和穆赫辛依次走进餐厅，太太一见桌上摆了家常饼，立刻叫起来：

"主啊! 白面包呢?"

一个仆人低头回答道：

"没有！"

太太不高兴了:

"你怎么忘从丹霍尔带白面包来呢? 好呀，可让我现在吃什么?"

"太太，那我回丹霍尔去拿，马上回来。"

窗外烈日当空，骄阳似火。太太想了想：

"白莱勒，外面太热了，你找个农民去吧!"

白莱勒转身要走，太太又叫住他：

"听着，白莱勒! 把那个狗管事给我叫来!"

仆人出去了，没一会儿，把管事带进来，太太张口便骂：

“你这个蠢货，让我们吃乡巴佬的面包？”

管事不胜惊异：

“太太，这可是新鲜面包，今天早晨才烤的！是我女人特意为太太烤的！”

太太的嗓门更高了：

“真叫人恶心，我就吃这种面包？快叫个农民上丹霍尔拿外国面包来！”

“太太，这么热的大中午……”

“对，就是这大中午去……”

“是，太太……不过……”

“不过什么？”

“不过您知道，农民从清早五点就下地干活儿了，他们都盼着挨到中午，好在树荫下歇一会儿啊！”

“安拉呀……要歇会儿？……农民要歇会儿？什么时候，他们这样了不起了？”

“他们不是人吗？太太？”

“别啰唆，快去！快叫个农民上丹霍尔给我把面包拿来，要不，我发誓鞭子可要落到他们头上……这帮乡巴佬！”

管事的头低垂着。太太不满地朝闷声不响冷眼旁观的丈夫横了一眼。老爷慌忙答应：

“嗯，这是怎么啦，派一个在屋里睡得像头水牛似的农民去吧……”

管事抬头答应了。

太太补充道：

“你想惯着他们，那你自己去。你和他们不一样，你是土耳其的后代。”

管事立刻规规矩矩地答道：

“是！”

他侧转身子，执行这道不饶人的命令去了。穆赫辛同情地目送他的背影，直到完全看不见了。为了避开母亲的目光，他低头看上衣扣子，他真为父母的行为感到羞愧。

穆赫辛好不容易熬过了午饭，赶快离开父母，跑到外面去了。那自由、空旷的田野中，有心地高尚、纯洁质朴的农民。他最先看到的是哈桑老人，坐在纳凉的石凳上，手里拿着念珠。老人神色慌张连声哀求庄园守卫贝都因人阿布杜·阿推，连声调都变了。对方却冲着他的脸用吓人的声音吼叫：

"指安拉发誓，阿尔加维你别想进去。我以贝都因人的荣誉起誓，把这枪子儿迸到他脸上去！"

"阿布杜·阿推，没必要这么嚷嚷，老爷在这儿哪。您行行好吧！"

"他别想在这里睡觉！"

"乡长不是派人给你们调解了吗？"

"我们是光荣的贝都因人，农民的乡长不配和我们搭话。"

说完，他鄙夷地撇着嘴角，丢下老人扬长而去。

穆赫辛正走过这里，便站下来看热闹。他不愿打断这场谈话，先听着，这时，看见阿布杜过来了，便叫住他，问他刚才对哈桑讲了些什么，为什么把农民阿尔加维恨得咬牙切齿？贝都因人有意抬高自己的身份，说：青年农民阿尔加维想和他妹妹结婚，而姑娘也让这个农民给迷上了。劝过几次，谁知道，打不行，劝不听，末了，告诉她若是和农民结婚，就从根本上损害了作为一个贝都因人的尊严，可是仍然无济于事。

最后，她决定不管哥哥怎么想，她非阿尔加维不嫁，不同意就私奔。这可激怒了阿布杜，他发誓只要看见这个农民就杀了他。大家想办法调解，这个阿拉伯姑娘也设法求得哥哥的谅解，找人说服哥哥改变对她和她的农民丈夫的看法。可是一切都毫无结果，阿布杜·阿推坚持按自己的想法办事。这就是穆赫辛从这个贝都因青年那里了解到的一切，他亲切地问道：

"这么说，贝都因人比农民好，你说是吗，阿布杜·阿推？"

护院盯着他，奇怪怎么有如此无知的人：

"少爷，贝都因人怎么能和农民一样呢？"

“你说说有什么不一样呢？”

“怎么……少爷，怎么会？贝都因人最地道，出身最纯正。”

“农民就不地道、不纯正了？”

“农民是奴隶的子孙。我们贝都因人可不甘心受欺压，当奴隶！”

穆赫辛告别了阿布杜·阿维，一路独行，思索方才听到的一切。想着想着，耳边不由得响起了埃及古代史老师的话：现在的埃及农民，和古代的埃及农民本是一回事。早在贝都因部落还未形成之前，他们已经在这块土地上生活耕耘。多少个世纪过去了，一个个民族消亡了，又诞生了，可是埃及农民由于远离城市和文明，深居农村，从未经都市中政治和社会风暴的冲刷——城市往往是各民族、各人种混杂居住的地方，所以，尽管时代变迁，农民却没有一丝一毫的变化。难道这样的农民，具有最纯正血统的农民，居然有人指控他们的血统不纯正。但是，农民唯一的缺点就在于他们并不了解自己的“根”，而贝都因人却祖祖辈辈，一个部落接一个部落地继承着他们自己所说的“根”！农民那优秀的天性：安静、热爱和平、醉心于文明和稳定，不正是血统纯正的标志吗？而贝都因却始终野蛮、嗜钱、报血仇……始终过着偷袭、抢劫、部落相互劫掠的动荡野蛮的原始生活！可是农民不知道为自己辩护。他应该说：农民优良的天性，热爱和平，恰恰是他们的“根”——古老的耕作所产生的。农业生活要求和平、安宁，鄙弃侵扰、抢劫。这是文明的社会生活，不是野蛮的山野生活，这种和平安宁是地地道道的高尚。

不多久，穆赫辛找到了哈桑，两人挨肩在石凳上坐下。他看看老人家那把雪白的胡子，问道：

“哈桑大伯，贝都因和农民哪个更好些？”

村长拨动念珠转过头来：

“少爷，贝都因人是一群流浪汉、强盗！他们没有宗教，没有信仰，不懂仁慈，也不会服从！”

“怎么讲呢？”

“我们这儿的农民待他们可好了，款待他们，帮助他们，把他们看作亲兄弟。可他们自高自大，根本不把农民看在眼里。似乎他们血管里流的是血，我们却是水！在他们眼里，农民的一条命不如一颗枪子儿值钱。那年，艾布 · 姆台沃里 · 吉尔夫给贝都因人白塞斯种地，地也平了，场也打了。这些贝都因人生来就不懂种，不懂收，只会打砸抢。对人们的帮助和仗义视而不见，白塞斯找人揪着艾布 · 姆台沃里，在场院里把他揍了一顿！”

“把他杀了？”

“这帮贝都因人哪有什么信义？少爷，他们都是野兽……你要是看见他们在通红的炉火旁吃热稀饭的模样，准得说他们不是人！”

老人停了口，可穆赫辛仍然聚精会神想再听下去。于是哈桑又讲起贝都因人的吃喝：一次，他被邀请去野外参加贝都因人的一场婚礼。他们朝天鸣枪，举行赛马。会后，满满一大盘白米饭端上来，主人对客人说：“大家请！”当时正是秋季，五十天刮风天，黄风卷着沙土从四面八方袭来。只见盘中白灿灿的米饭马上盖了一层沙土，竟成了郁郁的金黄色。他只好婉言谢绝。当然，难道吃黄土不成？……可是你瞧，贝都因人上来了，一个个捋胳膊挽袖子，向大盘子扑去，像一群饿疯的人，张开手，管它是饭是土，一把一把地往嘴里填……

穆赫辛笑了，热情地说道：

“还是农民比贝都因人好，比贝都因人高贵，比贝都因人善良。哈桑大伯，你说是这样吗？”

第四章

两天过去了，赛尼娅的信还没有来。穆赫辛忧心忡忡。他一天大部分时间都消磨在石凳上，坐等邮班的时间，一边回忆着他和赛尼娅之间的一切：最后一次相会，她赏赐的那个吻，他泪流满面……每想到这些，心里越发不安，总觉得这是一场梦。真怪，他什么也没说，什么也没做，幸福竟如此不费吹灰之力到了手。莫非她把他看作傻瓜、白痴，还是他当时睡迷糊了？幸福又一次掠过身边，他却一无所知，只有当它过去后，才明白过来。她吻过他，脸上还能感到那轻轻的一触。他心跳了下，下意识摸摸被吻过的地方，仿佛在查找，在证实这一吻的痕迹是否将长留颊上，而不会随风飘远。不会的，这一吻对他来说具有无比重大的意义；她爱上了他，尽管那时他还说不上什么叫爱情！是的，她是爱他的，否则，是什么东西促使她这样一个羞涩的埃及姑娘先吻了他呢？另外，不是她建议让栽娜卜姑姑给他写信的吗？这么说，有什么可害怕的呢？为什么要忐忑不安呢？看来，问题可能出在栽娜卜身上。是她没有及时告诉她收到信了。既然如此，就不用焦虑，不必心急了，再稍等片刻，先上田野去吧！放开胸怀，在那纯净清新的空气中，轻轻吮吸，在玉洁冰清的万物中，细细欣赏那爱情吧。

忧虑消散了，他顺从心灵的启示，东跑跑，西走走，在广阔的田野里，亲切地迎接飞翔的云雀，投入参天的大无花果树荫下流淌的渠水的怀抱里，也不放过打谷场一角的碌碡，或者走近旋转的水车，观察蒙上眼睛的两头牛不知疲惓地工作着。

可是，这一切都不曾使他像偷偷看到一家农舍那样牵肠挂肚，激动万分。为了不惊动他们，利用悄悄地从旁边进行观察的机会，他见一家屋门敞开着，便探头进去，屋里阒无一人，主人肯定被“放牧”到庄园里去了！

他犹犹豫豫踏进屋去。所谓屋，只是在一小块空地上，用干棉梗和玉米秸搭起的半边篷子，然后就是一个小间，小间的门也开着。穆赫辛仔细往里一看，真是一幅毕生难忘的景象。看来这是主人睡觉的地方，一口灶，灶上铺着席子和铺盖；另一角落里站着一头母牛，面前放了一挑苜蓿，后腿间还有一头毛色漂亮的小牛犊，刚够到妈妈的乳房。

穆赫辛吃惊的是小牛犊旁边躺着个刚满周岁的婴孩——恐怕是房子主人的孩子吧——娃娃挤推着小牛，把它往母牛乳房那边推。母牛始终恬静安适地站着，哪个也不拒绝，哪个也不偏爱，似乎这两个小东西都是它的孩子。啊，多美的情景！多丰富的含义！

吃奶的小牛纯洁天真，心满意足地哼哼着，旁边的娃娃，也天真愉快地叫着，他俩之间仿佛存在着某种关系，彼此互谅互解，从不知道有什么矛盾和区别！

此情此景，穆赫辛看了十分欣喜。一股深邃的、伟大的感情油然而生。

可是，他的思维已无法再给这深邃的感情有任何添补了。感情是天使的标志，思维逻辑是人类的标志。所以，如果想把穆赫辛感受到的东西用思维的、逻辑的语言做一番演绎的推理，那就可以看出他对造物主创造的这两种迥然不同的生物间的同一性是满意的。纯洁和天真是他俩联系的纽带。可遗憾的是，以后婴儿要发育长大，他身上的人性也在成长，天使的特性却在缩小，于是，他和宇宙间其他生灵间总的同一性将要被逐渐滋生的贪婪和陌生所取代，他将鄙视、嘲弄自身外的一切。以纯洁天真、同一性以及集体精神为代表的天使的光辉便将黯然消逝；以贪婪、欲念、个人主义为代表的成人盲目性将统而治之。

宇宙同一感就是对安拉的感知，所以天使和儿童比成年人更接近安拉。尽管穆赫辛还无法运用他那成长中的优等生的思维去理解这一切，但他完全不用理解，而凭一颗心就足以体会了。

陀思妥耶夫斯基不是说过："人可以不用理解就知道许多事物吗？"

但是穆赫辛却可以运用他的思维活动知道一样东西，这一点可要归功于开设埃及古代史课程。无需更多的原因，穆赫辛显然想起了古埃及人对动物的崇拜，或者至少可以说，他们是用各式各样的动物作为他们唯一真神的代表。

为什么？

他说不清，他依然凭借自己的感觉，模糊地理解着理智对它的解释。

难道古埃及人不是已经理解了宇宙的同一性，和存在于万物之间普遍的统一性吗？他们用半人半兽的雕像代表他们崇拜的尊神，这不正是他们认识到宇宙是一个统一体的明证吗？他们不轻视动物，就像这婴儿不轻视牛犊一样。他们采用人的形象创造神，也用走兽、飞鸟和昆虫的形象表现神。所有这些生物不都是安拉创造的吗？一切行为不都是隶属于行为发生者，一切技艺不都是其创造者的形象吗？既然可以用人的形象来代表造物主，为什么不能用动物作为某个造物主的形象呢？

宇宙间的交织融合感就是真正的交织融合感，就是那个小娃娃和小牛犊的感觉。这就是天使的感觉，也是古老的埃及人民的感觉。

今天，难道不是埃及农民用心在赞扬动物，和它们共宅而居，同室而卧吗？

那心地纯洁的具有天使性的埃及不仍然是埃及吗？……难道不正是它世世代代、不知不觉地继承了同一融合的感情吗？

穆赫辛带着万分辉煌的感觉离开了农家，满怀着莫名其妙的兴奋走着。或许安拉想立刻把这场欢乐变为不快，想抹去他心目中的形象，突然从场院里传来一阵哭喊声，和妇女们掴打面孔的声音。穆赫辛急忙跑过去，想看个究竟。只见一群农民抬着一头奄奄一息的水牛踏着苜蓿地走来，后面跟着许多妇女又哭又叫。一见这兴师动众的模样，穆赫辛以为是为死人出殡，要不就是谁遭到不测，可是为什么抬着水牛呢？他又不明白了。探问以后，人们告诉他，这是阿尔加维家里的水牛，看来是中毒了，处理办法只有屠宰。大伙为水牛的主人感到悲痛，仿佛死了人一样，个个愁容满面。

穆赫辛定了定神，可又觉得奇怪，不由得默默念叨：

"水牛！一头水牛！"

为了一头水牛，这些农民就这副模样，他真想大肆嘲讽他们一下。要是牛的主人死了，又该怎么办呢？这时，一个农妇哭哭啼啼走到他身边，他脱口问道：

"就为了一头水牛？"

农妇痛苦地盯着他说：

"但愿这家死一个人，而不是这头牛！"

她头也不回，继续哭着往前走。

穆赫辛甚为羞愧。不管怎么说，看来他要理解这些人的感情还有很大一段距离，怕是都市生活败坏了他的心。想到这里，他收敛了嘲笑的神情，思维和逻辑也不见了，感情又占了上风，不禁又可怜又钦佩他们了。

这时传来打桩的声音。他看见不远处有一群人在场院里竖起木桩，然后抬过水牛，挂起来剥皮。庄园里的人都在这里，唯独不见水牛的主人。毫无疑问，他独自回家去悼念他的灾难去了，今后在自己的屋顶下再也见不到它了，不可能和它共同呼吸这间屋子里的空气，行走在这间屋子里的地面上了。剥去皮，屠宰完毕，一个前来悼念的朋友割下一块肉，卖给农民。人人都接受，没有人讨价还价，没有人怠惰冷淡。似乎个个都理解，安慰不只是语言，更应该义务地集资收钱，送交死牛的主人，减轻他的灾难，补偿他的损失。一个农民告诉穆赫辛，这条规矩沿袭至今，不论哪家死了牲口，都是这样。

他们不像城里人，只是言语的巨人。别人有了痛苦，光是语言上的安慰。看看这些人，他们用实际行动来减轻灾难带来的损失。为了别人，不惜牺牲自己的钱财。

穆赫辛默默无语，茫然若失。他又回到了那不知其究竟的欢乐之中。如同人死里逃生，这一次，他完全摆脱了抑郁的心情。这些农民多么可爱！

在这世界上，难道还能找到像这样美好的团结，像这种一致的感情吗?

翌日清晨，穆赫辛在鸟儿啁啾声中醒来了。宁静的早晨，朝阳刚刚跳出地平线，周围的一切都在静谧中开始复苏。他顿觉心胸开阔，起身推开窗户,眼前是一片碧绿的田野,湛蓝的穹苍。花儿、鸟儿都在静静地微笑，他第一次在内心深处觉察到生活的美好，体验到自然界的万物和它那安静机体的井然有序的排列。他隐约产生了一种模糊的感觉：所谓永恒只是这种时刻的延续。

这种内在的感觉是真实的。他如果能比较详尽地回忆一下这条河谷的历史，一定会发现河谷两岸古老的居民从来只相信除了他们的乐园外，没有其他的乐园和永恒。他们理解的死后的永恒，便是重返故土，然后再死，之后又一次复活，循环往复，如此而已。因为造物主只创造了一个乐园——埃及!

少年急忙穿好衣服，投身到田野里。他扩胸张肺，拼命呼吸那清新、美好的空气。空气中充满了生命的气息，给河渠中的流水、泥巴带来了生机。

穆赫辛感到肌体内的力量和活力，为生命而欢欣鼓舞，兴致勃勃地迎接它! 同时，他也感到心中的爱情正在复苏，犹如吉祥的阳光照耀下健壮生长的植物一样。为什么不呢? 周围的一切都健康有力地苏醒过来了。

生活多么美好啊!

忽然飘来一阵甜美的歌声，他回首四顾，原来不远处大批农民手执弯镰正在收割。一排排整齐的禾垛间有人领头，大家随唱，和风把悠扬的歌声送到他的耳际。太阳刚刚探头，早霞依然鲜红……这是一首什么歌儿，什么进行曲啊? 你不觉得他们正像祖先一样，在寺庙中高唱晨曲欢庆朝阳的诞生或收获? 你不觉得他们正用终年的劳动、勤勤恳恳、忍饥挨冻，为了崇拜的神灵贡献了一切? 是的，他们牺牲一切，为了神灵，乞求怜悯，给他们的宅院带来富足!

穆赫辛信步走去，来到了这群劳动和歌唱的人们中间。他审视着这一张张脸。他奇怪，每一张面孔上的含义虽然不尽相同，但却是大致相同的。尽管外表各异，但全体是一个人：劳动和希望。

他们扛起谷捆，加高垛堆，满怀欢喜地看着喜获丰收，仿佛在说："主啊！为了你，累点儿，苦点儿都无所谓。"

天色渐暗，穆赫辛才回家。白天看到的一切在他心中留下了痕迹，他无法理解。但经过"传染"，他也考虑起"神灵"来。突然一个令他发抖的念头闯入他的脑中："为了赛尼娅，他也能牺牲一切吗？为了她，能把自己抛进痛苦艰辛的深渊吗？……否则，辜负了他血管里农民的鲜血。"

夜色浓重，周围满是蛙鸣声，鸟儿入巢，牲口歇息。月亮已经爬上中天，照得穆赫辛久久不能入睡。迷人的夜色探进了他的心，他凝视着皎洁的月光，对它说：

"这个时候，她是不是也正看着你呢？"

他心潮澎湃，翻身下床，走进场院，心想或许会遇上什么开心事。美丽的月光下，农民们一堆堆、一团团围坐着，圈子中央放着茶具。

如今，茶是农民的另一种崇拜物。游牧的贝都因人把它带进这个地方，教给农民，农民一下子爱上了它。可贝都因人如同对待所有的事物一样，不安于工作，不忠于爱情，不喜欢定居，又厌弃了喝茶。

农民把喝茶放在一个非常重要的位置上，越来越离不开它。一天的艰苦劳动后，他们像集体做礼拜似的喝集体茶。有人给茶壶精制了一把小木凳，大家团团围坐，茶具几乎成了台基上供奉的一座神像。场内总有人传递杯盏。可是，这样的喝法也是他们不小的负担。为了喝茶，多少富人成了穷光蛋。于是喝茶益发讲究起来。怎么泡制，怎么喝法……专门用以招待兄弟，举行茶会。

穆赫辛走过来，哈桑老人急忙起身，留他喝茶，先敬了一杯。穆赫辛谦逊有礼地接下了。哈桑在身边给他腾出一块地方，铺上干的谷草，穆赫辛高高兴兴坐了下来。起先大家对他都很客气，可是他亲切地鼓励他们不必拘束，慢慢地，彼此便开始了质朴率直的闲话。谁的杯子一空，立刻走到茶壶旁。老人嫌穆赫辛喝得太慢，想给他再倒上一杯，少年笑笑，让他看看手里的杯子，哈桑发现他才喝了一口。一个农民坦率地问道：

“少爷不喜欢农民的茶吧！”

穆赫辛连忙声明不是这个意思，主要是不习惯这种做法：

“为什么要把茶煮成这样呢？浓得像墨汁，苦得像苦瓜！”

一声响亮的回答：

“少爷你说什么？就连晚上也‘淡’得像一杯水，哪里还说得上‘黑’？”

穆赫辛听了哈哈大笑，大家也高兴，农民能让少爷笑，让他高兴！话题转到酷爱喝茶，怎么做法上，像这样煮要耗费很多的茶叶和糖。尽管如此，他们仍然不惜牺牲，宁愿付出加倍的艰苦和辛劳挣回这笔钱。有的人入了迷，为之倾家荡产或花销一半家财的也不少见。说到这里，一个农民指着长方形的壶嘴对穆赫辛说：

“你信安拉吧？二十头骆驼和两头牛犊子就是从这壶嘴子里跑走的。”

第五章

又过了好几天，应该收到的信还是无影无踪。穆赫辛重又着急起来。焦虑的心情增加了对周围一切的腻味和心烦。他眼前似乎一片迷茫，也不希望看到什么。这里他住厌了，真想马上回开罗。只要一想起赛尼娅，他就仿佛觉得和她已经别离了几年而不是几天。说也奇怪，他怎能在这里待得住，怎能离她这么远呢？想到这里，他忍不住去找母亲，想告诉她已打定主意要回去。可是，他发觉全家乱哄哄地忙得不亦乐乎，杯盘叮当响个不停，吃的东西准备了一样又一样……怎么回事？后来，有人告诉他，父亲要办一桌宴席，欢迎到县里来的一个英国水利考察员和一个法国考古学家。

找不到父亲，他坐车上丹霍尔接客人去了。母亲也忙忙碌碌地做着准备。看见他，母亲指着一只烤羊羔，厨师正用玫瑰、天竺葵和鲜花装插着，她说：

“孩子，你瞧，明天他们准会说，我们的宴席比县长的还要阔气呢。”

正说着，庄园管家穿着他最好的长袍，提着篓子进来了。太太一见篓里空荡荡的只有几对鸽子和鸡，便勃然大怒：

“怎么……整个庄园就找了这么几只？”

管家惶恐地答道：

“太太，农民太穷，太可怜了！”

太太刻薄地说：

“穷、可怜！……哼，你刚才要是提着一根鞭子，到手的就会比这多两倍，可是你这蠢货……”

管家不作声了。俄顷，他指着那只烤羊羔，讨好地笑着说：

“太太，这有多好啊，太太！我们说话粗，农民要过节才能尝着点儿肉味……”

太太没理他。

穆赫辛走近母亲：

“妈妈，为了两个客人要准备这么多吃的！”

母亲说：

“我要让我们的宴席比县长的更有排场。”

说罢，她转身看看管家的衣服，厉声喝道：

“去去，你这个乡巴佬，快回去把你最好的衣服穿上！”

管家一言不发，羞愧地低下了头，脸涨得通红。穆赫辛偷偷地都看到了，十分同情他。

太太见他低头不语，严厉地催他：

“安拉啊，真是怪事。你干吗挺着不动？等谁呀？”

这个男人满脸堆上狼狈、羞愧的笑容，结结巴巴地低声说道：

“太太，这一身就是我最好的衣服了！”

他低头想了想，撩起衣襟送到女主人眼前，厚道又信心十足地说：

“太太，这还不好？以先知的头发誓，这难道是土布？”

太太眼皮也不抬，转过身，忙她的事去了。穆赫辛跟在母亲身后，真想单独和她说说，不要过于逼迫他们了，这位可怜的农民根本不会懂得摆排场的。

中午一点左右，庄园里的狗大声吠叫，预示着有生人进庄。这时，一辆鞍羁华丽的马车来到桥边，折过无花果树，在场院里停了下来。两个头戴礼帽的洋人先下了车，然后是宅院的主人——老爷！

客人们站了一会儿，欣赏四周的景致，望着那宛如大海般坦荡碧绿的田野。管家和哈桑村长毕恭毕敬地站在两位客人面前，恭顺地听候吩咐，英国客人——水利监察员愿意先在田里坐会儿，看看水道，看看是否清除了杂物，渠口的大小，分到各水沟里的流量……于是，大家便一起向水渠走去。老爷示意管家和村长到前面带路，他打开自己的金柄白阳伞，举过两位客人的头顶，亲自讲解他们现正经过的本庄东边的排灌系统。法国客人笑眯眯的，他对这块黄灿灿的田野居然如此平坦深感兴趣，他奇怪整个埃及的土地何以都是如此，仿佛古代的天神特意把它整平后，为善良的埃及人民备下的。

老爷头脑简单地问道：

“法国的土地不是这样的吗？”

客人答道：

“整个法国的地面都是高低不平的，难得看到一块如此平坦的土地！”然后看了老爷一眼，笑出了声，“法国没有那份福气，神人没有住过。他们不像待你们那样，把法国的土地也铲平了。”

老爷并没有完全理解他的话，不过，他还是答道：

“检察官先生，您说得对。我们的土地自古以来就是庄稼地。”

法国人对这话的理解远远超过了老爷的原意，他说：

“是的，是的，你们是有古老文明的人民，和那些利己的欧洲人不尽相同。”

老爷没有言语。英国人弯下身子，从地里抓起一把土，再让它从指缝中慢慢漏下去，轻声地赞美着土地的肥力：

“金子，金子！”

他想回去了，于是，大家一起回到屋里，餐桌早已摆好，一边一个当班的仆人身着白服，腰系红带。

上菜了。

穆赫辛和母亲站在厨房和餐厅间的小过道里。母亲盯着每道菜，每份餐具，在仆人们尚未端上餐桌前，做最后一番检查。穆赫辛瞧着，饿得口水直淌，可能是被那只烤羊羔给馋的吧。他急不可耐地等着端回来客人们吃剩的，母亲让他忍着：

"客人应当先吃。"

客人开始用餐了。这个时候，太太却反而心事重重，心神不宁，跑东跑西，不安地张望着，求安拉保佑她的宴席圆满成功，让两个贵宾尽兴而归。此刻她真想知道他们对饭菜、安排说了些什么，便不时地跟在仆人后面，踮着脚尖走到门边，偷偷看上几眼，又支起耳朵听听，说不定能听到哪个客人称赞的只言片语。

主菜上完了，最后是甜食和水果。仆人上了甜食，可是老爷突然跑进备餐间，走到太太面前，慌慌张张地低声问道：

"奶酪在哪儿？快拿奶酪来！"

太太皱起眉头，不在意地横了他一跟，一动不动地问：

"奶酪？……什么奶酪？"

"是的，快拿来！他俩要奶酪，他们最后要吃奶酪。"

"吃了这么些，还要奶酪！"

"对，做做好事，救救我们吧！"

太太立刻小声地唤来仆人，问有没有奶酪，仆人说除了大锅里那种泡在又酸又臭的干酪汁中的古莱什奶酪外，别的已经吃完了，太太抽了一下自己的嘴巴，不知该如何摆脱这种窘境，只听着丈夫小声地对她说：

"又酸又臭的奶酪，那绝对不行！外国人怎能吃酸臭的奶酪？我们怎能让客人吃这种带蛆的玩意儿，绝对不行！"

太太用那被失望压抑的声音说道：

"我的灾难呀……现在可怎么办呢？叫我怎么办呢？"

丈夫责备道：

"你难道不知道宴席上一定要上奶酪的吗？"

太太的尊威和傲气又抬头了，她两手叉腰，对丈夫叱责道：

"你老兄说些什么呀？……宴席？……我是在帕夏家长大的，我懂奥斯曼土耳其人的吃法。哪个听说吃了一只肚里塞满葡萄干、榛子、松子的烤羊，吃了果酱、塞加西亚糖渍的鸽子，吃了鸡和糖果馅包子之后，还想吃奶酪！是他们要的奶酪，这可叫我们怎么办呢？"

女主人重又觉得无计可施，十分失望，便一再向底下人软求硬要，最后，一个女仆高兴地大喊一声，说地窖里还有一块。话音刚落，太太马上往地窖里跑，众人紧紧相随，活像发现一处失踪的宝藏。失望立即转为欢乐，老爷喘了一口气，叮嘱妻子必须赶快把奶酪送去，便回客厅陪客人去了。仆人们找到了那块土耳其奶酪，因为入窖时间太久，颜色早成棕色了。一见是那块，大家也都记起这块奶酪是早就放在那里了，是做老鼠诱饵和润滑捕鼠器用的。太太犹豫不决，最后终于下定决心，对仆人们说：

"什么耗子、猫的，有总比没有强！他们上哪儿知道这是……"

她小心翼翼地接过奶酪，到水龙头前，冲掉陈旧的奶皮和龌龊。随从、仆人们跟在身后，珍惜地盯着这块罕有的、仅存的、像宝石似珍贵的奶酪。他们在太太身边，都想搭个手帮个忙：有的动手拧龙头，有的建议用丝瓜瓤和肥皂擦一擦，显得白净、漂亮些，有人说洗不得，只能用沾湿的布轻擦，更有人说洗和擦都靠不住，只能"片"，用快刀把肮脏的表皮片下一层……正当意见纷纭、莫衷一是的时候，太太突然一声尖叫，她太……太紧张了，奶酪竟脱手滑进下水道里。大家瞪大了眼睛，不知所措。但很快，一个个又清醒过来，一阵风似的蜂拥而出。众人费了九牛二虎之力，最后总算捞了出来，事到如今，也只好动手洗了。奶酪挤干放在盘里，端到客人面前。太太抬起头，长长地喘了一口气。

吃完饭，送上咖啡。老爷忽然又慌慌张张地到过道里来找儿子。太太赶快迎上前去，第一句话就是问他宴席吃得怎么样？客人对饭菜和安排有什么意见？老爷没顾上回答，急忙问道：

"穆赫辛在哪儿？……穆赫辛呢？……他们想看看他！"

他告诉妻子：

"已经在客人面前提过有个儿子，在学校里是优等生，会讲英语，那个英国检察官很想看看。"

可是妻子却打断了他的话：

"好，好！要紧的是，他们对这顿饭怎么样？奶酪呢，说什么没有？

告诉我呀！”

老爷弯下腰，贴在她耳边：

“满意极了！”

太太的嘴笑得合不上，夸口、自负地拍着胸口：

“乡巴佬，粗人，这回该明白是我开了你的窍，让你像个上等人样了！你还不对我说声谢谢……”

老爷笑了起来：

“应该的……谢谢！”

她不停嘴洋洋自得地说着：

“还不是我说的让你请他们吃顿饭？”

“不错，是你！”

“多听听我的话，你就更像个上等人了，明天我再请县长，让他知道……”

老爷搔搔头皮，沉吟片刻，忧心忡忡，焦虑地说：

“就是花销……”

太太横了他一眼，就足以使他服服帖帖，不敢再吭声，不再去盘算多年来花在宴请所耗的巨资了。

他不安地四下找人：

“穆赫辛呢？儿子在哪儿？”

这时，客人正深深地埋在沙发里呷咖啡，从敞开的窗户欣赏田野风光。外面碧空无垠，周围一片中午的宁静。地里的农民要么在家、要么躺在水车旁的阿拉伯胶树荫下歇晌。连牲口也老老实实，一声不吭。狗眯起一只眼趴着喘气。云雀和鹡鸰好像都已罢战，在摊开手脚呼呼大睡的农民头上的绿荫里，懒洋洋地相互梳理着羽毛。

清风徐来，法国人犹如置身奇幻的梦境，眯缝着眼，仰起头抽了口烟。英国朋友仍然精神十足，挺直腰背，探手从口袋里掏出大烟斗，塞上烟丝，挂在嘴边，擦火点着。他站起身来，想在房里踱踱步，或到花园里转转。可是法国朋友伸出手，轻轻地示意他坐下来，睡意蒙眬地对他说：

“上哪儿去呀，密斯特白来克？这柔和的风还不够你舒服的？”

英国人回过身，又转头望着窗外，仿佛想用眼睛寻找这阵阵和风。这时农民开始一个个地或三三两两地坐起身来，有的扛着锄头、镰刀准备干活儿了。

英国人对他朋友说：

“我眼前是一群群身着蓝长袍的……”

法国人向窗外望了一眼，赞叹道：

“他们真有鉴赏力……衣服和天空的颜色配得多贴切！”

英国人撇撇嘴讥讽地笑笑：

“你要说这些蠢东西还有什么鉴赏力，那你可太夸张了！”

考古学家的回答充满信心和力量：

“愚昧！这些愚昧的人可比我们都有知识，白来克先生。”

英国人笑了，还是那副揶揄的笑脸：

“是因为他们和牲畜同住一室吗？”

法国人认真地答道：

“他们确实和牲畜在一间屋子里睡觉。”

白来克先生看着他，接口道：

“亲爱的先生，这不失为一个有趣的笑话。”

法国人说：

“遗憾的是，欧洲并不知道这样一个事实。是的，你认为它愚昧的这个民族懂得许多事情，他们用心而不是用思维去理解的。他们的血液中融化了巨大的智慧，蕴藏着无比的力量，可惜他们一无所知。这是古老的人民！随便在这当中找一个，你把他的心掏出来看看，你会发现，那上万年的经验和知识像积层岩一层层地堆积在那里，可是他们自己却是一无所知的。

“是的，他们不知道这些。可是，一旦出现暂时的困境，这些知识和经验就源源不断出来排忧解难。然而他们自己却不知道打哪儿来的这么多的主意。历史上一个又一个的暂时的困境告诉我们欧洲人，让我们看到埃及能在短暂时刻实现惊人的飞跃，在瞬息间，创造出惊人的奇迹……

“如果没有过去积累的经验，如果这些经验没有转化成他内心的本能，他们怎么可能不知不觉地把自己推向正确，从艰危之中拯救出来呢？

“密斯特·白来克，你不要以为埃及这几千年像梦似的过去了，没有给她们的子孙留下任何痕迹。果真如此的话，适用于万物众生，包括非生物在内的遗传规律到哪儿去了呢？既然大地和山脉都是层层叠叠的遗传堆积，那么，这条规律为什么不能适用于这古老的民族呢？他们从未离开过自己的土地，生活环境和特点也不曾有过任何变化。

“是的，今天的欧洲比埃及先进，但这又是用什么得来的呢？还不是用知识。这样的知识古代人民曾把它看作表象，而不是实是埋藏大量珍宝的表象，它的内容岂止是这些。

“我们这些新生的现代化的欧洲人做过的一些工作仅仅从他们那里窃取了一些表面的象征，它的实质——宝藏则没有拿到手。所以，如果你剖开一个欧洲人的胸膛，你能看到的只是一颗空虚的心！

“欧洲人赖以为生的是从小和毕生学得的东西。他们没有遗产，没有过去，除了学，无一可以依赖。

“欧洲人如果不进学校，他们将是最蠢的人！

“欧洲仅存的力量在于思维——必须用我们的意志去充塞的那部有限度的机器。而埃及的力量在于他那无底的心中……所以古埃及的语言中，心和思维这两个字没有什么区别，他们用一个词——心表达这两种意义。”

考古学家停了一会，看看白来克先生，想知道这番话在对方心中产生了什么影响。但看到的只是一副僵冷的面孔，双唇疑虑地微张着。

“是的，白来克先生！”法国人继续说道，“这些农民确实有情趣，高雅的情趣！你如果问他们什么叫情趣呀，鉴赏力呀，他们不会明白。我们对这个词意理解得非常透彻，可是，请相信，我们这个队伍中有相当一批人，他们没有情趣，没有鉴赏力。这正是我们和他们之间的唯一的区别。迄今他们不知道自己拥有的宝藏。”

英国人突然站起身来，不无揶揄之意：

“你们这些法国人，讲话不顾真理。”

法国先生示意他坐下，抗议道：

“真理？密斯特·白来克，真理在我这一边！你在说这个民族软弱，是吗？和你一样，他们的禀赋也不讨我喜欢……”

“禀赋？”

“对！”

“白来克先生，请你相信，他们禀赋中的糟粕原本不是埃及固有的，它是外民族，譬如说贝都因或土耳其人带给她的。尽管如此，它不能影响她永存的内在的本质！”

“那么，你说说这本质是什么？”

“你怀疑我的话！……我只想对你说一句话：要当心！在他们面前，你们要当心，他们蕴藏着一股骇人的巨大力量！”

白来克认真地注视了他一阵，然后，又玩世不恭地微笑道：

“考古学家先生，那么它藏在什么地方呢？”

法国人安详地、自信地回答他：

“在那三个大金字塔群的深井中。”

英国人的语气显然冷漠了：

“金字塔群？……”

法国人立刻回答：

“是的……金字塔群！……正如夏波隆①说的：

“‘我无法表述，一样东西只有两种可能：要不，我的话连千分之一也没有表达出来，要不，如果我愿意的话，我勾画了一幅比事实还令人吃惊的图画，人们会说我狂热、是疯子。但无论如何，我还是要说：那些修建金字塔的人，都是身高一百手尺的巨人！’

“费隆·拜占庭②在他的著作《世界七大奇迹》中也说过：

“‘那些人升天，进入众神之国，众神也来到他们中间……’

---

① 夏波隆（1790—1832），法国著名东方学家，第一个破解古埃及象形文字的人。

② 费隆·拜占庭（公元前20—公元54），犹太学者。

“连现代科学家们也说：这样的工程进行施工实在不可思议……

“用我们考古学家姆雷的话说，则是：

“‘这是超越人类水准的梦幻。它在地球上实现了一次，但绝不可能再度出现……’

“那就是金字塔群！”

英国人笑笑：

“这些都是从一口井里发掘出来的，一口什么井？”

“这个，”法国人安静地指指自己的左胸，“心！”

法国人没有再说什么，英国人也闭上了嘴。屋里一片寂静。

这时，老爷领着穆赫辛来到门口。刚才那一会儿，少年换了西装，头梳得整整齐齐。老爷向静悄悄的屋里看了一眼，马上缩回身子，拉起儿子的手，踮起脚尖，朝来的路上回去了。客人哪一个也没有注意到他俩。

法国人直了直埋在沙发里的身子，点上了另一支烟，朝空中喷了一口，道：“看来，我的话并未说服你，白来克先生，是吗？”

检察官礼貌地看了他一眼：

“我想是这样。”

“我们弄不明白也说得过去，”法国人顿了一下，“欧洲人的语言，是可以被感知的语言。我们无法想象使这两个民族团结得如同一个人似的感情，为了他的崇拜的神灵，二十年来肩负巨石，却依然面带笑容，心甘情愿，忍辱受痛。我相信，金字塔的千万个修造者，当初不会像希罗多德[①]所说的被驱使奴役。这样说完全是愚蠢无知。我认为，他们是成群结队唱着颂神的歌曲，就像他们子孙挥镰收割一样，完成了这项工程。当然，那时肉体上鲜血淋漓，但是内心里却感到无比甘甜，为了同一目的，同甘共苦的甘甜。

“他们愉快地看着鲜血一滴滴从身上流下，兴奋的程度绝不亚于目睹献神的血红的酒浆供奉在祭台上。这感情是同甘共苦的欢乐的感情；是

① 希罗多德（公元前484—前425），古希腊历史学家。被称为“历史之父”，著有《历史》。

为共同目标，坚忍不拔、无所畏惧的感情；是信仰神灵，为其牺牲的感情；是不呻吟、不抱怨，共同受苦的感情……这就是他们的力量。”

检察官严肃认真地慢慢抬起身子，仿佛听到的某些东西足已使他哑口无言了。空气静到了极点，和风带来一阵阵优美的歌声轻轻送入他们耳际。法国人引颈眺望，指着农民说：

“你在其他国家看过比这些可怜虫更悲惨的人吗？白来克先生，你是水利检察官，不用我说，你知道得很清楚，你见过比埃及农民更穷的人吗？比他们的工作更可怕的工作吗？这一点，我也很清楚，我在上埃及的一些村子里进行过挖掘工作，和一些农民打过交道，我都见过了……不分白天黑夜，顶着似火的骄阳，冒着刺骨的寒冷；玉米饼渣，就一小块奶酪和菊芋等野菜胡乱填满肚皮。接连的牺牲，无尽头的忍耐……尽管这样，他们却在高声歌唱。白来克先生，你竖起耳朵听一听。”

考古学家仿佛在探究那随风送来的歌声里的精神：

“发自众多胸膛里的集体的心声，你听见了吗？难道你不认为它来自同一颗心吗？我完全确信这些人在共同的辛劳中感到的乐趣，这是我们和他们的又一区别。我们的人如果也受到这般遭遇，就要造反，不满自己的处境；可是，他们的农民苦难深重，却因为共同的痛苦而感到高兴和乐趣。明天这些人民将会变成一支多么优秀的产业大军啊？”

英国检察官手支着额头沉思了片刻：

“刚才，我以为你不过是随便说说，现在，你使我明白了，埃及的昨天和今天是有着联系的。”

法国学者说：

“什么联系？……我以前说过，现在仍然说：实质是永存的！这些同心歌唱的农民，是同一的感情和信念结合成的集体，现在仍在用心理解，而不明白他们的祖先在葬礼中对死者的称颂：

时光荏苒，走向永恒。

你的肉身，已获新生，

跻身普天，极乐世界。

殊途同归，万物平等。

“他们就是新生的农民子孙，内心铭记着‘同一归宿’！”

法国学者说到这里，他的英国朋友开口了。看来刚才听到的话还对他有点影响：

“真是不可思议啊……”

“是的，”法国考古学者接着说，“但如果你意识到就是这些感情造成了金字塔，你就不会吃惊了；如果这些人民不曾在某一时刻转变成整个人类的集团，为了同一目标吃苦耐劳，他们怎么能修建如此伟大的建筑！那同一的目标就是胡夫①——神的代表，终极的象征。”

英国人的眼睛忽地发亮，发出不知是赞扬的还是忧虑的光芒，他边思考，边低低地承认：

“你说得对……”

法国人似乎想结束刚才的话题，便继续说道：

“现在的埃及人民仍然保持那种精神……”

“什么精神？”英国人立刻问道。

“崇拜精神……”法国人十分坚定。

英国人从嘴里拔出烟斗，茫然的目光呆呆地望着窗格子。法国人看着他，想弄明白他心里的担忧。然后，暗自笑了笑，一只手搭在他的肩上，突然说道：

“是的，白来克先生，可不能小看今天这可怜的人民，他们蕴藏着力量，现在，他们唯独缺少一样东西！”

“什么东西？”

“受人崇拜的对象！”

英国人瞪着那令人费解的目光扫了一眼：不知是要对方解释呢，还

① 埃及最大金字塔的建筑者。

是同意。

一会儿，法国人答道：

“是的，缺少那样一个人，既能代表人民的感情和希望，又是他们的目标的象征。这个人一旦出现，这彼此相似，同甘共苦，准备牺牲，团结一致的人民创造出除金字塔外的另一个奇迹，又有什么可奇怪的呢！”

这时，门口响起了老爷的声音，他问客人休息得可好，一边解释说：刚才怕客人在午睡，没敢打扰。说完，把穆赫辛叫来，介绍给客人。两位学者站起身来，满面春风地迎接着彬彬有礼、羞红了面孔的少年。父亲骄傲地催他：

“穆赫辛，跟英国检察官先生讲讲英语呀！”

第六章

差两天就是一个星期了，赛尼娅的信还是没有来！穆赫辛失望得快发疯了。他之所以肯远离她这么一段日子，就是渴望能得到她一封亲笔信，现在，他疑虑重重，不断出现各式各样可怕的设想，不过，希望又随即出来搭救，开始为她寻找种种借口，一切责任都推到栽娜卜姑姑身上。就是她疏忽了，没有实践诺言，求赛尼娅写那封他翘首以待的信。只要这么一想，他便冷静一些，不那么焦急了，不过接不到信的失望心情总是抵挡不住，最后只得强迫自己不去想，心情沉重地到田野里去解闷。邮差送信的时间到了，他也不像往常那样注意。忽然，他听见背后有人叫，回头一看，是阿布杜·麦格苏德来请他赶快回家，说太太叫他。穆赫辛急忙往回走，离家越近心跳得越是厉害。进屋，母亲手里拿着一封信，说信皮上写的是他的名字。话没有说完，穆赫辛立刻以一种机械的、神经质的动作冲过去一把抢了过来。信到手，一看信封，便喃喃自语道：

“呀，不错……是我的！……我的信！”

他拿着信，不急着拆，向外跑去，闪电般消失在门后。母亲不知怎么回事，吃惊地望着眼前发生的一切。

一出大门，他就把信往口袋里一塞，疯子般地东走西闯，好像整个世界都容不下他的欢乐。他想远远地找个没人的地方看信。噢，田头的溪边再好不过了！那里有绿色的原野，潺潺的溪水，还有赛尼娅的信！想到这里，他按紧衣袋飞跑起来，唯恐失落了捧着的珍宝。到了意想中的地方，先在溪边小憩片刻，似乎不太中意，站起来又换了个地方，看看周围的风景，故意定定神，冷静一下，可是心儿却不听话，跳得厉害。他觉得有什么东西催促他快把手伸进口袋。

信终于掏出来了，他还不想拆开，先在掌间翻弄了一会，看看邮戳，看看地址，仔细辨认一下字体，一双手始终兴奋得发抖，不知该怎么办好：马上拆信，还是稳住劲，再尽可能延长一下那喜悦心情。他真怕一读完，幸福也将随之消失，代之而来的是寂寞和空虚。两种愿望斗争着，终于读信的愿望占了上风。他小心翼翼地拆开信封，唯恐撕多了一点儿，也舍不得让一点宝贵的纸屑随风飘去！信纸掏出来了，他双手拿住，念叨：

尊敬的穆赫辛阁下：

安拉赐你长寿！

再次向您问候，未知近况如何，身体可好？衷心希望您福体安康。宝贵的来信收悉，您问我们好，关心我们的身体，愿主多多赐福，不要让您远离。我们都非常想念您……穆赫辛，要是你喜欢你姑姑，那么，只要安拉愿意，尽快回来吧。没有你，开罗将黯淡无光。最后，叔叔们和这里所有的人向你，向尊敬的老爷和太太致以最美好的问候。

谨祝时祺！

你的姑姑：栽娜卜

穆赫辛怔了一阵，不太高兴，还有点儿失望。最使他惊讶的是信里竟没有提到赛尼娅。不过，很快他又为她找到了借口，自忖道：信是她写的，她知道穆赫辛明白，所以，再提名也就没有必要了……或者，可能是不好意思，也可能愿意拿姑姑栽娜卜做幌子，躲在幕后……

他又读了一遍，信是她写的，赛尼娅躲在幕后和他说话呢。那是，那是一道什么幕呢？她怎么用上了街头巷尾市井之徒代客写状的鄙俚俗语呢？莫不是有意逗逗他？赛尼娅可是个爱逗人的姑娘，不过她受过良好教育，读过故事，看过文章，不可想象这会是她的风格！那么她是在闹着玩，她确实是一个可爱的专爱逗人的姑娘！想到这里，穆赫辛脸上立刻露出了笑容，从头至尾把信又读了一遍，字斟句酌，对每个字都高兴地乐一乐，他所崇拜的女神可真有趣！目光落在信尾的签名时，一个念头油然而生：这是一种很高级的情趣。信既然是以栽娜卜的名义写的，当然要采用诸如此类适合文盲的口气和签名！毫无疑问，赛尼娅想让他开心，逗他笑，又暗中嘲弄了栽娜卜，她多有心机啊！不用多说，他可从未见过像赛尼娅这样出色的机智聪慧。

尽管如此，信的内容仍然使他放心不下，他一心希望她能透露一些对他的感情。她可能忘记了，正是对她的思念和那印在腮边上的一吻，他才活在这里。她也忘了，不管给他做了什么，要驱散他心中的忧愁是不可能的，也不会给他带来彻底的信心和安逸。只消多少来一句落实的话，他就安生了，踏实了。

他把信又重读了一遍，希望能再找出点什么，改变一下那并不十分需要的逗趣……他看到了“穆赫辛，要是你喜欢你姑姑……”

他的目光停在这一句上，面孔不由得泛起红晕。这一句正表达了躲在栽娜卜幕后的赛尼娅的感情。对了，就是它。要不是因为怕难为情，她准会这样写的：穆赫辛，要是你喜欢赛尼娅……

这一想想得他心怦怦乱跳，痴痴的目光望着脚下的流水，满心都是甘美和幸福。他接着又看信，目不转睛盯着那迷人的句子，又揣摸出许多崭新的含义，他简直钻进了句子的深处，汲取那隐匿的情感：“穆赫辛，……要是你……喜欢，那么，尽快回来吧，没有你开罗将黯淡无光。”

“真是这样？赛尼娅，没有我，开罗就黯淡无光了吗？”这是穆赫辛的心声，他快要乐疯了！

他捧起信，热烈地亲了无数次，然后小心翼翼地折好，放进口袋。起身回家。一路上他觉得自己不是在地上走，似乎是腾云驾雾。

母亲见他回来了，问起刚才他抢了就跑的那封信。他说是姑姑写来的。母亲见他迟迟疑疑地手不拿出口袋，心中狐疑，便伸手要信。孩子稍有犹豫，被迫同意了。他红着脸，讷讷地笑着说：

“姑姑问你和爸爸身体好……就这些！”

说罢，小心地取出信纸，递了过去。母亲已经注意到儿子脸上异样的变化，可接过信读完后又愕然了。平平常常的，没有什么特别内容。她笑笑把信还给儿子。她好像明白了儿子之所以有这样的表情，完全是一种孩子心理，重视那上面有自己的名字，哪怕里面空洞无物，粗俗乏味。

儿子和方才一样，像集珍宝似的小心地把信纸纳入封皮，慢慢放进衣袋。母亲不由得又笑了。

穆赫辛在母亲身边静静待了一会儿，觉得没有什么话好说。又想跑到外面去一个人玩，但被母亲叫住了，她叱责他：

“你怎么总往地里跑，就不能跟我坐一会儿。”

无奈他只得转身坐了下来，用微笑掩着内心的烦躁。

母亲靠过来，她总觉得母子之间至今仅处于一种正式的、法律上的关系而已。

她从儿子身上，也从自己身上看到了这一点。或许是多年来儿子一直在开罗他叔叔哈奈菲教员身边上学的缘故吧；也可能是儿子从懂事的时候起，他俩的性格就截然不同。儿子的爱好一点儿也看不出和自己有丝毫相似之处。他不是一个人待着，就是和小朋友在一起，就是不愿坐在妈妈身边。原因会不会出在她身上？她自身缺少母爱，没有尽到一个做妈妈的职责，而把精力过多地投入其他的追求和奢望中了。这些她都弄不清，眼下想到的，只是出于一种朴素而奇怪的感觉——是忌妒还是骄傲——她注意到孩子居然那样重视栽娜卜的信！她久久地望着身边的儿子，终于说出了心里话：

“孩子，我看你对姑姑比对我更喜欢吧？”

孩子没有回答，他在想着另一件事呢！

他应该脱身到田野里去，这次坐在转动的水车阴影下，把信再好好读上一遍。

第七章

从这天开始，穆赫辛再也不能安下心来在这里多留一分钟了。他接到信了，读了足有一百遍。背得滚瓜烂熟，为什么还不回开罗去呢？

他告诉父母亲决定回开罗去，并定下了动身的时间。还殷勤地告诉他们应该给叔叔准备些什么家乡土产，不露痕迹地暗示这次的礼物要丰富些，慷慨些。他早就打定主意让栽娜卜拿一些分给赛尼娅。第二天，万事俱备，箱笼包裹摆了一地：有盛鸽肉、鸡肉抓饭的瓦煲，点心，家乡玉米饼、薄饼、几坛子蜂蜜、两铁盒熟奶油、两法尔德①的大米和五百多个鸡蛋。

丰盛的礼物排成长长一队，穆赫辛看在眼里，心中充满了自豪和骄傲。

该动身了。穆赫辛穿好制服，再过三个小时他就在开罗了，怎么不高兴！是的，只要三个小时，就到叔叔家里，那里紧挨着赛尼娅的家。他有生以来第一次感到他就住在赛尼娅身边，是她的近邻，第一次感到这近邻的重要意义和价值。啊，人们身边溜过去了多少事情，可是往往要过一段时间等它成了脑海中的印象，才会看到，才会觉察到。一个人的命运不正是这样吗？他只能看到生命中的梦幻和形象！瞧！他一直住在她家隔壁，可是只有今天，远远离开她的时候，才感觉到！

他对着镜子把帽子放在头上，睁着一对迷茫的眼睛沉思着，他马上

① 阿拉伯容器名，约等于50公升。

感到“他和她之间，只差一墙之隔”了。想得他又坠入欢乐之中，望着镜子里自己的脸，更是满心高兴，情不自禁地伸长了脖子看个不停。父亲拿着表突然进来，提醒他该动身了。他猛地清醒过来，慌慌张张地环视四周，似乎在看看有没有忘下什么东西。旋即跟着父亲朝门口走去。

母亲刚刚指挥完把行李拉走。她让两匹骡子拉上行李先去丹霍尔，父亲陪着儿子坐上那辆高级马车押后。母亲过来了，老爷急急忙忙对儿子说：

“快跟你妈妈再见，要不就没时间了。”

少年走到母亲身边。母亲拥抱他，嘱咐他常写信，然后转身问丈夫给儿子零花钱没有。丈夫立刻回答：

“到车站再给！”

她用那特有的暗语暗示丈夫：

“照我说的给就行了，要不，他又都给叔叔了。”

穆赫辛听了很不高兴，狠狠地瞪了母亲一眼，抗议说：“叔叔根本就不要我的零用钱……他们的心地可善良了。”穆赫辛不明白，这话为什么让他感到如此痛苦，又是什么感情推动他去为叔叔们，为伙伴们辩护。

瞧这情景，父亲赶紧用不惹妻子生气的语调安详地解释说：“因为他住在哈奈菲那儿，每个月都按时寄钱，今天的钱不包括在月规钱之内。”太太听了也有点儿不高兴，她的意思主要是想说穆赫辛不要钱，从小就不认钱。记得以前过节的时候，她多少总给孩子一点儿洋钱，心想他会跟别的孩子一样拿去买小笛子、香油、巧克力糖什么的。可是他什么也不买，只拿着洋钱玩了一阵，又还了回来。母亲十分奇怪，问他：

“穆赫辛，你怎么啦？”

“完了。”儿子答道。

她更奇怪了，盯着儿子问：

“什么完了？”

“我玩完了，玩够了。”

太太想到这些不说话了。老爷对她说：

"穆赫辛今天除了月规钱，一个钱也没多要。"

太太生气了，冷冷地说：

"好……好……我知道了！……是我的不是……我不过让你好好算算账。以后可别说什么请客把钱都花光了！"

火车进站了，仆人立刻抓起行李冲了过去，穆赫辛走进车厢。火车启动那会儿，他挥手向站台上的父亲告别后，马上钻进自己的座位。他想一个人静静回忆一些农村在自己心上烙下的影象，至少也该想想刚刚分手时的父母。可是不行！头脑里只有一个念头："开罗——赛尼娅"，心里能回忆起的唯一印象就是口袋里的她那封信。赛尼娅，就是他全部的过去和未来，除此而外，他心里是一片空白，仿佛他不曾在农村住过，不曾看到任何东西，也不曾见过任何人。

同样，他也没有兴趣看看同座的旅客，不想关心周围的一切，只是摸出信，逐句地读了又读，就这样，他拿着信到了开罗。父亲已经给哈奈菲拍了电报，让人到车站接他。所以火车尚未停稳，穆赫辛便跳起身，掸掉身上的尘土，伸长了脖子满心欢喜地在站台上寻找哈奈菲叔叔。可是，他吓了一跳，站在那里的不只是哈奈菲叔叔一个人，屋里所有的伙伴：阿布杜、赛里姆、麦布鲁克，一齐向那昂首阔步冲进站台的火车行注目礼。麦布鲁克正可笑地朝天挥动胳膊，向一节他认为是穆赫辛乘坐的车厢乱指一通。为什么大家都来接他？这个时候，他没有足够的时间，也没有冷静的头脑来思索这个问题。或许大家都想他了吧？是的，同伴们确实感到第五个人不在，真好像缺了点儿什么东西，所以，一接到电报，都高高兴兴地跑来接他了。仅仅是这一点儿吗？穆赫辛也不知道，反正看见他们，他特别高兴就是了。所以从窗口刚一见到麦布鲁克连说带比画的老样子，打心眼里笑出了声音。他终于又回到了他可以生活的大海和空气之中了。

第八章

穆赫辛只能匆匆地先问个好。听他说带了一大堆行李，大伙便一起向火车奔去。麦布鲁克拼命扛了一大捆抢先到了车站广场。大家公推麦布鲁克雇一辆车，先放上行李包裹，让他坐在上面，然后对车夫说：

“师傅，塞拉麦大街三十五号。”

赛里姆上尉叮嘱了一声：

“小心点行李，师傅！”

阿布杜点着数，不放心地说：

“师傅，操点心，可别丢了一件在火车站。”

哈奈菲插了句：

“师傅，你要是转了向，就打听打听栽娜卜区，谁都会告诉你的。”

赶车的勒紧缰绳，吆喝着：

“希……希……你这狗崽子！……好了，别操那份心了，我还不认得道儿，你们不是说塞拉麦街在栽娜卜这方向吗？”

家长哈奈菲又叮嘱了一句：

“家门前是一家咖啡馆。师傅，你只要打听一下咖啡馆的谢哈台就行了。”

车顶上的麦布鲁克叫了起来，抗议大家无视他的存在：

“直说了吧，我在车上只算一件行李了吗？”

穆赫辛觉得他说得实在，便哈哈大笑。哈奈菲望望他，表示歉意：

“是我们不好，麦布鲁克先生！师傅，走吧，不认得路，问一问行李堆上的这位先生好了。”

车夫举起鞭子，套着铜脚环的毛驴拉起车子，蹒跚地在铁门广场上慢慢行动了。车顶上的麦布鲁克随着车子摇摇晃晃，微笑地望着身后目送他远去的同伴，挥着手，让他们先回家。

大伙儿向电车站走去，搭上通向栽娜卜区的电车。一路上，他们不停嘴地问穆赫辛家人的情况，打听丹霍尔，要他说说都看见了些什么。他望着一张张脸，听着他们的声音，一一回答。一切似乎有些变化，声音也和以前不大一样。不过，又不敢肯定这种感觉是正确，还是纯属游子恋家。他觉得每一张脸上都透着一种平静的忧郁，声音有些喑哑，还常常默不作声，似乎并不是十分高兴似的。尽管如此，有意思的是：他觉得自己和他们更亲近了，如果此时此刻大家有某种欢乐和愉快，那就是因为他回来了。

电车上穆赫辛想着，但又无法和自己商讨。这些想法是见到大家后自发产生的，他想问，可又怕自己体会错了，不过是重逢时的错觉。又何况，他自己忙于回答四面八方来的问题，给大家讲述旅行见闻，因此，不想急于询问。时间多着哪！他们呢，对自己的情况也讳莫如深，仿佛不急于说，又像不愿意表现出对自己的情况过分重视。

到家了。穆赫辛的目光刚刚落到邻家门上那块镌刻着“艾哈默德·赫勒密医生”的铜牌，脸色陡变，心急速地跳动。阿布杜和赛里姆可能已经发觉，他俩交换了一下目光。是心安，还是怜悯，没人知道。

穆赫辛随着大家登上楼梯，经过一楼穆斯塔法先生的房间时，他笑笑，不禁想起了栽娜卜姑姑。于是他问身边的人，这位有钱的邻居住着呢，还是已经搬了？阿布杜和赛里姆又交换了一下目光，赛里姆用一种奇怪的声调答道：

“先生！还住在这儿！”

到他们住的那一层，大家走进了熟悉的房间，栽娜卜兴奋地迎上前来，欢迎穆赫辛回来。她打听他父母的身体，端详着他说：

“回家前你比现在要胖。”

说罢便为他念符驱邪，向安拉，向先知的夫人祈祷。穆赫辛东张西望，仿佛已走了一年似的，打量着他离开了一个星期的家。看到前厅正中的那张餐桌，不禁想起他们在桌旁召开的那次会议；卧室里四张床铺并排铺得好好的，他又回头看看通向层顶平台的楼梯，那是和赛尼娅第一次相见的地方。最后，栽娜卜卧室里，圆垫子依然摆在暗红的旧地毯上。姑姑就曾坐在那里，他挤在她身边，有意在她毫不怀疑的情况下，打听一些有关赛尼娅的消息……一切的一切，瞬息之间都在他头脑中闪过。没有任何变化：不论是房间的安排还是家具的陈设！

是的，什么也没有变化！可是细腻的感觉却在告诉他，有东西变了，什么呢？穆赫辛望着大家的脸想弄明白，可是他们却神秘地沉默着。

他回头看看栽娜卜，一开始，从她的脸上没有发现什么陌生的东西，言谈举止，也不曾给人以特殊的感觉，但是他不放松，仔细地盯着她的一双眼睛，终于发现她的眼里也有一种东西正和那欢乐的微笑，和迎接他的喜悦唱对台戏。不错，她的眼神也有那种忧伤。她一发现穆赫辛那审视的目光，便立刻垂下了眼皮，问他饿不饿。他说等行李到后跟叔叔一块儿吃，因为他给大家带来了瓦罐煲鸽肉和鸡肉饭。大家一听立刻打起精神，一说起鸽子和鸡，竟高兴得欢呼起来。栽娜卜让他去换衣服，等着行李到来。穆赫辛走进公共卧室，打开了公用大衣柜，看着那大小不一、色彩斑驳的衣服，不由得想起了卖旧货的坎土市场。他解着纽扣，向家长哈奈菲床旁他的铺位走去。哈奈菲高高兴兴地欢迎他：

“我的老邻居，欢迎你！”

赛里拇指着卧室和床铺，用一种莫名其妙的忧虑的声调讨好地说：

“英雄，你又回到病房里了！”

哈奈菲笑了：

“病房里人员齐了。”

他说，这些日子，他一想起穆赫辛的床铺是空的，好像觉得缺了点儿什么，有时甚至久久不能入睡。

穆赫辛一听，笑了起来，对哈奈菲说：

“你不能入睡，这不可能！什么东西也挡不住你睡觉。还记得上车那天吗？你睡了一觉，害得我误了火车。”

他四面看看，想讲讲那桩事，让大家开心地笑笑，可是哈奈菲偷偷地向他使眼色，要他别在众人面前宣扬这件事儿了。

进屋来始终一言不发的阿布杜这时开口了：

“麦布鲁克怎么还没回来！”

这句话把大家的思想扭向另一面。他们一起站了起来，透过窗子看车子来了没有。

坐在床上的哈奈菲下床来说：

“准是走错路了，他去哪儿也该到了。我看，他准是从车上滚了下来，赶车的也没在意，走他自己的路。”

穆赫辛脑中飞快地掠过一个想法，他重新扣上已经解开的上衣扣子。一会儿礼物就到了，说不定还要去会会赛尼娅呢！真的，要说他可以挨过今天晚上，明天才去见她，那可真是要创下奇迹了！

他刚刚整理好，忽听得窗口一阵嚷嚷：

“来了！”

哈奈菲挤近窗口，戴上眼镜，朝大家望着的方向看去，肯定了车子正穿过满街坑洼后，像一条行将沉底的船，摇摇晃晃到了街口。车顶上的麦布鲁克时隐时现，忽而看见他的一只手或一条胳膊，给车夫指路，忽而又露出了上半截身子，怀里还抱着一个小包。

马车到了，停在门前。阿布杜建议全体出动，帮麦布鲁克卸行李。说完，便飞也似的跑了出去，众人紧跟在他身后，连哈奈菲也不例外。穆赫辛看着哈奈菲出奇地积极，忍不住笑了：

“凭安拉起誓，就是那罐子米饭催着他呢！”

栽娜卜正在屋里等着穆赫辛换衣服，忽听得楼梯上乱哄哄的，便出去朝楼下问出了什么事。下到最后一级台阶的哈奈菲正指着赛里姆的膀子，兴冲冲地答道：

“车来了，快把锅、盘、盆都端出来！”

不到十分钟，全部行李都在前厅摆好了。打发走赶车的，大家都过来了。栽娜卜被授权打开箱笼，进行公平合理的分配和保管。她上前来，拿刀割断捆绑的绳子，把点心、玉米饼和杏仁点心统统放在一个大盆里。

麦布鲁克瞧着她的手不停地在篮子和大盆间来回移动，玉米饼引得他口水都快流出来了。便壮起胆子，说他再也不能等了。

“栽娜卜太太，听我说，你快为先知祈祷吧！”

栽娜卜没有回答，也不看他，继续干自己的活。他勉强安静了一会儿，又清清嗓子，走过去：

“我和你们都没关系！快把我的那份给我，说一声：去受你的难吧，一切都妥了。”

栽娜卜手不停，抬起头，斜着眼睛看了他一眼：

“闭上嘴！”

可是阿布杜认为麦布鲁克说得有理，便建议先把玉米饼均分，谁也不许多拿，自己的一份有权自由支配，一天或者几天吃完都行。大家都赞成这个意见，家长哈奈菲热情地嚷道：

“这可太公平了！”

栽娜卜无可奈何，动手先分点心和玉米饼。她想按人头均分，可是穆赫辛想起礼物中还有赛尼娅的一份，顿觉不安，最后，他鼓起勇气，胆怯地提出：

“姑姑，我觉得应该给邻居家送点儿去。他们知道我从家里回来了，还带了……”突然，他的话哽在喉头，因为他发现大家的脸，特别是姑姑的脸上出现了骤然的奇怪的变化。只听得栽娜卜带着谴责的口气自言自语说了一句：

“什么邻居？”

穆赫辛的心顿时紧缩起来，望着面前一张张脸，想问个水落石出。可是每个人又都是这样沉闷不快，仿佛谁也不愿意在这样的时刻急急忙忙地搅乱自己一腔愉快的心情。就说赛里姆吧，自他回来后，第一次看见他愁眉苦脸地捻着胡子，以前那种洋洋自得和傲劲不知跑到哪儿去了。小胡子也变了样，第一次见到它不再是闪着金光向上翘起，而是没精打采地耷拉着，看来，已经很久不用那高级香脂了。再看栽娜卜姑姑，两片嘴唇瑟瑟发抖，仿佛总想“爆”出什么话来。她停下了手里的活，看大家都一声不吭，便鼓起勇气，火冒三丈地说：

“邻居！都是些什么邻居啊！”

穆赫辛觉得酝酿之中的一场灾难马上就要降临到他的头上，便偷偷地看看大家。只见阿布杜抬起头，神经质地背着栽娜卜，暴躁地嚷道：

“闭上你的嘴，现在没必要讲这些！”

可是只要一提起这件事，栽娜卜张开的大嘴一个星期内也不会闭上的。只要她说出口，本身就解了恨。所以，无论是亲朋好友，还是陌路相逢，只要碰上他们，她就像现在这么嚷着：

“这是什么邻居？霸道的双角王赫勒密医生的家！婊子赛尼娅的家！”

一听这话，阿布杜急得浑身发抖，厉声呵斥道：

“跟你说了闭嘴，不许骂！”

赛里姆装作漫不经心的样子，用那失败者的自尊捻着胡子说：

“我看，咱们没必要这么重视这件事，把这看成一件大事，仿佛赛尼娅属于你的似的。以安拉起誓，我这辈子也不会看见她，把她吞进嗓子眼儿里的！”

阿布杜虽然气鼓鼓的，但仍然嘲讽地盯着赛里姆，仿佛在说：狐狸吃不到葡萄，就说葡萄是酸的。

栽娜卜指着阿布杜和赛里姆，让他们别管她的事，她嚷道：

“哟！不是等于跟穆赫辛说了什么事了吗？”

是的，她等于把什么都说出来了。如果穆赫辛此时此刻还活着，还能谛听，那么，当她那句“婊子赛尼娅”的话刚刚落进他的心坎里时，他顿时目瞪口呆，浑身冰凉了。周围的一切都陷入茫茫云雾之中。他紧紧地抓住桌边，以防摔倒！僵滞的目光死盯着桌上那块褪了色的旧漆布，他两耳发沉，什么也听不见了。连栽娜卜滔滔不绝地详细描述着这倒霉的一个星期中发生的祸事、其间的人物、絮叨的话语、喊叫、恐吓……一切的一切，什么都没有听到。

第九章

那天晚上，穆赫辛的眼皮只是断断续续合上过几次。熬不住白天旅途的劳顿和忧闷，睡意也潜入他的四肢，他打过几次盹。略微减轻了一些疲惫。可是刚睡熟不过几分钟，一阵连绵不断的唿哨或尖厉的喊叫便直刺他的耳鼓：

“婊子赛尼娅！……婊子赛尼娅！”

睡意立刻消失，他惊醒了，回到现实世界。一颗心仿佛被人夺走，落在脚下，沉入地底。他睁开因失眠而熬红了的大眼睛，回想白天发生的一切：栽娜卜唾沫横飞，喷吐着怒火的脸，她的话他只明白了一半。

“穆赫辛，从你走那天，她就在阳台上玩……

“现在事情远不只是在阳台上调情，早发展到写情书了。每天都能看见她的女佣裹着袍子，偷偷地钻进一楼穆斯塔法先生家里去，交给他信，他再写回信！”

她给他写信，天天写。而穆赫辛却在丹霍尔盼着她的一封信！

他想起了那件事，那件使他眼前的世界漆黑一团的事，清醒过来后，记起了庄园里收到的那封背得滚瓜烂熟的信和栽娜卜的话。他强打起精神，问道：

“姑姑，我收到你的那封信……是谁代你写的呢？难道不是赛尼娅？”

栽娜卜的回答是：

“赛尼娅！哼，她还有时间想到咱们，她光想着楼下那个浪子去了！”

少年尽量控制着内心的沮丧，失望地问道：

“那是谁写的？”

“赛依黛法院前面的摆摊人呗！”

“摆摊人？”

是的，光揭发赛尼娅，不分场合地在大庭广众间毁坏她的名誉，栽娜卜仍然不解恨，愤怒和仇火驱使她到赛依黛法院前代客书信的摊上，找人给持重的赛尼娅的父亲写了一封匿名信，揭露他女儿的不轨，在他家搅起了一场风波。这一切都只为的是穆斯塔法爱上了赛尼娅，而对最先向他求爱的她——栽娜卜却不屑一顾。于是乎，在她眼里赛尼娅就成了婊子，穆斯塔法则变成了放荡的浪子！

这就是她到法院前找代写书信人的目的，并趁此机会，让人多“捎”了一封短信，寄给了穆赫辛。

这就是穆赫辛精心保存、倒背如流的那封信的来龙去脉，现在总算真相大白了。也就是说，赛尼娅根本没给他写过一个字，根本不了解他的情况。他回来与否，跟她毫无关系。

穆赫辛受不了了，像挨了黑枪一样，瘫倒在床上，又像个自戕者，双手拍打着脑壳。现在，他的生命还有什么价值呢？既然已经失去了……还要这条命干什么呢？

他不敢再想她的名字，只是深深送出了一声沉重的叹息，若不是被子捂住了嘴，余音怕要绕梁不止呢！他忧心忡忡，望望四周，大家都睡着，“邻居”哈奈菲舒心地打着呼噜，别人安静地躺着，这是屈从的投降者的安静。难道他，生活中丧失殆尽的人，也能屈从驯服吗？为什么现在要睡觉，明朝又为什么要苏醒呢？

尽管额头上汗水涔涔，他还是用被子从头到脚紧紧裹着，热情地请求安拉让他长眠不醒。他以一种疯狂的神经质的决心闭着眼睛，以此用自己坚强的意志来说服安拉，他如此这般地等待着死亡，急切地盼望着它的降临，最后，步入了梦幻之乡。他从未做过这样的美梦：一开始，似乎昨天听到的关于赛尼娅的流言蜚语纯属伪造，穆斯塔法先生离开了家，离开了这个区，离开了开罗，回到农村的老家和亲戚中一位富绅的女儿结了婚。穆赫辛呢，穿着崭新的西装，拿着乡下带来的礼物去探望赛尼娅，她在楼梯最高的一级上迎接了他，那绿绸的衣服如被春风吹拂，轻轻地飘动……她张开双臂，在他的左腮上印上一吻，顿时，一股幽香浸入心肺，不知是她衣服上的香气呢，还是这整个地方都洋溢着馥郁的芬芳。她闪动着墨黑的长睫毛，流露出对他的无限眷恋。双眸下垂时，总像绸扇轻柔的边缘落在了她的脸庞上。她扭着脸，似有满腔哀怨，一个劲儿玩弄着他上身的纽扣，终于他听见那款款细语：

“我不是跟你说了吗，要是喜欢我，就赶紧回开罗来！”穆赫辛从那亲吻的沉醉中清醒了一些，告诉她：一点儿没有耽搁，一看到她珍贵的来信，就揣在胸口，不管去哪里都带着。念过几遍，便下决心立即收拾行装，回开罗。她将信将疑，带他进琴房。修长的手指在琴键上跳动，女仆端来一杯红色的饮料。不知为什么，一见女仆，穆赫辛总有点儿心惊肉跳。不过，他还是舒舒服服地喝完。然后，目送着她端了出去。他一回头，发现赛尼娅正悄悄地用热恋的眸子久久地望着自己。他的动作使她大吃一惊，慌忙垂下漆黑的长长的睫毛，默默地一声不响。穆赫辛的心啊……他明白了，他沉醉了。

赛尼娅带着一副诡秘的微笑，轻轻叹一口气，突然起身走到钢琴前面，想再给他弹一曲，眷恋的目光直直地看着他，悄然说道：

“穆赫辛，你真能像我爱你那样喜欢我就好了。”他不知该如何回答，也许根本无法回答。他忘了自己，也忘了她，心头唯一留下的就是，天底下乃至宇宙间一切珍奇异宝都顶不上她那短短的一句话。幸福，多少人在描述又无法感到的幸福，如今他亲手摸到了。啊，不！而是满满一握。不仅藏进了口袋，而且珍藏在心底。它沉甸甸地充塞着整个心胸，犹如纯金足赤，他的躯体也感觉到了它的分量，接着漫浸到了全身。幸福填得如此充实，好像太满了，到了喉咙口，如果不溢出一些，欢乐将使他窒息，幸福几乎从嘴里蹦出来，它在胸腔中、肚子里膨胀，寻找出路。最后应该吐一些出来，心里好憋啊，塞在胸口的黄金多沉啊！

穆赫辛张嘴笑了，幸福的重负压得他气喘吁吁，他在床上翻来滚去，想干点儿什么……跑，站起身来，告诉人们……不停地说，跳，在泥里、在地上打滚。这最后一招穆赫辛可以做到，并且已经付诸实行了，他在床上翻滚，头触到床沿时，眼睛睁开了，他发觉头已经到了外面，在床边，张着嘴，完全是要呕吐的姿势！

晨曦爬上窗棂，公用的大衣柜沐浴在朝晖中。

可怜的穆赫辛什么都想起来了！

冷漠残酷的现实又回来了，他明白幸福不过是春梦一场，如今依然两手空空。随着白昼的到来，它已从整个身心中吐得干干净净，连半点儿赖以生存的残渣也没有留下。房间重又变得漆黑一团。火红的朝阳，全部跳出了地平线，但在他看来那朝阳也成了一张黑饼，比乌木还黑，比头发还黑。

太阳没有给普天下带来光明和白昼，它带来的是黑暗……黑暗。

他想起，就是因为害怕这样的白昼，他在夜间曾乞求过死亡。蒙安拉赐予一场美梦，免得他醒来面对现实时，倍觉痛苦。于是，美梦中的赛尼娅的形象掠过脑际，那一吻、那深情的凝视、那动人的睫毛……接着，现实中陌生的、忙着和穆斯塔法谈情说爱的赛尼娅又冒了出来。不知道、也不想知道他已经回来；不知道、也不想知道梦境和觉醒时有如此惊人的差别，于是，他像刀下的祭物，发出内心的嚎叫，把头埋在枕下，叹息着，在痛苦的责备中向主乞求：

“罪孽！……罪孽！……罪孽！”

第十章

穆赫辛心里想，再过一会儿，大家就该起床了，要是看见他这副样子，那……于是，他急忙起床，几分钟穿上衣服，早饭也不吃，径直向学校走去。路过赫勒密医生家门口时，他痛苦地低着头不看一眼。走过那出名的阳台底下也没抬头，仿佛看一眼的权利也丧失了，就连她那个木阳台——他经常在她身边，眺望大街，向对面小咖啡铺张望的木阳台，他也无权抬头观望了。是的，就在这里见到她的最后一天，去丹霍尔之前来向她告别。那天，她全神贯注看着咖啡馆的神情就已经使他产生不祥之兆，激起心中的疑虑了。那天，正好穆斯塔法先生也坐在路边，偷偷地向阳台张望。

那天他的心情已经告诉他将有不测，可是她懂得如何驱散他心头的疑云，使他觉得正是那一天自己才是最幸福的人。是的，至今仍感到留在脸颊上的一吻。难道是她狡猾地对自己耍花招吗？为他抛洒的泪珠，难道不是真挚诚恳的吗？不可能！他不认为她在欺骗他。如今她自己的事爱怎样就怎样吧，可是，他不能对她高贵的品德有丝毫怀疑。那么，出了什么问题呢？又是什么促使她如此迅速地改变了态度呢？

这时，一个念头犹如希望的闪电在头脑中掠过：

为什么还没有见面就要作出对她的判断呢？又为什么不能上她家问问，也许她会澄清一些道听途说？也许一见面，她会念旧情、后悔、跟他亲热……

对，去一趟吧！自从知道了自己的灾难后，穆赫辛第一次松了一口气。可是这道闪电很快就被一团乌云挡住了，乌云越来越浓、越来越黑！多幼稚的少年呀！难道今天的赛尼娅还和昨天的赛尼娅一样吗？她和穆斯塔法情书往来，关系密切，难道他还能从中捞到些什么，还幻想在她那里索取任何权益吗？没有了，连看望的权利也失去了！

再说，怎么去探望呢？在两家的关系中断的今天用什么借口，凭什么关系去呢？……关系早被姑姑的妒火烧断了！

啊，赛尼娅，比天上的星星还遥远！

他在矛盾的思绪中挣扎着，走出希望，踏进沮丧。无论在哪里，命运都不让他安歇。到了校门口，他低头走进校园，离大家远远的，等着上课的铃声。

他不时抬头，看看成群结伙的学生，围成几个圈，有说有笑，讲述假期中的新鲜趣闻，谈着怎么过的假期！

每个圈子往往都有一个中坚分子。许是年龄最大的，要么是头脑最聪明，要么是说话最风趣，也可能是讲话最逗人笑的。他引导着谈话的进程，自己滔滔不绝，周围人嘻嘻哈哈地听着，为他的每一句话叫好。

这情景，不禁使穆赫辛想起，以前他总是被那些听众们包围的崇拜者，右侧是自己忠实的朋友阿巴斯，这个小伙子总是以十足的信心，盲目的信任和绝对的热情支持他的每一句话。

中午，他总爱和阿巴斯还有那些圈子里的人在大楼梯下的墙边对诗。肚皮里的诗句对完了，穆赫辛便转为讲演，在这一小批赏识他的群众中发动竞赛，比谁讲得流利，动作优美，手势正确。现在，他不由得又向老地方看看。啊！阿巴斯和一些同班的同学正在那里。他们频频向校门方向张望，他们在等待着谁呢？除了穆赫辛，他们还能等谁呢？不过，今天他又能对他们讲些什么呢？放假前夕离开他们时他是一个完人，可今天，他回到他们面前时已完全变成另一个人了。他真怕有人发现他，赶紧找了个僻静的角落躲得远远的。铃响了，同学们排好队，依次向各个教室走去。直到这时，穆赫辛才急急忙忙跑过来，神不知鬼不觉地跟在本班的队尾。一踏进教室，马上被发现了，大家叫他，阿巴斯急忙跑过来。穆赫辛毫无办法，只好装出满心欢喜的样子，设法和大家逗笑，一边暗中祈祷，让老师快点儿来，使他能节约做作的“粮草”，让整个班级安静下来！

老师很快就来了。大家离开穆赫辛回到自己的座位上，同时起立向老师致意。可是穆赫辛身后的阿巴斯根本等不及下课，不停地用胳膊捅他，想和他说话。穆赫辛佯作不理会。终于，老师开始讲课了，教室里一片寂静。

这彻底的静穆是振作穆赫辛思想和心绪的最佳环境，他很快就把课堂、功课、老师一股脑儿丢在九霄云外，沉入自我的汪洋大海中了。老师开始和学生们复习讲课的内容，终于轮到穆赫辛身上。至今，在老师眼里穆赫辛的地位和他在同学中间的地位一样，都知道他是个勤奋、聪颖、认真的学生。可是今天，一问到他，发现他对刚才讲的内容没有一点儿印象，老师十分奇怪，这事竟能出在穆赫辛身上，老师呵斥他道：

“你怎么了，穆赫辛？刚才想什么呢？”

少年如梦初醒，站起身，结结巴巴地回答道：

“没什么！老师，没什么！”

老师口气缓和了：

“一个学生，休假归来，应该精力充沛，朝气蓬勃，准备上课，渴求知识……你说对吗，穆赫辛？”

少年惭愧不安，难过地低下头，同学们都看着他，身后的阿巴斯悄悄地说着什么，像怜悯，又像一个愤怒的忧伤者。他可不愿意这种事出在他崇拜的朋友身上，他心目中穆赫辛是无辜的、完美的！这一切深深地刺痛了穆赫辛的心，他又苦恼又失望，暗下决心，只要在教室，一定保证专心听课。他神经质地企图以自己坚强的意志指挥眼球的肌肉，让它们拼命睁大，目不转睛地盯着讲台，全神贯注地只注意老师一个人。他尽了最大的努力，阴沉的脸上渗出涔涔汗珠。

意志没起到丝毫作用，开小差的思想是顽固的，这可怜人最后还是败下阵来。黄昏，同学们纷纷离校，穆赫辛也垂头丧气回家去，他在老师们和许多同学心目中留下了不良的印象。对他的精神状态，大家觉得不可思议，好朋友阿巴斯更是无法理解。他走近穆赫辛遗憾地告诉他父亲不同意他报考文科，所以，被迫违背自己的诺言。阿巴斯估计到，这消息准会使自己的朋友生气，烦躁，起码也得不痛快一阵。可是使他吃惊的是穆赫辛听完了竟无动于衷，脸上没有一点儿想讨论一下这个问题的表情。

穆赫辛头脑中现在只有一样东西：如何充实那空虚的生命？又以何种忍耐挣扎着度过漫长的岁月和遥远的未来？他听到自己的心声在嘲讽着：

“没有坠入爱河以前，你是干什么的？回到你原先的精神境界去吧！”

他微微一笑，愤懑地昂首向天，心中怒吼：要我恢复原来的状态？不错，我过去的生活中没有爱情，也很幸福，但那是瞽者的幸福，看不到美，看不到光明，看不见生命。但当你一旦拭亮了盲人的眼睛，使他眼花缭乱，目不暇接。难道你认为在他重睹光明后又返回黑暗，还得以享受原有的幸福吗？

穆赫辛发现自己已不知不觉走到赛依黛广场。他觉得应该回家了，和叔叔、姑姑坐在一起。

当然他们从他的脸色上将会知道一切。怎么办，还回去吗？无意中，对面栽娜卜理发馆映入眼帘。再仔细一看。霎时脸色蜡黄，僵在那里：穆斯塔法先生从门里出来，下巴上的白粉还没擦干净，金黄色的小胡子修剪适宜。他旁若无人地走着，一身时髦的西装，手里拿着一块和衣服同色的丝巾，潇洒地塞进左上兜里，还拉出一个角角来。乍一看，真是春风满面，欢喜不打一处来。

穆赫辛眼里的广场顷刻间日月无光，他糊里糊涂地朝清真寺走去，一路上提心吊胆，总怀疑那人已经瞥见他了。到了门口，急忙脱掉鞋子，哆哆嗦嗦踏上寺内的地毯，到了墓旁，立刻躲进一个黑暗的角落。高高的描金的寺顶上挂着一盏枝形吊灯，发出黯淡的光线。他紧紧地抓住铜栏杆，呼出虔诚的、断续的心声：啊，栽娜卜！……栽娜卜！……栽娜卜！……

他哭了，瞻仰者听不到的心中的号哭，泪珠一串串滴落在陵墓周围的地毯上。

第十一章

学校里，阿布杜还站在画板前，忙着他的工程设计。从听到赛尼娅事情那天起，他把内心的失望化成全力以赴的工作。只有穆斯塔法的影子偶尔出现时，才觉得浑身烦躁。因此，无论在他面前提起赛尼娅的事，还是穆斯塔法的名字，他都无法忍受。一遇到这种情况，他的尊严似乎受到莫大的侮辱，满腔怒火，冲着发话人喊道：

“闭嘴，别谈这件事了，我的头都疼了！”

他立即神经质地离座而去。

直到最后一刻，他的自尊心还不允许他认为吹牛的赛里姆能占得了上风，尽管他修了钢琴，又瞎吹胡说，但这些说服不了阿布杜。至于穆赫辛，他这小小的年纪，实在不足为虑。他的自信心持续到英俊、潇洒、富有的穆斯塔法先生出现在广场那天才开始总崩溃。他心中郁积着怒火、威胁，但又无法付诸实现。他缺乏那种真正的邪恶的感情，飘浮的泡沫底下只是一池清水。过不几天,他只能以神经质的坚强的毅力忘记这一切，忘我地投身于工作。他对赛里姆的奚落变成了同情和友爱，于是一切恢复如初，就像不曾发生过竞争和排挤。不过，他开始感到心中刚刚萌发的一点点光明已经熄灭了。工作，任凭什么都无法弥补那失去的美好的憧憬,无法替代那曾给他干瘪僵滞的生活带来的一丝温柔的迷人的幻想!

这时，赛尼娅的影子又在眼前跳动，他不得不怒冲冲地扔下铅笔、画板，走进校园外面的基泽公园。他明白，他的生活缺了些什么，这个明白只是通过内在的深切的感受，绝不敢动脑去想，也不敢用嘴去说。所以，他自欺欺人地把自身的烦恼、气愤以至踏上花园统统归之于另一种东西。他烦躁而气愤地自忖道："真讨厌！工作……工作……工作！生活中只有工作！我生来就是为了像驴一样……工作！"

走过一片绿莹莹的蒿苣地。满眼的碧翠使他不由得打了个冷战。立刻想起在隔壁修电线那天，赛尼娅穿着一色的绿绸衣，时不时在他眼前走来走去，仿佛故意站在不远处让他看，然后，娇滴滴地、亲切地问：阿布杜先生要果汁还是咖啡？阿布杜坐在石凳上，低着头，任自己在昔日的梦幻中驰骋，随心所欲地夸饰点缀那些形象。

她的话记忆犹新，她的声音回荡在耳际。那天的一切莫不证实了她十分注意他的人品和他的赴约，修电线怕是一种人为的借口吧。

他不记得曾久久地仔仔细细地凝视过她。第一次，和他的伙伴们在栽娜卜的门洞里偷偷见过她一回，末一次就是众所周知的修电线那天。那天，要不是她像只自由的小羚羊躲在门后，可真是一个好机会，可以饱饱地瞧个够。她久久地站在那里，引颈而望。每当和她的目光相遇，他只觉得眼花缭乱，不由得闭上眼睛。啊！多美的一双眸子！尽管仅仅都是短短的一刹那，可是，看到她的初次印象和离开她时的末一次感觉都铭记不忘：这是他见到的最美的女子。可是，这个女子已另有所欢，抛开了他们，爱上了一个外乡人，两人卿卿我我，书信往还。

阿布杜猛地站起来，想径直走进这个穆斯塔法家里，请他饱尝一顿拳头；或者让房东把他轰走；或者随便做点儿有损于他的事……

他踏上了通往赛依黛区的马路，漫长的路逐渐驱散了他的焦躁，火气冷了下来，理智占了上风：为什么损伤穆斯塔法呢？……如果她愿意，那他何罪之有？他知道有这么多人爱着她吗？即便知道，可她选中的是这个人，那他又怎么办呢？阿布杜的气出在赛尼娅的身上，火冒三丈地说：

"这个姑娘怎么会对他们变了心。那么长时间了，大家一直和她，和她家有来有往，她却偏偏去爱上一个隔得老远、素昧平生的男人呢？"

以前，每当看到赛里姆和穆赫辛借口窜到赛尼娅家去的时候，他都气鼓鼓的。此刻，这种气恼被抛到九霄云外，他反而觉得赛尼娅如果在这两人中挑中哪一个，也比看上那外乡佬强一千倍。于是，同情、眷恋的情感，把他和同他一样受难的同伴联系在一起，他发觉，今天不是用自己，而是用大家的名义在讲话，在泄愤！

他第一次觉得应该亲近他们，说说心里话。他们之间的感情是共同的，一切都是共同的，失望和痛苦也不例外。

赛里姆这时正在福格部队咖啡馆里。那天，当他确信对赛尼娅的爱情已无可救药后，便又进这里消磨时光了。他企图说服大家，隔邻的姑娘对他来说根本无所谓。赛尼娅和其他的姑娘没什么两样，他原本就没看上她，甚至不屑于瞧一眼这样的人。不过，这样的话要能说服别人，必须首先说服自己。

抱着这样的心情，赛里姆走进部队咖啡馆坐了下来，窃喜已用如此低廉的代价抹去了这一切，他抱着喜悦、慰藉的心情说：

“赛尼娅在哪儿？她哪比得上这里的小姐、迷人的小美人儿。”

他坐着，左右环顾，辨认地方，回忆在这里度过的时光和那充满兴奋和欢乐的过去。他打量着客人身边坐着的小姐，审视着那些扭来荡去、等待约会、窥测时机的小美人儿。以前，他是这里的常客，进门的女人没有不认识的。如今，却没有见到一张熟识的面孔！别急，没一会儿，桌边一个单身女客认出他了，笑着招他过去，他马上站起来，傲慢地捻着胡子走过去，伸出手，一副老交情的样子问了好：

“你好，玛利亚！”

玛利亚刚刚在他身边坐定，几个侍者围了过来，他不高兴地问道：

“干什么？”

但他马上控制了自己的情绪，他想起过去在这些人面前他总是以有钱人的身份出现的，于是便改变腔调，和其中一个健壮的努比亚人搭腔说：

“夫斯塔格，你还活着！”

“先生阁下，您要点什么？”

赛里姆装腔作势等了一会儿，指指身边的女人，说：

"问小姐要什么？"

侍者向小姐弯下腰去，听候命令。小姐在考虑，赛里姆五内如焚，简直像等候对他宣布罚款。赛里姆过去除了靠装腔作势，吹牛招骗才得以出入这家咖啡馆，他身无分文还要使来往顾客把他当作一名像样的人物！女人终于开口了：

"来一杯马代勒上等白兰地，加苏打水！"

夫斯塔格转向赛里姆，恭敬地问道：

"先生您？"

赛里姆搔搔头皮，佯装思考，犹豫片刻，说：

"我嘛……就来一杯苏打水吧，加一点点红酒。夫斯塔格，你知道我这胃不行！"

侍者有些犹豫，最后，无可奈何地转身去拿东西去了。那女人看看赛里姆：

"赛里姆先生，你的胃总不舒服吗？"

"有什么法子呢，玛利亚！喔，对了，凯提娜和她的姐妹阿迪勒在哪儿？"

他跟她东拉西扯，以一种罕见的力量，放浪地和她调情、挑逗。他今天似乎在解恨，为另一个战场上失败的一颗心报仇雪恨！

来了一个口袋里真有钱的新客人。他刚拍手叫侍者，一下子就吸引了整个屋里的应召女郎。玛利亚顾不得和赛里姆闲扯，一门心思盯着这个新人。她终于坐不住，站起身来，托词上洗手间，丢下赛里姆和那杯上等饮料，扭着腰肢踱到那人身旁去了。赛里姆的心往下沉，故意搅起的虚假欢乐的烟尘消散了，剩下的只是掩饰不住的悲哀和失望。唇间欢乐的笑意也变成一丝蔑视的苦笑。他仔细观察眼前一个个女人苍白的脸上，汗水冲掉了脂粉，那些动作，那些装腔作势的语调，有意卖弄的笑声，故作姿态的碰撞和眉眼，他第一次扪心自问：怎么能跑到这种地方来了？这些淫荡的娼妓怎么会得到他的欢心？

不一会儿，玛利亚回来了。客人根本没理她，他挑中了另一个。

见赛里姆双眉紧蹙，若有所思的样子，玛利亚吃惊地问：

“怎么了，赛里姆？不太高兴吗？”

赛里姆抬起头，冷漠、干涩地盯着她，冷冰冰地答道：

“很不高兴！”

说罢，自顾呆呆地望着那杯玫瑰色的苏打水，陷入了沉思。那女人看了他一会儿，轻轻地摇晃着肩膀扭过脸去。赛里姆用勺子在杯中搅动着，看着那颜色，不由得想起修钢琴那天在赛尼娅家喝的玫瑰饮料。如果认为赛尼娅不曾在他心中留下任何印象，那可错了，她的所作所为，岂止是留下印象，就说今天吧，认识了赛尼娅，就对这些酒吧女瞧不上眼，一种不曾尝到的高尚的情操在心中油然而生。是的，正是由于他想起了赛尼娅那高尚的美貌，脱俗的风趣和真挚的感情，才使他今天在这些女人面前产生厌弃和憎恶之心。他明白了，从现在起，他的心境变得高尚了，他再不会去寻花问柳，他有了一颗拒绝任何酒吧女郎的心！

上尉赛里姆是现在才有这种感受的吗？多大的变化啊！面对这种高贵的感情，他自己也感到吃惊。是赛尼娅使他了解了自身的事物，开拓了内心的荒原。昨天，这位上尉可曾了解自己心中还有纯洁的感情，可曾明白像这般的人还会懂得“纯洁”“高贵”的含义？以前，他以为自己爱赛尼娅只是一种低贱的、表面的、轻浮的感情，像他对塞得港叙利亚女子和眼前对这些酒吧女的感情一样。以前他也不知道自己还配有高尚的爱情。想到这里，赛里姆喝了一口杯中的饮料，但马上又吐掉了。他用指尖把杯子推开，击掌唤来努比亚人。侍者看看那满满的一杯，原封未动，不解地望着他。赛里姆讨厌地说：

“怎么这么难喝！”

侍者刚想表示不同意见，对方打着手势，表示不用多说了。他手伸进衣袋，掏出两杯的钱外加小费交给他，向玛利亚随便打个招呼，离开了咖啡馆。这番举动使她大惑不解，奇怪地目送着他走下楼梯。她气恼地耸耸肩，发出一声轻蔑的笑声。

赛里姆走在街上，张开胸怀，尽情地呼吸着新鲜空气，心情格外舒畅。愈发觉得刚才吸进的都是混浊腐臭的气息。

第十二章

赛里姆刚进家门，看见麦布鲁克正示意他别作声，然后又不怀好意地笑着指指栽娜卜紧闭的房门。赛里姆不由得心一动，想了想，踮起脚尖，轻轻走向那房间，趴在门扇的小洞上。

阿布杜也回来了，麦布鲁克以同样的手势和微笑迎接他进门。一见赛里姆趴在门上，他的反应比赛里姆强烈，便立刻走到门边，双肩顶着上尉，一颗心不禁急剧地跳了起来。可是，赛里姆马上就直起身子，苦笑着把小孔让给了阿布杜，转过身去，悄声问麦布鲁克：

“里面那个女的是谁？”

阿布杜也直起身子，失望地和赛里姆站在一起，仿佛也提出了同样的问题，一起等着回答。麦布鲁克看看他俩，明白他俩为什么趴在洞上看，这种心情他完全理解，也和他们有着同感，他长长地叹了口气，说道：

“过去的好日子再也没有了，完了！”

可是那两个急着等他回答，阿布杜迫不及待地问道：

“这个女人是谁？”

麦布鲁克清清嗓子，走近他俩，急匆匆地低语道：

“洗尸人的老婆！”

“埋死人的？”两人大吃一惊。

实在弄不明白！麦布鲁克把他俩拽到一排卧铺的公共寝室里，又解恨又高兴地说：

“这女人是赛依黛广场那边的洗尸人的老婆，她将拿一把不过三天的新坟里的土来……”

阿布杜更不明白了，紧盯着问：

“干吗？……为什么？”

“这把土要撒在穆斯塔法的门槛上！”

阿布杜明白了，摇摇头，继续问道：

“这又是栽娜卜的主意吧？”

麦布鲁克自豪地点点头，他补充道：

“栽娜卜可是个有经验的人，她不怕失败，从最出名的‘学者’那儿求得了这张偏方，那开药方的人说，三天后，如果穆斯塔法不死，他不要钱！……现在嘛，只收点看运气好坏的钱。

“几天前，他就去找埋尸人的老婆，让她来找栽娜卜，直到今天才找到。”麦布鲁克停了一会，望望他俩，等着听几句赞同或鼓励的话。可是两人都默不作声。阿布杜陷入深深的思索：正当他们束手无策，将一切托付给安拉时，栽娜卜一点儿没闲着。为了达到目的，她可不管什么宗教，也不在乎什么良心；她想让穆斯塔法在三天后死于非命。她正想尽办法，让一个无罪的、只是不愿意爱她的人去死。这太野蛮，太残酷了！这就是一个女人吗？她爱了，但又失去了，于是变成了一头凶恶的猛兽。

一个想法突然使阿布杜眼前漆黑一片，奇怪的是赛里姆也产生了同样的想法。他焦急地望着麦布鲁克问道：

“你敢肯定她只搞穆斯塔法一个人？”

“栽娜卜绝不可能放过赛尼娅，只弄死穆斯塔法！”阿布杜神经质的嗓音简直像在叫喊。

麦布鲁克突然明白了这一点，他不安起来，自言自语地说道，嘶哑的声音中充满了担心：

“她跟我说就是穆斯塔法一个人……我不知道……也可能……”

赛里姆按自己的推理，道破栽娜卜的心机：

“她不可能只让穆斯塔法一个人死，一切坏事都冲着赛尼娅来的，这样才说得通。这是栽娜卜一个人的利益。她盼着赛尼娅死，因为赛尼娅才是她真正的竞争者和敌手。不过，为了能让天真的麦布鲁克和她携起手来，便掩盖了事实的真相，骗他说这些手段都冲着穆斯塔法一个人去的。”

赛里姆说到这里，一阵开门和关门的声音，大家确认这个女客走了，便立刻去找栽娜卜。阿布杜先对她嚷道：

“刚才那个女人是谁？”

声音这么严厉，栽娜卜听了有点不安。但她很快便镇静下来，微笑着走近他们，把刚才麦布鲁克讲过的事又复述了一遍。阿布杜以骇人的愤怒叫道：

“看来你是不想丢掉那些迷信妖术了……”

赛里姆也说：

“我们假设你是对着穆斯塔法的，你想杀人！要杀阿丹的子孙！你的良心高兴你这样做吗？”

她低下头，怒火冲击着胸膛，她又狠狠地抬起头来，对着大家高声叫道：

“我可不能头戴高帽，无动于衷地待在家里，眼睁睁看着那些信送过来递过去！”

她转问阿布杜：

“我呢？我跟你说过多少次了，让你上房东那儿，说服他，把那个光棍轰走，他快把这里变成窑子了！”

热血冲上阿布杜的头顶，这些脏话像针一样扎着他。不管赛尼娅和穆斯塔法的关系到了什么地步，她仍然是高贵的，绝不容许用这种脏话来形容她。阿布杜不明白，话是冲着赛尼娅去的，可为什么刺伤了他的心。莫非他仍然尊敬她，在她的身上看到了自己崇高的理想？莫非他仍然不允许任何人玷辱这尊并不属于他的、精美的雪花石雕像？

更奇怪的是，赛里姆也转过身子，万分憎恶地背对着栽娜卜。听到门开了，又关上了，穆赫辛走了进来。大家转向他，见到了同样一副黯淡无光的面孔、通红的眼睛、疲软的双腿……栽娜卜不胜惊异：

“穆赫辛，你怎么了？”

他抬起头，想对他们说没什么……可是不等他张嘴，大家齐声问道：

“你病了？”

“是的！”他觉得这话仿佛出自别人的口。

他走到床边，脱掉衣服，钻进被窝。阿布杜和赛里姆见状，明由了他的心思。出自怜悯，两人静静地过去，坐在他的床边上，希望多少能给他些安慰，帮他分摊些痛苦，可是又怕自己的心意被误解，刺伤了少年的感情，所以一直默不作声。同时，又觉得自己对他的同情和喜爱从来没有达到今天这样的深度。他们低下头去,只见他疲劳地闭上了双眼。啊！他是多么的痛苦，和自己的感情相比，他是伟大的。他俩有生以来第一次感到自己不如他，不如那颗不平常的心。

第十三章

穆斯塔法这个人，周围的邻居只知道他家境宽裕，栽娜卜恐怕是第一个对他进行调查的人。那年初，他刚搬来那阵，她就设法通过他的佣人打听他是干什么工作的。她当时是想随便打听一下。佣人正忙着搬运门前一辆骡车拉来的简单行李，所以也只匆忙地说了几句：

“干什么的？是个绅士……”

佣人上下忙着，顾不上她，她也就无法弄清这是哪来的绅士了。开罗的，农村的，还是其他城市的？后来，栽娜卜从自家窗子里见他常坐在咖啡馆前，长得很英俊，可是她没有再做进一步的了解。这里或许是羞涩或许是不安阻止了她。反正这个男人已经占据了她的心。也可能出于偶然，还是有其他原因，她又很少见到那个佣人。实际上，穆斯塔法刚刚搬来这里时，经常出门。你如果见他在谢哈台咖啡馆前面坐过一回，那么以后的几天都不可能再在街头见到他这个人。好像他带着佣人一块出门旅行去了。

尽管如此，这个青年的行为绝没有什么特别值得引起邻里注意的地方，他在家里异常安静，连房门都被一片宁静笼罩着。谁也听不到他出出进进。看来，他很想在街坊中获得一个好名声，至少，也是那些独处的单身汉们使他要这样做，要不，就是他个人对房东的了解以及无条件地把房子租给他的房东对他的信任，使他加倍珍惜自己的名声，宁取独居和幽静。

但是，另一种东西促使这个富有的青年人躲开开罗的喧闹和玩乐，踏进这间小小的咖啡馆，消磨大半天时光：他只身光顾这里，绝不是想看赛里姆先生向阳台上的女人调情，这不过是凑巧碰上的，借以消遣的可笑的一天。那时的穆斯塔法，由于某种原因，心烦意乱，抑郁不畅。他原以为开罗还和他五年前离开的时候一样，所以又回来了。五年前，他是穆罕默德·阿里学校的学生，现在坐在咖啡馆前还能看到学校的大木门呢。后来，他又考进了"尼罗河谷高中"，如今，每当走过旦瓦文大街上时，还得从母校门前经过。那时，他就住在这个区里，今天，他也呼吸着这里的空气，除了以前租白阿莱的房子外，一切都没有改变。遗憾的是，他没能租到原来和哥哥、姐姐以及在财政部当职员的姐夫一起住的房间，它老早就被人租了。不过，房东在本区赛拉麦街头，买下了三十五号这座房子，他也只好住在这里，不管怎么说吧，房东还是房东，没有变，但穆斯塔法却心烦意乱，他感到自己在开罗的希望破灭了。那么，在他看来，什么东西变了呢……

穆斯塔法坐在咖啡馆外面，回忆过去在这里的往事，学校生活、朋友、在曼耶勒街上玩球。明月当空的夏日里，他们带上吃食、西瓜、香瓜，泛舟尼罗河上，又吃又喝又唱，小船把他们送到阿伊尼宫后面的阿巴斯桥下。他们丢开双桨，任船儿在桥下静谧的河水里飘荡，月亮在水面上投下了无数明天的幻影。周围一片恬静，偶有一声夜乌啼鸣或鱼儿跃出水面的啪啦声，挑逗着岸边的苇丛嫩草。他们闹一阵笑一阵，又安静一阵。仿佛身边的诗情画意激起了他们心中潜藏的美好的感触，对崇高的美的深厚情意。是的，青年的心有权爱，有权欢乐。他们正处在那令人欣羡的辉煌的年龄，心儿应该产生第一次也是最后一次沸腾，在那烈焰的光辉中，为心灵揭示蕴藏的力量和宝藏。但是，太遗憾了，这个不知道女人的青年人要到什么时候才能拨亮自己的心呢！同舟的年轻伙伴中没有一个人有机会结识女子——有心机，有思维，能启示伟大事业的女子，不是每个星期五晚上花上几元钱就能碰上的吧!

因此，从风景秀丽的诗句中享受到的恬静不能持久，也无法与那些被妓女的呼吸毒害和扼杀的心灵有更多的接触。

月色、流水和风触动了他们的诗情，穆斯塔法情不自禁吟起了那年毕业考试中的诗句，不料竟遭到了同学们很不正经的讪笑，他羞怯地沉默了……

但没过多久，他又加入了那愚蠢的聒噪和无聊的哄吵中，刚才还照耀着心胸的崇高的想象和情感统统被抛开了。就这样，那有着伟大理想的因素在这些充满朝气的青年心中消失了。

他们无休止地唱庸俗歌曲，发出兽性的狂笑，直到半夜才回家。当他们踉跄地穿过那漆黑的白阿莱的小巷时，竟像一群醉汉，狂呼乱叫不休！

不过，现在穆斯塔法并不是回忆这样的往事。

他留恋的是刚刚踏进青年时代时那充满欢乐和嬉戏的时光，怀念昔日相聚的弟兄们。现在，他们在哪儿呢？有谁知道！……有人可能会是某个诊所的医生、港口的督警、机关职员，也可能是个无业的流浪汉。就连自己的亲兄弟，也早在几年前到法国学习去了，至今没有回来，也不想回来。即使在那紧急时刻，召他回来，他也拒绝了。不管怎样，穆斯塔法一到开罗，就立刻找寻过去的朋友。确实也碰到了一些，初次见面时，彼此都表示强烈的思念，一问大家的景况，结果发现，他们都是政府机关里的职员。他们也打听他的情况，问他分手后干了些什么？他告诉大家，拿到中学文凭后，他父亲让他和自己一起在麦哈莱·库布拉的棉布店里经商，被迫留了好几年。年初父亲去世了，他料理完丧事，急急忙忙准备离开家。他把大布店托付给伙计们，带着一个仆人和简单的行李，决心弃商，在政府机关里谋个职位，好常住开罗！但遗憾的是他发现开罗已不是他怀念的开罗了，昔日的容貌几乎不可辨。好像一切都变了，可实际上又什么也没变！

是的，第一天他找到的那些兄弟们确实排解了他心头的抑郁，他们带着他在城里东游西逛，看那些新奇的消遣和玩耍，夜里又把他带进酒馆和妓院。那天，首都缤纷的色彩，长期离别后见到的新鲜事物确实使他流连忘返，心中的不快暂时消散了。可是朋友们以后不断带他去同样的地方。他也注意到他们的品德已发生了巨大的变化。他们愿意和他保持这种联系，并非要他享受那过了时的友谊，也不是像以前，出于对他的喜爱而陪他玩。他们利用他，接近他，目的是让他把继承的遗产统统花在他们身上。这就是经过了解后才知道的，对他们的所作所为，他不由得强烈地加以谴责，奇怪这些年纪轻轻的兄弟们竟然变得这样。于是，他立即中断了和他们的往来。

今天，他宁愿一个人坐在咖啡馆里，要重现过去的往事，纯属幻想。他便开始考虑现在该干点儿什么，抑郁的心情逐渐消散了。是回老家，像终日孜孜不倦的父亲那样重操旧业，还是坚持原来的理想，卖掉家产，分得遗产后，在开罗谋生?

父亲的遗产应由他、弟弟和姐姐三个人继承。姐夫在省里供职和姐姐住在法尤姆，已来信同意一切问题由他处理。法国的兄弟也来信表示怎么办都行，但有个条件，不要叫他回埃及，保持他每月的生活费。

他自己今后也不想在麦哈莱·库布拉定居，不愿让这个铺子一辈子把他缠住。一个最简单的办法是把它盘给凯·斯·喀祖里那家外国人的分店。实际上，对方风闻他准备在父亲去世后盘出铺子，迁居开罗，早就提过此事了……

穆斯塔法充其量是个意志衰退的青年。他品质不坏，为人也正派，有许多美德，只是被消沉的意志和涣散心压得严严实实。

他经常盘算自己铺子的事情。来到开罗后，独自去过几次，也和仆人一起去过，又打发仆人看过，去了解生意的情况。他认为用这种方法做生意是最简单的，最好不过了。但是，不管采取什么方法，不仅没有提高信心，反而更加确信他无法忍受经商的艰辛和承担自由职业的责任……从他离开那天开始，铺里的生意每况愈下，收入日渐减少。他弄不清，原因主要是由于他自己扔下铺子一个人坐在咖啡馆里，放松对雇员的监督呢，还是因为管理不当，工作松懈之故？不管怎么说，他浑身的解数都使尽了。为什么不把铺子盘出，采取这最后的办法以求解脱呢?

这样做可以说没有人反对他。母亲早已去世，舅父是个大棉布商，听说他想把铺子盘出，万分诧异地去找外甥，责备他，甚至求他不能这么干，这可是巨大的损失。

穆斯塔法笑笑，心安理得地说：

“什么损失！难道我们就靠这种铺子过一辈子。”

舅父劝他：

“孩子，好处都在这里了。难道不是这家铺子给你带来了土地和家产吗？”

是的，穆斯塔法和兄弟们要继承的遗产岂止是一家铺子，过世的父亲给他们留下了其他的物业和地产。但是穆斯塔法并没有过分看重它。舅父万分遗憾地说：

“商人的儿子这样做可不妥！买卖人的后代抛弃了祖传的行当，干这些芝麻绿豆的小事，真够痛心的！把自己的商号卖给外国人，出名的老字号拉吉布店竟成了外国人喀祖利·鲁米的分号，这又是何等的耻辱！”

可是，这番话又怎能打动这颗冷却了的心呢？

第十四章

没有栽娜卜，赛尼娅也绝不会向小小的谢哈台咖啡馆探头探脑张望。她看到这个可爱的蓄着金黄色小胡子的青年人，总是一个人待在角落里，全神贯注地注视着前面赛里姆上尉的可笑动作。

那天她正看着，穆赫辛来跟她讲出了绸手帕的事。一开始她没有弄明白，以为是被风刮走了，便立刻到窗前去看，发现楼下穆斯塔法家有一个小阳台紧挨着自己的房间，所以认为手帕一定在穆斯塔法那里。他呢，可能由于心中不可告人的秘密而把它留下了。

没有多久，和穆赫辛第二次见面时，他道出了真情。不过，她仍然天天观察着咖啡馆前面的青年，不是别的什么东西驱使她去看，可又不知为什么。

穆赫辛来告别那天，她的感情和激动确是至诚的，发自肺腑的。穆赫辛走后呢？没什么，她还是经常在木阳台的窗子后面偷看，心情稍感欣慰。赛里姆在时，他那捻起的小胡子，耸起的宽肩，摆着架子，故作姿态的高声命令，投向木阳台的目光所引起的微笑和哈哈的笑声都不能改变他那阴暗的面孔。现在赛里姆不来了，他还坐在老地方，变得更加孤寂、忧郁和沉思了。

穆斯塔法从未向木阳台上看过一眼。过去，赛里姆在场时，也是如此，这使赛尼娅深感惶恐。当他弄清了赛里姆那些可笑的动作，以及有意图的目光后，偶尔有过几次，倒也彬彬有礼地朝阳台上看过，不过这一切都只是为了观察赛里姆。

赛里姆离开咖啡馆后，穆斯塔法一如往常还来咖啡馆，这里无论如何比那个空荡荡的家强。至少，可以喝上一杯现成的茶，还可以好好想想自己的事,将来怎么办,但他就是没有朝木阳台上看过。赛里姆早不在了,谁还能老记得他呢。所以,穆赫辛走后,赛尼娅便花了大部分时间注意他,可是从未和他的目光遭遇过。这使她非常奇怪，她猜测，像他这样的人坐在咖啡馆里干什么? 想些什么? 为什么不望望对面的阳台上呢? 这种想法和惊奇竟达到了重视的程度。她开始穿上最鲜艳的衣服，打开阳台上所有的窗子坐在钢琴前弹出一首雅俗共赏的曲子，琴声说不定会传到街上的。弹完,便在窗前,故意用力开窗关窗,后来,甚至在窗前大声呼唤女仆,高声谈笑! 这一切造成了她和前来探望的栽娜卜之间“一场短兵相接的战斗”。栽娜卜看到了她的反常举止，当她肯定赛尼娅所以这样做，都是为了吸引穆斯塔法的注意力时，再也无法沉默了。她大声呵斥赛尼娅，那较真儿的模样立刻引起赛尼娅的怀疑，最后她终于明白了栽娜卜的心意，不由得哈哈大笑，挖苦她说：“就连你，要是有了孩子，跟我这么点年纪的人还值得这样? ”话是重了一些，刚出口，栽娜卜就像一头暴躁的母驼大声叫嚷起来，用最肮脏、最尖刻的话肆无忌惮地大骂赛尼娅一通，然后裹上黑袍,一去不复返了。赛尼娅愤愤地坐在那里望着她远去,不回嘴,也不动弹。女仆听到喊叫，听到栽娜卜的一些粗话，进屋来，赛尼娅平静地说：

“阿姨，你都看见了? ”

“真不怎么样! 一个丑女人! ”女仆骂道。

当时，赛尼娅的母亲正在房间里做晌礼，听见吵闹，匆忙结束祈祷，跑来看出了什么事，刚到楼梯口碰见栽娜卜。她气喘吁吁地叫住她，可栽娜卜脚不停步到了楼梯下，嚷道：

“主啊! 去你的吧，你那婊子闺女! ”

母亲一怔，气得目瞪口呆，但马上又清醒过来，热血上冲。她跑到楼梯口，伸着脖子嚷道：

"谁这么咒赛尼娅，让他烂舌头！"

栽娜卜嘟嘟囔囔跑出去了，传来她的声音：

"绝了你们家的路，我一辈子不上这儿来了！"

母亲呆呆地怔了一阵，忽然想起女儿，急忙过去。只见赛尼娅脸色苍白，手脚冰凉。便先好言抚慰，问她出了什么事。女儿一五一十都说了：栽娜卜每次来都朝咖啡馆那边张望，特别注意常坐着的一个叫穆斯塔法的邻居。一个月以前，有一次栽娜卜从窗口发现他一个人坐着，便急忙抄起黑袍跑下楼去。那次，并没有引起她什么怀疑。可是昨天和今天，她发现栽娜卜对她在窗前站着已经达到无法容忍的地步。今天，她只是想去阳台上站会儿，可栽娜卜却受不了了，发脾气，破口大骂，竟这般模样的跑掉了！

母亲低头沉思了片刻，自言自语地说：

"真是的，她年龄也不小了，就为了这般事。"

赛尼娅抬起头来，接着话说：

"我也跟她这么说的，结果她生气了，大发雷霆。"

正说着，女仆过来了，赛尼娅急忙指着她对母亲说：

"阿姨都看见了，妈，你问她好了。"

女仆立刻答道：

"这人真不怎么样，实在不懂礼貌，纯粹是个丑女人！"

就这样，一场争吵算了结了，母亲把女儿的头搂在胸前，宽慰女儿，劝她不要为了这样的女人不痛快，不要为了这小事心烦意乱。赛尼娅听着，抬手抹抹眼泪，接受母亲的劝告，然后，温顺地离开了母亲的胸怀，走上阳台，叹了口气，摇着手里的手帕，像挥动扇子一样，拂去红扑扑的脸上的燠灼。她做得那样自然，完全让人觉得她正想到阳台上呼吸一下新鲜空气。可是，当她刚往咖啡馆方向一看，猛地发现穆斯塔法也朝阳台上看呢，神情仿佛在等什么人出现。赛尼娅立刻后退了一步，躲在旁边，她确是措手不及，但又按捺不住内心的喜悦。其实，没什么可惊奇的，她和栽娜卜两人的叫骂声是够大的，不一会儿，一个又余怒未息，口角带着白沫，气鼓鼓地从这里出去，跑进了穆斯塔法住的三十五号门。穆斯塔法在咖啡馆外面，看得清清楚楚，他奇怪地想，阳台上谁在叫嚷，从这屋里跑出又进了他住的房子的女人又是谁，好奇心驱使他想听清阳台上的声音，目光正在阳台上搜索，突然，那一双欲求甚解的眼睛和另一对美丽迷人的眼睛相遇了。他浑身一颤，可是这令人心荡的天仙般的美貌，刚在他眼前一晃又惊惶地躲了起来，消失了。

仅仅持续了五秒钟光景，可是穆斯塔法顿时感到另一个世界突然展现眼前，潜意识地觉得整个世界已是另一种味道，生活竟在瞬间踏上了另一条道路。五秒钟在一个人的生活中是微乎其微的，但是，它又可能是一切！一个人可以毫不偏离自己的生活基础，了却一生。但有时，仅仅在五秒钟之内，又可以改变这个基础，甚至会让它天翻地覆！

除了这个闪电似的出现又消失的姑娘外，穆斯塔法看见什么了？闪电照亮了他那黑暗心房的每个角落！五秒钟之内，他有生以来第一次看到了震动心灵的美，他从不知道这一切就发生在这座房里。半晌，他才从这陶醉的一击下清醒过来，自忖道：

“难啊！打年初我就住在这儿，可实在是孤陋寡闻。”

像一个人找到了失物，他沉浸在欢乐中，但马上又责备自己：

“你就这么傻！笨驴……瞎了眼！”

心几乎要蹦出来，他又向那阳台送去彬彬有礼、万分满意的一瞥，可是连个影子都没见到。他一点儿也不失望，站起身来，高兴地走着，直想兴高采烈大踏步地走遍开罗的东西南北……突然间，他记得刚来开罗那阵，和今天相比，仿佛那只是一个小时前的事。这两个小时，相隔不长，但他却否定了过去的自己，明天他将以另一个面貌出现。

赛尼娅这时正在自己房里，回味着同样的影响！她也发抖了，不是吃惊。当双方的目光相遇时，她本能地后退了一步，万万没想到两人的目光突然交织在一起。那个孤独的、心不在焉的年轻人居然会向阳台上张望，被她看到了……她先是兴奋地和自己的心儿说着悄悄话儿，突然间，羞涩袭上心头……

她故作不满，气愤地说：

“这男人为什么朝阳台上看，他有什么权利？如此大胆地看我？”

她想象如果能够为此而呵斥、教训他一顿，说些粗暴的话。可是，这气愤和厉害劲没能持续多久，她又走上阳台，只想看看那个大胆的年轻人是不是还在看她，要不正朝这里张望……她走到镜子前面，急忙把一头漂亮的秀发捋捋齐，朝窗外一看。啊，那个被斥为胆大妄为的青年人竟无影无踪了。咖啡馆前的座位空了。他原来不是经常在看她的！现在留在她眼前的只是一座咖啡馆及其一切！

实在令人失望！

姑娘先是痛苦，又很气恼，她愤愤地关上窗子，发誓从现在开始再也不往窗外瞎看了。女性的尊严受到侮辱，泪水在眼眶里打转，但忍住了。她想想：他们之间难道存在值得希冀的东西？他是谁？有多大价值？居然使她如此青睐？她走到钢琴前面，用忘掉一切给予报复。

这时，穆赫辛那淡淡的身影又在心头出现。

这个时候，穆赫辛在她身边的话，该是一个多么难得的机会！一个博得女子欢心的良机！可是，太遗憾了。穆赫辛这个时候正在庄园里，在那绿茵茵的苜蓿地里等着她的信呢！

第十五章

第二天，穆斯塔法一如往常，来到咖啡馆。不管是咖啡馆老板，还是几个天天照面的常客，见了他都发现，今天的这个青年人在服饰上特别用了一番心思。毫无疑问，动身之前，肯定在镜子面前站了不短的一段时间!

他还在老地方坐下，可是今天似乎有点初来乍到的感受。他忸怩地往四下里瞧瞧，好像所有的人，包括谢哈台师傅和他的小徒弟都在看他，猜到了今天他来这里的目的。起码也明白他为什么要这样着意打扮，注意外表。坐定以后，他又发现一切如常，咖啡馆门前路边的坐席上，还是他一个人，没有人在看他，一颗悬着的心定了。没多久，他又像做错了一件违心的事，他提心吊胆，循规蹈矩地偷偷抬头，望着赫勒密医生家的阳台。说也巧，身后猛地传来一声伙计问话，吓得他立刻低下眼皮，不假思索地要了一杯茶，可马上又改叫一瓶塞巴提斯汽水。为什么不要茶，改成汽水，他说不清，也不知道怎么会不知不觉冒出要换一换的念头。咖啡馆的伙计也挺奇怪，不单单是这位老主顾今天突然改变了主意，主要的是因为这间二流的馆子不像那些大地方的顾客习惯使用“塞巴提斯”这个词。让他说这个词可不像让他喊“一袋水烟”“一杯苦咖啡”“一杯茶”甚或“一顿拳头”“一段楼梯”那样顺口。所以伙计只好转过身去，喊了一声：

“一瓶……汽水。”

刚才那一瞥，他已看到阳台上窗户紧闭，什么人也没有，于是他暗暗寻思：有福气能再见到她一次吗？她昨天是偶然走过这里，以后再不回来了吗？谁能保证她会再一次出现呢？谁也不知道？也许几个月都无法在阳台上见她一面，他不是已经在这里坐了好几个月，昨天才看见她的吗？这么长的时间里她在哪儿呢？他又在哪里呢？过去的事就算了，没有必要重新激起怀旧的悔恨，那么，对未来是否有憧憬和希冀呢？

一提起未来，他深感不安。此时此刻，他突然明白未来才是可触摸的，实实在在的。但一想马上又满腹疑虑，想象中，昨天她可能来这家做客，现在早已一去不复返，即便回来，又怎么知道呢？另外，至今他根本就不知道她叫什么，一想到这儿，脸色立刻阴沉下来。这么说，今后再也不会见到她了！坐在这咖啡馆前纯属徒劳无功，望穿秋水也是枉然。

他焦躁地等着，从胸前口袋里掏出了和衣服一色的手帕，擦抹着额头，伸出左腕，看看金表。多长的时间啊，仿佛已经有一个世纪了。今天准没有希望见她了，他不安地在椅子里扭着身子，自忖道：既然如此，何苦坐在这儿呢？

穆斯塔法忘了过去他就是这样毫无目的地一坐就是几个小时，从不见像今天这样才一个小时，就烦得不行。

如何是好，时间越长越没希望，干等真是痛苦。他发誓五分钟以后窗口再见不到她就走。五分钟过去了，他抱着新的希望又延长五分钟，还是没有。失望之余，他做好了动身的准备，可是又延长了五分钟，就这样，三次，四次，五次……

有时他慢条斯理地啜一口汽水，消磨时光，有时又嫌时间过得太慢了。咖啡馆里半小时敲一下的钟半天还没听到敲一下呢。对，一敲半点，就站起来。站起来上哪儿去呢？以前他不总是在咖啡馆里坐得好好的吗？不知怎么，今天一定要站起身来，是等的时间太久了吗？以前可没想过要这么快站起来的，以前他什么也不等，无所期待的人确实能坐上一辈子，原地坐到老朽，坐到腐烂，可是现在，愿望促使他起身、活动、跳跃，心中注入了时间和生命的概念。

无所期待，无所爱好的人，是一具孤独的尸体，为了挽救那枯竭的耐力，他不想再耽搁了。穆斯塔法手伸进口袋准备掏钱算账……突然"哗"一声传来窗户被人猛地推开的声音，要知道这个时候他的听觉尖得像猫耳朵，早等着捕捉极细微的声响，特别是阳台上窗扇的声音！

他本能地抬头向赫勒密医生家的阳台一看，就是她！事情来得如此突然，正在失望焦虑得不可开交的时候，她就出现在眼前！不管怎么控制，心儿还是跳个不停，他不由自主地为她献上了微笑。这是欢情的推动和疑虑解脱后的必然表现。这确是诚意真挚的微笑，表示高尚的欢乐，没有半点低下的调情！他情不自禁地送出的微笑，有着深沉强烈的内在感，这就是最好的证明！所以他既没有意识到自己笑了，更没有注意到她。可是随着微笑得到的回答是忽然间窗子又当着他的面关上了！

唉，倒霉！难道他是个傻瓜，笑着，笑着，把一切都笑丢了……多傻！不过，他并不靠什么，这一点可以原谅，他呀，是命不好！

穆斯塔法无限遗憾，强烈地责备着自己。深怕是自己的举动把她赶跑了，倒不如今天不曾出现才好呢。不过，再一想，他又暗自高兴，至少有一点：怀疑消除了，可以肯定她绝不是来这家做客的，更不是外来的陌生人。这是她的家，她就住在眼前的这所房子里，她是他的邻居，自家的小阳台正好挨着这家的一个窗子。这就是他今天得到的幸福。今天如果他的一笑惹恼了她，总有一天她会谅解，会高兴的！不管怎么说，今天的结果还是令人满意的：她常住在这里，经常打开阳台的窗子，对，还将继续打开。她绝不会因为破烂的小咖啡馆前那微笑的傻瓜而拒绝阳光和空气！破烂的谢哈台咖啡馆！穆斯塔法第一次觉得它破破烂烂的，他像个挑剔的批评者环视四周：陈旧的木桌椅、大汽灯、吊在招牌上的煤气灯……招牌上原来写着的"久享盛誉谢哈台·穆罕默德先生咖啡馆"早被灰尘和岁月弄得模糊不清，剩下"谢哈台"和"咖啡馆"这几个字还勉强看得清。

透过那些多数已破碎的玻璃横格，看看店里，成群的顾客人来人往，掷骰子，玩多米诺骨牌的屋里更是大呼小叫，吆喝声此起彼伏。说也奇怪，长期以来，他竟能混在这伙人里边：先生们、戴毡帽的、戴缠头巾的，统统都是底层的老百姓。老师傅在里面叫道：

“噢，一袋水烟！”

一个身着长袍头戴软缎头巾的伙计从他面前走过，为了显示咖啡味纯正，他还在肩上搭了条毛巾，左耳边插一朵玫瑰花和一把墨绿色的天竺葵。

穆斯塔法收回目光，看看面前的桌子：瓷盘里放着一只杯子，年月和过分的刷洗把杯上的图案弄得色彩斑驳。旁边一瓶所谓的斯巴提斯汽水，实际上，准是一瓶哄人的劣质咖啡。

可是他知道，咖啡馆离家很近，这是经常来坐的缘由。忽然，一个几乎完全被遗忘的形象出现在脑际，那个身高肩阔的先生，蓄着平直漆黑的小胡子，他不也经常像只骄傲的公鸡，雄赳赳地坐在他面前的吗？他一坐下，满世界都充塞着那摆着空架子的命令口气和那做作得令人发笑的夸张动作。他时不时抬眼看看那空荡荡的阳台，直到完全没有希望了，才起身走开。

一想起这个使人开心的形象，穆斯塔法不禁从心底里笑出声来，但没多久，他的脸又变得黯淡，恐怖爬上心头，他明白那人是为谁来的了！就像他昨天见了她一面一样，他也见过她一回。他们同住在一栋房子里，有一天，还亲眼见他下得楼来。这么说，无论从哪个方面说他和这个男子都是同样身份，处在同等地位了。所不同的，只是他比自己早几天窥视这个阳台。这个人现在不来了，恐怕他得到的也仅仅是灰心和失望吧！如果先行者已经失望，那后来人就不会步后尘吗？回答是肯定无疑的。欢乐刚刚诞生了四十八个小时，失望的先兆就出现了。今天，窗子不就是当着他的面关上的吗？

沮丧潜入穆斯塔法的心。他像所有的年轻人一样，还不了解女人的心，只能从出现的事情上看到带来沮丧的对抗心理和挫折。他失望地低下头，扪心自问，现在该怎么办。是否断然抛弃这一线希望？如果他一定要重返以前空虚的生活，又能导致什么结果呢？一想起过去的生活，他就觉得可怕，尽管那生活如今和他只有一夜之隔，但他已经感到其间横着一道不可逾越的深渊!

他能回家去，过以往的那种生活吗?没有希望、无所期待、心不为任何事物搏动的死人般的生活，能叫生活吗?特别当他明白了自己幼年无知的时候能忍受，今天目睹光明之后，他还能重投罗网吗?

他烦躁地举起手叫来伙计，付完账，然后，以全部毅力克制着自己。不朝阳台上看一眼，站起身来，双手插在衣袋里，低着头，毫无目的地走了。

“我的命运和那个人一样，总有一天，我也会离开这家咖啡馆，从这里消失的。”不过他心里还是抱着一线希望。那颗奉承他的心为他制造了种种愉快，心安理得的理由。他夸大而形象地回忆着赛里姆一些可笑滑稽的动作，从而在他眼里这个人确实不配接受温柔美丽的姑娘的感情。他拿自己和他做着比较，相似的，不同的，终于得出一条于己有利的结论:他和自己终无相似之处。发生在他身上的事绝不会在自己身上出现，自己长得很像样，和他毫无共同之处，如果要是一样，他早就跳入尼罗河了。是的，准要跳尼罗河的。

他特别欣赏这句话，嘴里说着，心里便安生，于是便反复地在心中念叨。

“是的……我早就跳进尼罗河了!”

就这样，这个忧心忡忡的人，竟拿这句话使心灵重享某种安逸和舒适，光明似乎又在他眼前展现。

第十六章

穆斯塔法向赛尼娅投以微笑时，若能对左邻右舍扫上一眼，定会感到透过窗户木格射过来的愤怒的目光，那就是栽娜卜。从吵架那天起，她始终监视着他们俩。她恐怕是第一个发现并理解穆斯塔法为什么如此衣冠楚楚，同样也是唯一的因为穆斯塔法向赛尼娅微笑而震惊的人。

这就够受的了！穆斯塔法投之以桃，赛尼娅报之以李，两人对着笑。啊！安拉啊！

除了穆赫辛在丹霍尔，她等着一家人都到齐了，便把白天的印象添油加醋地和他们说了。笑完之后，不就是幽会和写情书吗？她亲眼目睹穆斯塔法站起来走了，不去和那个对着笑的人幽会才见鬼呢！更巧的是，穆斯塔法刚走不久，赛尼娅的女仆裹着长袍出外，也被栽娜卜看见了。嘿！那准是赛尼娅就让自己的女仆盯上穆斯塔法。除了目睹的一切外，栽娜卜加上她的猜想一股脑儿报告给漫不经心的阿布杜和赛里姆：

“你们都睡死了还是怎么的？好哇，情书就在大白天传来递去……”

这一下，灾难不仅落到阿布杜和赛里姆的头上，连哈奈菲和麦布鲁克也奇怪，事情竟以如此惊人的速度发生了。

“肇事”的一方竟是那个不声不响，住了这么久都没人感到他存在的穆斯塔法。

栽娜卜确信施加的影响开始生效了，紧接着建议给赛尼娅的合法监护人、她的父亲起草一封信，让他出面管教管教自己的女儿！这可是唯一的最理想的办法，也是这些忠实的邻居们义不容辞的任务。是啊，先知不是教导我们要睦邻，要探访第七家邻居吗？

一腔怒火燎烧着赛里姆的心，他首先表同意，答应负责写信；可是阿布杜压在心底里的神经质的怒火骤然爆发了，他勃然大怒，叫道：

“信不能写，也不能寄。上尉，你要是个男子汉，直接去找楼下那个混蛋。我向伟大的安拉发誓，不能写，胆小鬼才写信，我可不能容许这种胆小鬼……”那劲头简直像从狂喊中找到了出气口！

“什么信也不写……我知道该怎么办。”

“你知道个屁！你去干什么？揍他？”赛里姆答道。

栽娜卜怒眼中闪出解恨的目光：

“你瞧着该干什么就干什么，不过，写封信还是要的。”

“别多嘴！”阿布杜呵斥她，又转向赛里姆，“我说你是个胆小鬼，下流胚，写信那是娘娘腔。”

赛里姆终于被说服了，栽娜卜挑动他们写信的企图也只得作罢。她灵机一动，又闪出一个念头：赛依黛法院前常有人搭篷设摊，代人提笔，何不上那儿去看看。傍晚，她裹上黑袍，溜到一个摊位前，为了掩盖真实目的，先给穆赫辛写了封普通的回信，写完一封，装着突然想起什么，又写了一封匿名信。

翌日清晨，赛尼娅睁开眼睛，想想昨天的事，等着今天即将来临的幸福，不禁向白昼发出了亲切的微笑，今后还能有什么愉快的东西吗？她从没有体验过生活是如此的甘甜美好。十七个春秋了，但只有今天，她才发现了人世间的美。今天早晨，一切都是美好的！一切都在微笑！

难道这一切都是因为穆斯塔法的莞尔一笑吗？

和女仆一起上诊所补那颗吃多了甜食蛀坏的虫牙时，路上，电车上不少人向她献出殷勤的微笑。至少她是见过赛里姆和穆赫辛的笑容。可是从没有像看到穆斯塔法笑容那样的感受。穆斯塔法的一笑扭转了乾坤，改变了眼里的世界，于是眼前的一切，周围的一切都绽出了笑意。

可她，却当面碰上了窗子。

想起这个情景，赛尼娅情不自禁咯咯笑出声来，露出一排珠贝般的牙齿。

心里是那样高兴、欢愉，可是自己却这般粗暴，心想不知他会怎么说她呢。

“可怜的东西！”她不笑了，声音甜得发颤。

可不知为什么，心里又出现了另一种矛盾的感情：后悔？同情？焦虑？她真怕自己对他的伤害过了头，过分伤害了他的感情。

这种感觉越来越强烈，她开始责备自己，或装出一副责备的样子，可实际上对自己的粗暴和残酷感到高兴的心情一直在挑动着她的心。最后，终于找到了一个办法协调统一这两种表面上截然不同的感情：补偿自己对他的伤害，是的，要表示出好好待他的姿态，至少今后再不伤害他的感情了……这可怜又可爱的年轻人！

她又笑了！

阳光照到枕边，照亮了她那黑如乌木的秀发。她觉得有点热，抬起白嫩的手，遮着脸。她突然意识到今天太一反常态了，在床上躺那么长时间，便立刻跳下床来，一身绸睡衣，光脚踩着地毯，走到穿衣镜面前。浓密的披肩长发还没有梳整，自然优美地搭在眼前，她轻轻一晃头，掀开了遮障视线的帘幕，慢慢地变换着各种姿势，略带惊异地久久地欣赏着镜中的体形。怎么？雪花石般的脖颈属于她的？还有这隐藏在绸衫后面的高耸的乳房，纤纤细腰……她用双手环握着睡衣，镜中显现出妩媚的线条，啊，真奇怪，她居然不知道自己竟是这样的美！

为镜子里的倩影她又笑了。

拿起梳子，她高兴地瞧着自己的双颊和朱唇梳头。然后哼着快乐的小调，脱去睡衣，换上便服。

今天穿着打扮的时间比往日要长，她朝镜中的形象投了最后一瞥，便迈开飞鸟般轻盈优美的步伐，走出房门。今天一切都显得这么可爱。从精神到肉体——她像一只不容触摸的飞碟，也许那闪发着金光的喜悦和无限光明的幸福使她觉得体轻如燕，不，连鸟儿的身躯也比她要重得多。

走出房门，到了前厅，传来一声声父母的争吵声，一股无名的恐惧袭上心头，她皱着眉头停下脚步。

声音来自父亲的房间里。门关得紧紧的，听不清吵些什么，只有她的名字不时地清晰地夹在里面，接着便是父亲气愤地喊“你的女儿”几个字……赛尼娅吓坏了，呆若木鸡地站在那里，看来，灾难临头了！

容不得她思考和自我镇静，父亲的声音马上转成了骇人的怒吼，一下几乎使门扇脱臼的响声后，父亲手里捏着一封信走出来，一见女儿站在面前，立刻喊道：

“你在这儿？”

他不理会女儿那焦黄的面孔，也不容她分辩，立刻将那封信塞在她手里，咆哮着：

“拿着！给我拿着念！念完了告诉我，上面写的是什么意思！”

赛尼娅没有动，也没拿信，她支持不住了。可暴怒的父亲更是怒不可遏地走过来。母亲出现在房门口，她喝住丈夫，想把他拽回来，可是不行。她又想横在父女中间，保护女儿，但是丈夫狠狠地把她推开，走到赛尼娅面前，粗暴地抓起她的胳膊，把信塞在她手里，喊道：

“跟你说过，念！念念这上边的话，我活了一辈子都是光宗耀祖的……我去过苏丹，上过战场……”

赛尼娅支持不住了，她周身酥软，摇摇欲跌。母亲急忙过来，把她抱在怀里，眼冒火星地盯着丈夫：

“还不闭上嘴！我的宝贝怎么受得了这些话？”

父亲怎能闭上嘴，他反而更加暴跳如雷。他又狠狠地抓起女儿那无力的胳膊，让她读信。母亲使劲将他推开，搀着女儿坐在最近的一把椅子里，父亲过来，举着信叫道：

“你不想念，好，我念，你听着！

尊敬光荣的赫勒密医生：

安拉保佑您长寿！

敬启者：我们要告诉您，您的宝贝女儿赛尼娅小姐和您家对面咖啡馆里的一个客人，两人在阳台上和咖啡馆之间，眉来眼去，情书往还，这种恋爱关系一直持续到今天。由于我们一向对您寄予希望，珍爱您的名声，维护您高贵的名字，特写信相告，谨祝时祺。

一个忠实的朋友

父亲念完最后一个字，转脸对女儿吼道：

“你毁了我的名声，玷污了我的荣誉——军人的荣誉！你毁了我这个参加过乌姆·杜尔曼战役的……”

他没能把话说完，他的宝贝女儿已瘫软无力，紧闭双眼，头偎在母亲胸前，撒下了一串串泪珠。母亲看到这沉默的泪水，心中涌起无限的疼爱，她便对丈夫狠狠地叫道：

“行了，行了！什么乌姆·杜尔曼，乌姆·阿姆兰的，你想把我这宝贝女儿弄死，自己高高兴兴地活着？凭安拉起誓，她受不了这些，你真作孽呀！”

妻子仰首向天，又盯住丈夫：

“先知在上，她冤枉啊！谁冤枉了她，谁就不得好死，全家遭灾。啊，写这封信的人，以今天早上的吉祥，让你不得好死，让你的眼睛瞎了，身子遭罪！……”

“这么说，你的女儿没在阳台上站过？……”父亲严厉地问。

母亲立刻回答：

“没有……从来没有过！全知的主啊，什么阳台，谁说这话让他烂舌头！”

突然，她脑子里闪过什么，立刻联想到这封匿名信肯定是栽娜卜投寄的。一点没错，就为了她和赛尼娅那次吵架，吵架才过了几天，还怀恨在心哪！就是她因为生了赛尼娅的气，才写这封信的。想到这里，母亲仿佛找到了足以护卫女儿的理由、证实女儿清白的有力证据。她脸上立刻放出了光彩，坐正了身子，准备抛出这段关键的话。可是丈夫却记起了另一封曾经落在他手里的信，签名是赛里姆上尉，信没让女儿看，直接退回去了。这么说，这第二封信肯定是有道理，两封信相互为证嘛。

想到这里，他转向妻子，气呼呼地说道：

“那好，那封上尉的信呢，你忘了？”

胜利在望的母亲大吃一惊，惶惑地望着丈夫：

“哪来的上尉的信？”

哦，想起来了，丈夫给她看过上尉的信以后，她到栽娜卜那儿，告了她亲戚赛里姆一状……这么说，现在无法否认了。

稍稍一想，眼睛突然一亮，找到了该说的话：

“我们家的灾难都是栽娜卜带来的，都是她的几个亲戚招来的。第一封，第二封都从倒霉的栽娜卜那儿来的。你倒说说，哪句话，哪个消息不是从她那儿来的？”

事情既然局限在栽娜卜身上，她的话又是那么不可信，一切都好办了，她是他们的对头，早和她不来往了，那么这封无疑出自她手的匿名信还有什么价值呢？除了她，谁也不敢干出这种事来。

这就是父亲气恼的关键所在，她把和那女人的关系以及中断联系的原因一五一十告诉了丈夫，当然也包括这个结论，她说栽娜卜每次来他们家里，都站在阳台上朝咖啡馆东张西望。有一天，赛尼娅为此说了她几句，一下把她惹烦，又气又骂，于是就不来往了，就是这个女人，最后把一切罪名都加在赛尼娅头上了。

母亲把手臂高高伸向天空，以虔诚的祈祷结束了为女儿的有力辩护：

“栽娜卜，安拉会找你算账的。安拉将以今天早晨的吉祥惩罚你的所作所为！”

父亲的怒火平息了，脸上露出被说服的表情，他口中不停地唠叨着：

“主啊，她准是个坏心眼的刁婆娘。”

母亲立刻答道：

“刁极了，出了名的。还找得出比她更能惹安拉生气的人吗？主不会随便裁决一个人的，可这个长没长相、手里没钱、搬弄是非的婆娘，都四十多岁了，还老装得像个年轻姑娘的模样。”

就这样，老两口说了一会儿栽娜卜的事。

父亲转向女儿，看她仍然闭着眼睛，便轻轻地托起她的手诊了下脉，然后低声地告诉妻子，扶女儿到床上休息。说她没有什么毛病，就是精神和身体上都有些疲劳。说完，把那封匿名信撕得粉碎，求主给这个添事生非，蛊惑乡邻的坏女人栽娜卜，降灾降难。

第十七章

“奇怪!……整整一个星期了，木阳台上见不到赛尼娅的影子。出什么事了?病了?……还是自那可咒的一笑之后，她就跑了，永不再出现了?”

整整一个星期，穆斯塔法都在咖啡馆前面，望眼欲穿地坐等着，可是一切努力都是枉然。失望之余，他说了上面一段独白。是的!这一个星期，赛尼娅始终不上阳台，不因为有病，更不是逃跑，而是因为父亲的话，和那封匿名信!她不应当搅乱退休父亲的那颗安宁的心，不应该让这位老军人在晚年觉得自己的女儿没能维护他的荣誉。

这一切都只是因为一个男子的莞尔一笑吗?

她久久地思考着自己的事：她和这个男子没有任何关系，他的内心活动和思想品德，更是一无所知，甚至连他叫什么，是干什么的也不知道，他完全是个陌生人，犯得着为他如此含辛茹苦，勉为其难吗?除了笑一笑，他为她做过些什么呢?一个高贵的姑娘就看中了这样的男人?她的内心产生了一种前所未有的东西。

她自信绝不是那种轻浮戏耍、接受任何路遇男人挑逗的女性；也不是那种追求热辣辣的情欲的女青年，为一颗醉醺醺的心驱动着终日里东跑西颠，心神不宁地观察一切，寻找一切。

不……赛尼娅已经跨越了这一阶段，她已从焦虑走进了信念——女人对生活的信念。她已经自觉地意识到:女人为什么活着?依靠什么为生?

赛尼娅所受的教育并不限于女子中学同届毕业的女伴们的文化水平

和教育，她的课外阅读使她获益匪浅，大大增强了她的理性知识和经验。信念当然不能只靠看书得来，经验和直感是确定信念的基础。她读了许多有关光荣和美德的作品，但是，只有在今天，才真正看清它们的意义。自觉性向她道出了一条真理：女人的美德绝不仅仅是爱，她更需要崇高的爱，爱一个心灵高尚、品德兼优的男人。

穆斯塔法是心灵高尚、品德兼优的男子吗？这就是今天问题的症结之所在，也是她目前不敢下决心，促使她远离一个怀疑在心，只看过他冲她笑一笑的男子的主要原因。

就这样，她一直躲着不上木阳台，大部分时间都独自一人关在房间里苦思冥想。泪水是她唯一的安慰，给她带来的唯一的消遣。她常常哭泣，因为她无法解答那些疑窦丛生的问题，又不愿意再见他，或是套用一些愚蠢的办法，拙劣的手段和做作的姿态。今天她对自身的了解远远超越了这一切，致使得出的结论是：除了孤寂和泪水，任何东西都配不上她感情的高尚。

已经是第三次了。穆斯塔法发誓如果再看不到赛尼娅，就永不涉足这间咖啡馆。一个新的星期即将开始，他是实现自己的誓言呢，还是一如既往违背自己的诺言，把期限推向下一个星期呢？嗯，他又重划了一个期限，从几小时到几天，从几天到几周。可这回他真的下定了决心，把今天定为在咖啡馆里的限期！

是的，今后绝不犹豫不决、优柔寡断了，也不再宽恕自己。他再一次认真地考虑了这件事，发现自己纯粹是对于不存在的幻景寄托了稚童的热情和蜃景的希冀。他困扰的是什么？生活中发生了什么变化？是仅仅在窗口前面看见了一位姑娘，而姑娘又立刻当着他的面把窗子关上了？为了她，白白浪费了这么多时间，绞尽脑汁，还不够吗？她是谁？和他有什么关系？什么都没有！她的姓名还不知道呢！她对他的态度难道还不明显吗？她根本不曾理会他，把他看成不过是这二流咖啡馆里的一个贱货。哪怕她曾经做出过甚或是一个极其微小的表示，说明她眼里有了他这个人，那他一定会把它当作双方联系的纽带，还可以进一步认作是某种许诺和定约。可是现在，他对自己能做点什么解释呢？用什么来稳住那颗焦急的心呢？阳台上的窗户一关，一切联系都切断了，甚至以前联想的共同呼吸的空气也隔断了。这么说，今天为什么还要寄希望于她呢？有谁知道他在这里苦求呢？她确实长得漂亮，但会不会也是那种对真挚的感情一无体察的水性杨花的女子呢？他上哪儿去了解，了解她有一颗坚贞的心，了解她的为人，她的一切呢？

深思和疑虑使他下定决心离开咖啡馆了。是的，一定要离开，就像那个宽肩膀、翘胡子的人一样。赛里姆的形象又一次浮现在眼前，可这次，他倒是觉得这个人很可怜，很值得同情了。

小胡子也幻想过，使出倾囊之计，搜尽那古板的枯肠中所有的风趣和幽默，都无法得以一睹那“阳台女神”的芳容，他走了。他的可笑达到了令人嘲讽的地步。但是他这个人难道不是可怜虫，不值得同情吗？这一切仅仅因为他要爱，要希望，他失败了，沮丧了，消失了。

小胡子形象的出现坚定了穆斯塔法的决心，他向那十天没有开窗的阳台，投了最后一瞥，然后以俨然奔赴险区的语调果断地喊来伙计，付了账，颤抖地站起身来。他左顾右盼，仿佛在挑选一条一去不复返的道路。忽然一个想法又产生了，每当他站起来的时候都这样想过。一想到这里，他浑身酸软，额头上汗水淋漓，热情、刚毅的动作和果敢的决心顿时烟消云散，一点儿不比刚才力图解脱出来的幻景好多少。离开咖啡馆，到哪里去，朝哪个方向走呢？到那些花楼卖笑女子的身旁？还是回到那些堕落的旧友身边？说真的，后者比前者还强些，具备一种他以前不曾辨认出来的美和纯洁。要不是为了忘却心中的倩影，他就到另一家咖啡馆去了，赛依黛这里的任何一家都行，从心中把她抹去，如果可能的话。好吧！可是，之后呢？对一个在女性光环的照耀下开始明白生活价值的人来说，还会留下些什么呢？他的心，过去像一只停摆的老钟，如今又激荡着生命的节奏。难道他能把那姑娘输送给他的新鲜、甜蜜的感情统统忘却吗？不，不能，这一切是不会消失的。如果认为站起身来、结清账，一切都可以一了百了，无疑这是失望之余的冲动。那么，他又为什么希望，为什么沮丧，为什么对她产生怀疑呢？他觉得，无论她是有意还是无意，都向他表示了崇高美好的情愫。之前没有任何东西，也没有任何人有如此大的力量。他将继续经常地在这里静坐，不完全为了一睹芳泽，虚日以待，主要是能在她身旁来滋润自己的身心。只要想到在她身旁就够了。

对自己的结论，穆斯塔法十分心安理得，便又坐下，不过，他很奇怪，也暗暗纳闷自己怎么变得像那些诗人一样了。

穆斯塔法仍然天天来到这里，除了乞求安拉的恩赐和巧遇外，别无所求。窗子仍然紧闭着，他不烦躁，也不生气。

这一天终于来到了……那天午饭后，他像往常一样想睡一会儿，可是怎么也无法入眠，只得起身，披上衣服，比平时略早一些来到了老地方，叫上一杯咖啡，消磨时光。时间是下午三点整，伙计端上咖啡后先走了，周围只有穆斯塔法一个人，他忽然看到两个女子从赫勒密医生家出来，一个年轻、苗条、穿着最时新的女装，另一个裹着黑袍，跟在后面。不用说，她是个女仆，陪着前面的主人出门。他的心不禁一阵狂跳，各种思绪一下子涌入脑海，他惶惑茫然，怎么办呢？眼见两人踏上了通向栽娜卜广场的马路。他的心急促地打着问号：该干点儿什么？真怕主意还没有拿定，两个人就走远、消失了；又怕这个千载难逢的好机会又要从他手中溜走。好几个星期了，他仅仅希望在阳台上得以一睹芳影。他迟迟没能做出任何决定，可是满腔的感情却推动他，扔下要来的咖啡，跳起身来，情不自禁地跟在她俩身后。到了广场，她俩又登上了途经阿布杜勒·阿齐兹大街终点站去绿门槛的电车。穆斯塔法随后赶到，发现她俩已进了妇女专席，便迟疑地怔了一下。售票员吹响哨子，电车启动了，他心里一动，也蹿了上去。到哪儿去？为什么要这样做？结果如何？他茫然无知，买了张到终点的票，暗暗自忖道：安拉晓得她们是不是在绿门槛下车？

他奇怪赛尼娅为什么在这样的时间出外，上哪儿去，干什么，难道每天，他吃饱了午饭，睡午觉的时候她都外出吗？看来今天应该失眠，可以了解详情。失眠，多有福气的失眠啊！

不过最紧要的是，必须密切注意她俩在哪站下车。可别傻乎乎的，人家下了车，自己还蒙在鼓里呢！他紧紧地盯着妇女专座，车到阿布杜勒·阿齐兹大街时，两人下车了。这可大大出乎穆斯塔法意料之外，他本以为她们是去绿门槛的。现在车已经开了，才发现两人已经下车。怎么办？他像疯子似的蹿到门口，猛地一蹦，跳了下去，急不可耐地找着。不料，一回头，竟面对面地站在赛尼娅的面前。

他急得一脸通红，心怦怦乱跳，弯下身子让路，赛尼娅也奇怪得不知说什么好，脸上红扑扑的和他相仿。她也是猛然间发现穆斯塔法就近在咫尺，尽管那黑色的面罩遮住了她的脸，但是他脸上表情的变化漏不过她的眼睛。路让了出来，她由身后的女仆陪着走了。受了这一击，穆斯塔法只得留在原地，眼睁睁地看着她俩擦过身子，下意识地知道，人又走掉了，直到两人的身影快要消失在人群中时，他才记起今天的任务就是要摸清她们的去向，于是撒腿便追，追上了，便放慢脚步，不即不离地保持着距离。最后，她俩走进这条大街中间的一栋楼房里。

穆斯塔法茫然地站在门前，不知她们来干什么，是不是还继续盯着？大楼的门口钉着一大堆铜牌，什么医生、律师……各行各业都有。他毫不犹豫地闯进门去，飞快地跑上楼梯。到了三楼的一个套间前面，女仆伸手按铃，门立刻打开了，两个女子走了进去，眼见身后的门就要关上，他急忙两步并作一步跑上去，一只手推着门，揣着一颗忐忑不安的心，也走了进去。也许因为上楼时跑得太急，他现在才弄明白，自己置身在一家诊所里。开门后，护士把两位女客领进妇女候诊室。眼睁睁看着她们进入了妇女候诊室，穆斯塔法实在是烦恼和惆怅……护士过来，把他往男子候诊室带，他木然跟着。

很快，他发现身边只是几个等候看病的先生和老头子，他招手向大伙儿问了好，彬彬有礼地坐了下来，变成了另一个静悄悄的病人。

他等什么呢？这时，他才注意到自己的处境，为什么坐在这个房间里？他又不是病人，如果轮到他，走到医生面前，那可怎么办？另外，这诊所里都是些什么医生，他只知道有内科、外科、眼科、还有耳鼻喉科！

他左右张望不知怎么办好。问旁边的人保不定会引起一场笑话。这个病人真怪，说来看病，又不知医生是哪科的？他想最好的办法还是不说话。从现在起到号到前，总会有办法的。一进诊室只要看看那些医疗器械，不就知道是哪科的了吗。因此，这么等着可不会有什么坏处。

可是有一个想法又闯进了他的记忆，他来可不是为了瞧病的。医生、诊所、器械和他毫不相干，赛尼娅和女仆在哪儿？她们上哪儿去了呢？他突然站起身来，引起了人们的注意，可他已经管不了这么多了，便径自走出门口，来到大厅，东张西望着。女诊室的门敞开着，他迅速从门边掠过，又返回来，站着打量着每一张面孔，似乎他的什么亲戚也在这儿候诊。他的眼睛终于遇上了赛尼娅的目光，她也亲切地看着他呢！但一下子又带着甜丝丝娇羞的神情，把一对黑亮亮的眼珠看向地板。穆斯塔法立刻脸红过耳，忙回到男子候诊室里，低头坐在老地方，少女的顾盼把他吓呆了！

毫无疑问，她认出了他，意识到了他的存在，否则这奇怪的一瞥又意味着什么呢？是的，她开始向他回眸了，他完全察觉到这一点！现在他才感到他们确有关系，那迷人的双眼中射出的、穿透心房的光芒，就是比铁链更坚强的联系！今天，跟着她来，可太好了。今后任她走到天涯海角，他都要跟着。可是他不清楚，她是初诊还是早就来过，这么说她病了？亲爱的人真可怜！她生什么病，哪儿疼呢？难道他能明知她有痛苦，却不为之感到难过吗？不行！他和她一样觉得不舒服，一样是个病人。只要和她生一样的病，一样是个病人，他就心满意足了。可是，她是为什么病的呢？这可是个难题！不过事情也很简单：只要弄清她在哪科诊室不就行了嘛。

正当他苦思冥想时，一个患者用手帕托着下巴和肿胀的脸踅了进来。这一下穆斯塔法立刻恍然大悟，安拉帮助解决了疑难：他身处牙科诊室里。赞美安拉吧！这是个牙科医生！现在总算一块石头落了地。牙，每个人都很注意自己的牙齿，那些娇生惯养、讲究生活的人，哪个不找牙医，经常来检查牙齿。啊，能在这个诊所里见到她，该有多么幸福！他何不也治治自己的牙呢？边想边用手指探进嘴里，检查摸索着，看有没有哪颗牙齿出了毛病。最后，发现唯一那颗智齿有那么一丁儿点疼，按他现在的说法——吃点儿喝点儿凉东西就生疼。等了一会儿，还没轮到穆斯塔法，这时护士进来，告诉他再耐心等一下，看完那个女的就轮到你了。

穆斯塔法立刻站起身来，朝大厅走去，迅速向候诊室里方才赛尼娅的座位扫了一眼，她不在。他想，准在候诊室里，要不就是在他没注意时，就已经出去了。不过，他一点儿也没有不安，也不难过，反正以后经常会在这里和她见面的！没一会儿，护士来叫他进去，这倒使他感到奇怪了：怎么没见有人从医生那儿出来呢？护士告诉他，诊室里还有一个门直通楼梯。

他走进诊室，一位头发斑白，身披夏布大挂的人接待了他，无疑这是医生了。医生迅速地回答了他的问题，示意他坐在治疗椅上。穆斯塔法努力想说清哪颗牙痛，可医生不等他说完，就让他张大嘴巴，拿起牙钳，一个个牙轮着抠过来。一会儿医生直起腰，告诉这个新“病人”，起码有十二颗牙齿有毛病。安拉晓得他怎么会，又是从哪儿发现这十二颗牙齿的！穆斯塔法想着法儿，企图说服医生他的牙齿颗颗都很健康，这些年只用来咬嚼的话一点儿问题都没有，现在就是智齿有点痛，但也不厉害。可是话都随着风不知飘到哪里去了。最后，他不得不俯首听命。只见医生挽起袖子，开动电钻，不管好牙、坏齿，统统试了一遍！

电钻停了，医生把病人带到桌子前面，写了张条子，先付多少，后付多少，再定下复诊时间。复诊，可是穆斯塔法最关键的问题。时间必须和赛尼娅的完全一致，否则还有什么意思呢？可是，该怎么办呢？他不知道赛尼娅的时间，难道能对医生说：我想定在和某某女士同样的时间。他不知怎么办好。医生提出了几个时间，但他都借口脱不开身，迟疑不决地拒绝了，最后，他想要不订下午三点，赛尼娅今天不就是三点来的吗？至于日子，他想赛尼娅下次可能是预约在后天，哪能接连两天都来治牙的。想到这儿，他立刻要求后天下午三点钟。医生停下来，翻了一下记录本，抬起头来，对穆斯塔法说：后天下午三点不行，因为他来之前刚刚离开的女士定了后天下午三点。她已治了两个月，后天是最后一次。他建议穆斯塔法像今天这样在她后面三点半来，这次以后便可以三点来了。

“她结束了？唉，真倒霉！她两个月前就来了，难道我今天是专为顶她的位置而来的吗？”

穆斯塔法的心抽动了。这么说，他再也不可能在诊室里见到她，她的牙齿后天就看完，今天算最后的时候。他竭力控制自己，不叫出声来：

“就是那个女仆陪着的小姐吗？”

医生奇怪地抬头看着他，点点头。

穆斯塔法自言自语地咕哝道：

“她的疗程结束了？怎么结束的呢？”

医生微笑地纠正他：

“后天是最后一次。”

付了诊费，穆斯塔法愁眉苦脸，抓起复诊预约纸，疯子一样跑了出去。自忖道：为什么要定这个日子？……为什么还要来？她不来了，他还来干什么？

刚到楼梯口，背后传来医生的声音，他站在诊室门口，嘱咐他从现在起就不要吃烫的、冷的或硬的东西。咀嚼时要注意，不要碰了锌片。最好只吃流食：稀饭、牛奶什么的，或是把新鲜的面包心泡在汤里吃……

穆斯塔法气坏了，愤愤地走下楼梯：“这就是我今天的收获——敲断了自己的牙齿！”

第十八章

穆斯塔法垂头丧气、情绪低落地回到住所，头脑里不停地思考着：两个月前，她就去治牙了，他怎么不知道？等他发觉已经是最后一次了，以后不再去了！倒不如不知道，他总是这样，失之交臂后才发现。

现在怎么才能见她呢？牙医那里倒是个好机会，近在身旁，陪她来回走走，那多美！可现在这办法是不行了。怎么办呢？等着她在阳台上出现，可太没把握了。

从就寝到清晨醒来，他一直失望地考虑着：明天是她最后一次去牙科医生诊所，不管怎么说，明天在那里还有一次机会可以看到她。

要不是钻出另一个想法，他本来应该比较踏实的：见一面有什么意思，之后将是无限期的分离。

他的心里升腾起一股奇怪的感情：失望中的攫取！他立时下定决心，明天做出一番大胆的举动。明天的复诊是环境赋予他的最后一次机会，他必须珍惜，是呀，难道还能有其他地方让他亲近她吗？把明天的机会放跑了，那一切希望都完了。抓住这最后的一天，不计后果地发出失意者的最后一击！

他立刻走到案前，拿出纸笔，不停地写呀，写的。汗越流写得越快，仿佛词和句就是和汗一起涌流而出的。熬了大半夜，他聚精会神地伏案疾书，可是一经检查似乎又不是自己想写的东西，原本想写别的，比那多得多的，知道并感觉到的、在胸中翻腾着的东西。可这些却一点儿也没有落在纸上。最后，由于极度的疲劳和一遍又一遍的检查竟使他违心地把那一字未改的信稿塞进一个洁白的信封，他自己睁着一双熬红的眼睛带着亢奋的激情向床铺走去。

清晨起身，第一件事就是拿起昨晚的长信，从头读到尾，愣了一阵，一下子把它撕得粉碎，扔进厨房的垃圾桶里。

理智同清晨一起复苏了，他发现感情几乎毁了自己，为什么要给姑娘写这种话呢？写给她的这些纸片当真吗？展示了自己对她的部分真情这是对的，可是对她，还有那一切，又有什么用呢？也许看完了信，她不会骂，但暗自思索：这个男子想从我这儿得到什么呢？他写这几页情深意浓的信想要些什么呢？

他爱她！无法想象生活中怎能没有了她的形象。正如他说的：好，和她结婚吧。替代这封长信的，应该亲自到她父亲跟前，或者派一个亲友，到她母亲那里求婚。谁合适呢？他有个照顾他的舅妈，舅舅自然担起了父亲的责任。后来他又考虑了自己的经济和婚后的生活。在开罗为她找一处合适的住宅好呢，还是结清自己在麦哈莱·库布拉的事务？一旦在开罗找不到工作又该怎么办？他的社会地位是什么？她能看中这个待业的人吗？可是，为什么要为工作操心呢，像他这样的人还愁找不到工作？目前关键是要走正路，向她家里求亲，不要写这些空洞无用的信！以上就是理智对他的指导，早晨十点钟的理智。十点钟，生活的嘈杂以及不断更新的物质力量的活跃正使万物顺服于物质逻辑的影响！

可是，一到中午，尼罗河畔的轻风夹着太阳的热浪，活动略为收敛，人们眯缝着眼，躺在树荫下，望着那千奇百怪做波形抖动跳跃的光线，开始沉入幻想。这时，万物重又落进了感情的圈子里，穆斯塔法后悔不该撕了信。他看看手表，赛尼娅上诊所的时间马上就到。这是最后一次机会，今天也是可以在那里见到她的最后时刻！为了难逢的良机，他做了些什么准备？在如此重要的一分钟里，他怎么能懒惰犹豫、缺乏决心呢？

可是，他又回到了另一种感情逻辑中，他不由自主地走到桌边，拿起了笔和纸……一想起早晨的事，他迟疑了，可马上又说服自己：不能写昨天那种洋洋几大张的信，只用两个字、两行……让她明白他对她的一片真情。可是又觉得写信去她们家求婚似乎无甚帮助，又犹豫了一会儿，最后才下定决心动笔。

是的，他要去求婚，如果安拉意欲，就和她结婚。可是这些并不妨碍她读他的信！他迫切需要向她表白自己的感情，尽快了解她对这件事情的态度！现在症结并不完全如思维所说的：一切都是通过直接的途经达到至臻的物质要求，还有感情和心的问题。心只有在知道了是否有相互的情感时，它才肯踏实。退一步说，只有当它倾诉了一切，有了答复，才肯宁静下来。穆斯塔法感到心里的这种需要，甚至设想在求亲成功、婚事已定的情况下，他仍然渴望了解她对此件事的意见和看法。只有达到了这个目的，穆斯塔法才算完全满足。他意识到思维的逻辑不同于心的逻辑，两者都是正确的，也都是重要的。他在纸上迅速地写了几行，塞到信封里。叫仆人端来午饭，匆匆吃过，便到咖啡馆去坐等姑娘和女仆了。

时钟刚刚敲过三点，女仆准时在门口出现，穆斯塔法的心猛跳，准备站起。只见女仆一人走到街上，截住一辆马车。没过多久，赛尼娅出来，朝车子走去。她跨上车厢，向咖啡馆扫了一眼，看见了穆斯塔法才上车。女仆也紧紧跟着上去，车子便绝尘而去。

穆斯塔法大吃一惊，呆呆地站在那里。首先他以为她们还将像上次一样，乘电车，而没料到又蹦出了一辆马车。其次是那一扫的威力。若不是面纱挡住了嘴，看到她脸上的笑容是毫无疑问的。奇怪的是他理解了眼睛里的微笑——一种奇怪的微笑，那是愉快、逗趣和深情的混合体。她开始意识到他的存在，也引起了她的注意。穆斯塔法高兴极了。一会儿马车已到视线之外，他突然明白过来，怕跟不上她，便飞跑着去找车，可他忽然想起自己知道她的去向，不觉又平静了一些，可还是怕晚得太多，所以也叫了一辆车，一路上脑子里一直想着她那一瞥和今天雇车的事。

是呀，今天为什么要雇车呢，是不是因为发觉了他在电车上盯着她？也许今天出门晚了，要不前天坐电车是偶然的，要不是为了节省时间……不过这些问题是件小事，无需冥思苦想，她坐趟车也不值得大惊小怪的，一个女人雇辆车子又怎么了?

一路上他胡思乱想着，不觉到了诊所的楼前。下了车，急忙上楼。

进门第一件事就是看看前天赛尼娅坐的位子上有没有人！好像她只能坐在这个地方似的。没有！他心一颤，失望地朝另一头看看，啊，她正坐在女仆身旁。见到他，赛尼娅羞红了脸；他呢，立刻向男宾候诊室走去，等待着，琢磨怎样把信交给她。

终于有了一个好主意：请护士把在妇女候诊室里陪着小姐的女仆叫出来，把信交给她，转给赛尼娅，这会让人觉得，信可能是医生给的。可是万一赛尼娅问护士谁找她的女仆，那他可要傻眼了。另外马上轮到她看牙了，医生还有必要给她写封信吗？如果让护士直接把信交给赛尼娅，那可要引起护士的怀疑了，赛尼娅和他都可能成为流言蜚语的牺牲品！看来这个大字不识的女佣是最好的红娘了，不过怎么把她叫出来呢？……

想来想去始终没有一个好办法，穆斯塔法真担心这么犹豫不决，下不了决心最后会坐失良机。如果现在轮到赛尼娅，她和女佣一走进诊室，看完了再从另一个门出去，那可就什么都完了！想到这里，他猛地站起身来，不管周围的人怎么看他，按着刚才的想法，叫来大厅里的女护士，指名让她把妇女候诊室里的那个女佣叫来……护士立刻过去，远远地示意让她过来。女仆犹豫地望望主人，女主人对她说：

“布哈依台阿姨，你过去看看，护士叫你干什么？”

布哈依台走到护士身边，护士默默地拉着她的手。把她送到穆斯塔法跟前，青年人喘了一口粗气，把她叫到一边，从怀里掏出信，递给她说：

“马上给你的主人！”

他觉得这种情况下，言简意赅远胜繁文缛节。

女仆接过信，答道：

“是，先生！”

她并没想到问问，这位先生是谁！

一见她拿着信向赛尼娅走去，穆斯塔法的心立刻欢快地搏击着胸膛，他觉得自己得到了企求的一切，现在需要立刻离开诊所。他觉得周围仿佛被幻想的羽翼托着，脚不点地地出了大门，兴冲冲地走在阿布杜勒·阿齐兹大街上。在牙科医生那挂的号早就抛到九霄云外去了。

第十九章

穆赫辛的成绩一天不如一天，班级老师始终觉得是个谜。经过一段时间观察，大家一致认为除非出现奇迹，他今年说什么也不能及格了。几个叔叔见他面色苍白，少言寡语，怪可怜他的，硬把他拉出去散散心，解闷。可是谁也不敢先开口讲话，都默默地在他身边，阿布杜似乎也被传染了，他和穆赫辛一样，不让身旁的人多讲话，尤其不能容忍谁提到赛尼娅的名字。前不久，栽娜卜每从窗子里看到点儿什么，或是刺探到来自隔壁的一鳞半爪的消息，都乘大家在桌上的时候一桩桩抖出来。可是只要阿布杜在就绝对禁止她发言，使她不得不把话压在肚子里，特别是大家都在家的时候更不行了。于是家里把人憋得透不过气来，像是座坟墓，一个个人都成了幽灵，默默进来，又一声不响出去。起初哈奈菲和麦布鲁克烦透了。是啊，哈奈菲有什么过错？如果其他人沉默都有其因，那么，有什么理由把他随同大家一起埋葬呢？为了让大家高兴起来，他总想方设法找话说，逗笑，可是谁也不听他的，没人觉得他的话有多大风趣，无可奈何，他也只得装哑巴了。

穆赫辛实在是太伤心了，他影响了周围的人。路上，只要听到哪个屋子里传来钢琴的声音，他便脸色大变，黄一阵，青一阵，心头狂跳，步履踉跄。他怎么也稳不住劲了，无法掩饰那突然袭来的痛苦。

逝去的岁月不再复返。在那些日子里他听着琴声，赛尼娅在身边，用那纤细的手把着他的手教他熟悉琴键。他教唱时，她凝神倾听，惊喜地凝视着他的脸。他曾唱道：

你的身躯像柔枝轻荡，
这比喻没有丝毫夸张。
你的面颊红云飞舞，
是百花众仙的女王。
爱情充满愁苦和忧伤，
心儿啊，千万要提防。
只有那拒绝和遗弃，
才是对冒险者的赐赏。

往日的幻影浮现在少年眼前，他不禁停下脚步，失声痛哭，愤愤地对心说道：

爱情充满愁苦和忧伤，
心儿啊，千万要提防。
只有那拒绝和遗弃，
才是对冒险者的赐赏。

是的！在那些逝去的幸福的日子里，他当着她的面，笑着说出上面这番话，所以能笑，不过把它当成唱的歌谣，歌词里的劝诫和警告仅仅是歌词而已。可是哪里知道，过去的一切竟如此迅速地消失了！难道这就是他所期待的吗？……

心啊，你爱恋了，却又追悔莫及地回来了。

“你现在倾诉衷肠，却不见有谁禁止。”

这不也是歌词中的话吗！

是的，“你现在倾诉衷肠，却不见有人禁止”。他甚至不能诉苦！她能前来谛听这些苦衷吗？不会，也根本不可能！向同屋的几个人说吧，或许能减轻些痛苦，但他不允许自己这样做，说了又有什么用呢？

阿布杜和赛里姆常陪着他，这三颗心真是心心相印。凭直觉他觉得赛里姆害怕先对他启齿，或找机会跟他说这件事。穆赫辛则宁可不谈。不过两人若是看到一个穿着绿衫的女子，或听到钢琴声，或提起电线，都同样觉得周身战栗这正是他们彼此谅解的唯一的语言。

奇怪的是赛里姆竟完全变成另一个人了，仿佛穆赫辛那圣火炽燃的心足以充塞赛里姆的心，可以填补阿布杜的空虚。赛里姆本来不会如此无情，他和赛尼娅的关系还不至于让他变得这样。如果他一个人待在像塞得港那样的地方，发生了类似的事，他绝不会如此伤心。那么，是传染？是幻觉？抑或是一种启示？难道心真是一个强大无比的源泉？一颗伟大的、仁慈的心竟能给无数其他的心带来启示？

就这样，阿布杜和赛里姆先是惊奇、激动，继而愁欢与共。一见穆赫辛终日落落寡欢，觉得与自己正是风雨同舟，但自己已摆脱了初期的感情，于是尽量来宽慰他，给予他最大的同情。

日子一天天过去了，在穆赫辛身边的生活，分担着甜蜜的忧伤，扼杀了他们两人对赛尼娅和穆斯塔法的任何邪念和仇恨。更有趣的是赛尼娅在赛里姆的眼里也起了变化，他忘却了那个物质的女人：身姿袅娜、乳房高耸。所剩下的只是一个众生为之受苦的崇拜者的意味深长的名字！他们只能眼睁睁看着这个激动的少年为她深受的折磨，寄予少年无限的同情。

确实如此，如果此时此刻穆赫辛尚能记起庄园里一天看到农民们备受艰辛痛苦，但却为了他们的崇拜——一堆堆高高垛起的崇拜物歌唱着，这崇拜的奴隶们，扛着锄镰，赤裸着因冷热、劳动、暴虐而生疮脓肿的脚掌和身体，那他一定能想起一个自己崇拜的，一个让他战栗的思想出现了：他虽不具有这些农民的血统，是否也同样能为自己崇拜的受苦受难？

虽然出了这种事，但穆赫辛说什么也无法将庄园中收到的那封信从思想上抹掉。直到今天，他仍然牢记在心，完全不能设想这封信根本不是出自赛尼娅之手，她会一点儿也不知道；也不能相信活生生的事实已经摧毁了修筑在这封信上的幻觉和臆想。幻觉有时也能强过真理。所以，他总独自捧着那封信，念了又想，一遍又一遍读着他自遂其意的句子，听凭幻想把字里行间的意思自圆其说。他确实记起了栽娜卜说过信是由赛依黛法院前一个瞎子代笔的，可他怎么也舍不得撕了它。相反，信一直保存得很好，话也记得很牢。在他看来，幻想，连续不断的幻想，赋予他真理的力量，要不就是梦幻变成了信仰。只有当理智摧毁了感情，真理才能击败信仰。

这天，穆赫辛像往常一样，躲在低垂的蚊帐下的床上，小心翼翼地从信封里掏出信纸逐字逐句地看着，赛里姆见了，憋不住久待的欢乐大叫道：

“信？她来的信？”

穆赫辛吃惊地抬起头来，本能地想把信藏起来。一旁躺着的名誉家长哈奈菲刚想睡上一觉，解解心头那本不属于他的愁闷，一听到这久违的欢乐的喊声，意识到令人喜悦宽解的时刻来到了，他马上掀开被子，坐起身来，热情地喊道：

“跟我说说，什么好消息？”

赛里姆急忙奔出卧室，到处找阿布杜，一面大声喊叫。

家里顿时一片喧哗，栽娜卜要是看见这番景象，准会对这凝结的空气中突然出现的翻天覆地的变化感到诧异的。生命又回来了！不巧的是事后按她的说法，她正由麦布鲁克陪着去看什么人了。可能确实出去了——为了发泄满腔扑不灭的愤怒，散布有关情敌的流言蜚语！也可能在撒谎！她让麦布鲁克陪着去找什么笨蛋的高明法术去了。

阿布杜正在客厅的画板前，一会儿画几笔，一会儿又烦躁地抛开画笔，他厌烦家里窒息的空气，一听到赛里姆的喊声，他的脸色大变，急忙过去打听出了什么事。

不消多长时间，屋里人都用期待的目光围着穆赫辛，脸上挂着激动的、希望的微笑。

这回，他再不能不说话了，他们的希望和欢乐产生了作用，他犹豫了一下，在枕头下面摸出一封信。信绝不是刚收到的，可是他们一定会想这是新的，这样非使大家感到失望不可，但是他还是把信拿了出来。打现在起他再不能不说话疏远大家了。他要和大家共享这保存下来的这一点点儿赛尼娅的“遗迹”。他交出了信。赛里姆接过来，摊在阿布杜面前，两人读了起来。穆赫辛一旁注意他们脸上的表情。最后两人深感失望，默默地把信还了回去。忐忑不安的少年听见阿布杜在嘟哝：

“这不是栽娜卜写的那封吗？”

赛里姆盯着穆赫辛，奇怪他为什么要看这样的信。

小伙子低下头，轻轻地说：

“这是她写的！”

赛里姆也低声亲切地问：

“哪个她？赛尼娅吗？”

穆赫辛点点头。赛里姆拿起信，准备再看一遍，阿布杜从赛里姆的肩上望过去，也准备重读一遍。穆赫辛给他们点出信中的关键句子，按照自己的理解，解释内在的含意。可是赛里姆读完后，跟穆赫辛的解释作了一番比较，他失望地低声说道：

“不，不对，这不是她的意思。”

可怜的少年的脸色霎时变得蜡黄，阿布杜用胳膊肘捅捅赛里姆，急忙说：

“她就是这个意见，再好好看看你就明白了！”

然后阿布杜转向穆赫辛，和蔼地问道：

“你从老家回来后，再没见过她吗？”

穆赫辛马上接口道：

“没有！”

穆赫辛这才想起，尽管她催他，焦急地盼他回来，可是从乡下回来后，他还没上她家去过，还没有见过她一面呢。这不，她的信，她的话明摆着她是如何地等着他吗？

这一闪念带来了一线希望和力量。是的，是他错了，他不曾直截了当上她那里去，违背了她的嘱托，亏待了她。

想到这里，他的情绪益发高涨，不住口地说起她，把回家前他俩之间的细节都坦白了：他捡走了那块手帕，她拿了给他擦干眼泪，重又送还他手里，至今他还珍藏着。说着，急急忙忙把这块绸帕拿给大家看。赛里姆一下接过来，向哈奈菲挥动着，高兴地叫道：

“真是先知的情人！”

哈奈菲赶快摸眼镜，想看清赛里姆拿的是什么。

赛里姆把手帕送到他眼前：

“她的手帕！我们这儿有她的手帕！”

“家长”毕恭毕敬地站起来，装着威严的腔调说：

“安拉至大，是她的手帕！”

他仰面朝天，亲着自己的手心手背，说道：

“赞美安拉吧，给我们带来了这么多的恩惠，难道我们的希望被夺走了吗？”

赛里姆把手帕递给阿布杜，让他仔细看看，然后兴致勃勃地说：

“她早和我们说了：‘快过来，别走了。’”

哈奈菲也立刻喊道：

“我们错了。”

这个名誉家长用力把小帽压到耳根，两手叉腰，又跳又唱：

“她的手帕在我们这儿，我们有了她的手帕，先生，她的手帕，美人的手帕，好人的手帕。”

阿布杜真担心家长的一出滑稽戏会把好事弄成一场玩笑收场，不由得喝住他不要胡闹。其实哈奈菲根本无意嘲讽，这是一种压抑的欢乐，家里长时间郁积的沉默和不快，迫使他不得不和大家一样，抑制着自己的欢乐和本性，今天当他知道生活又走上正轨，便忍不住尽情放开身心，怎么也安静不下来，阿布杜只得又喊一声：

“行行好吧，够了！”

哈奈菲不唱了，他靠近阿布杜，喜不自胜地说：

"她说了:'快过来，别走开!'"

赛里姆突然想起什么，走到大家跟前：

"嘘，都听我说，我有个建议!"

众人异口同声地问：

"什么?……"

赛里姆慢慢地说：

"我建议让穆赫辛走一趟，你们看怎么样?"

一致通过!

穆赫辛瞧着眼前发生的一切,对"我们这儿有她的手绢""她说过:'快过来，别走开!'"这两句话特别感到高兴。为"我们"替代了"我"而激动万分，为自己的私有财产如今转为集体所有，为把希望和欢乐注入了同伴心中而兴奋不已。从那一时刻开始,他发觉应该对这些人的快乐负责。为了他们,他是无畏的。同伴得不到的,他绝不独享。他更乐于去见赛尼娅,说不定还能带回一点儿让大家愉快的消息呢!

第二十章

赛依黛清真寺下午礼拜的宣礼声传进赛尼娅耳中。从中午起，她就把自己关在房里，睁大眼睛，琢磨昨天诊所里从女仆手中接过来的那封信……一触到信皮，她立刻意识到这出自谁的手，心脏不禁怦怦跳起来。她强作镇定，接过来揣在胸前。直到晚上，进了自己的房间，掩上门，才动手拆开。屏住呼吸读，胸脯不住起伏。一遍看完了，她情不自禁地把信举到唇边，吻了又吻，热泪一直滚到嘴角。这一夜，是睡，还是没睡……她也弄不清，反正处在一种从未经历过的状态。清晨第一件事，就是再读一遍信。午饭后，她又一个人在屋里，关紧房门，摊开信纸，仔细地盯着有数的几行字，正是这么几行字，旦夕间给了她有生以来最美好的幸福！

信十分简单：

女士：

不揣冒昧，我不得不这样做。近一个月来，我生命的缰绳已经滑进另一只手里，我不再是主宰自身事物的唯一的人。今天我斗胆写信给你，只想探询主宰我欢乐、不幸、也许是我未来命运的那个人的意见。我十分珍惜你的意见，因为我不愿做一个自私自利的人，也因为我爱你是如此的深，以至宁可含辛茹苦，也不愿遭到你的拒绝。

请接受我的敬意！

你忠诚的穆斯塔法·拉吉

塞拉麦街35号二层

这个人的话想必不至于骗人，因为她也有同感：她的生命也不再是她个人的财产，同样也有一个人变成了她生活中欢乐、悲愁的控制者。说也怪，信里的话，竟完全是她感情的翻版，仿佛正是要来表达她心中的思绪，难道这还不能证实他感情的真挚？难道这不正像人们所说的心心相通吗？想到这里，她不禁高兴地低念了一句：

“对，心心相通！”

现在只剩下一件为难的事了。

她该做些什么？怎么办？提笔写封回信吗？尽管已经对他十分信任，也表示心悦诚服，一想到他就产生幸福和欢乐感，可是，像她这样一个深闺幽居，出自名门的千金怎能贸然给一个陌生男子写信呢？

她又看着手中的信，清早就在思考的问题始终找不到一个答案。她看了这一句“我十分珍惜你的意见”，上面一行写着：“我只想探询主宰我欢乐……的那个人的意见！”低头沉思片刻，赛尼娅把信放在椅子上，站起身走到镜子前面，望着自己那绯红的双颊。激荡的心绪和长时间的思考竟把面孔烧得通红。她心满意足地笑了，自信地对着镜中的形象自语道：穆斯塔法等着我的意见呢，他有权知道，这是他的权利之一。心灵的逻辑又一次获得了胜利。可是脑子里又冒出另一个想法：能和他当面谈谈就好了。至少也应该暗示一个意味着总的心意的微笑或眼色。他离她非常之近，真是巧到了极点，他的小阳台和她卧室的前窗紧挨着，她以前怎么没想到呢，实在太粗心大意了！

她急转身，走到窗子前面，打开窗子证实一下究竟有多远。一点儿不错，太近了，才两米左右，因为她的房间正好位于大楼最末一排，紧挨着邻家。啊，太叫人高兴了！这么说，根本就不需要什么木阳台，也不用时不时地到琴房去，招致父母的注意。简直是瞎了眼，以前怎么就不知道自己的窗口处在如此优良的位置呢？在木阳台上确实可以直接看到咖啡馆里，可是现在，她跟咖啡馆里还有什么关系呢。她可以从自家的窗子里示意他上小阳台。说实在的，打搬来后，他还从未上过阳台呢，那时候，她就可以留在自己的房间里，在静静的夜色里和他说话了，相隔才两米。

正当她沉浸在这美妙的幻景里，传来一阵敲门的声音，她赶快关好窗子，打开门，佣人白希台站着，她报告说穆赫辛正在琴房里，本想见太太，可是太太正在做礼拜，便要求见见小姐。

赛尼娅一愣，不高兴地说：

"穆赫辛？！"

她沉吟了一会儿，抬眼看着仆人，仿佛在问：他干什么来的。后来，她还是拖着步子慢吞吞地向琴房走去。

穆赫辛坐在一张单人靠椅里，不知想了多少个赛尼娅出现的情景，这时听着那越移越近的脚步声，想到马上要见面，脸红一阵，黄一阵，心里七上八下，不知是什么滋味。但有一点他没有忘记：把今天来以前在头脑里酝酿多日的至关重要的话一股脑儿都告诉她。

突然，他觉得窸窣的裙裾声到了门口，不由得身子一颤，瞬间，脸色苍白，坐立不安，口干舌僵。赛尼娅站在门槛上，冷冷地狐疑地看着他，但她很快便走了过来，怕是不愿见他这副窘相。她先伸出手，佯作亲热地问了好：

"穆赫辛，你好！"

他低头，不断地咽着唾沫：

"安拉保你平安！"

他不往下说了，赛尼娅仍在奇怪他蓦然造访的目的，等着他解释，当然也没启口。沉默得太久了，她觉得等对方先张口是毫无希望的，才主动问道：

"听说你姑姑的事了吗？"

穆赫辛早就料到会有这个提问，事先做了充分的准备，话已经在口边，于是结结巴巴地说了几句：他和全家人对栽娜卜以如此无礼的态度对待赛尼娅深感气愤……不过，他没有错，赛尼娅干吗要拿姑姑的过错来责备他呢？……听完他的话，赛尼娅接着便回他：

“穆赫辛，谁跟你说我生你气了？”

就这一句话，解开了穆赫辛心头的疑窦，他稍稍定心，羞涩和恐惧感也随之有了不同程度的减轻。为了求得更为宽慰的理解，他又扩大了一些解释的范围，颤声道：

“真的没生我气？我还能像过去一样，像回家前一样在你身边？”

赛妮娅有些急了：

“当然啦，你有什么不可以呀？”

可是穆赫辛没有细听她的回答，以孩子般的激情开始叙述旅途的一切：如何苦苦地等她的信，怎么回的开罗，又急切地想见她一面，但一肚子的恐惧又使他不敢贸然前来，这种不吉利的思想搅得他总觉得她已经把他忘得精光，再不想见他了。还有那不在她身边苦挨的黑暗日子……说来说去，却始终不敢提及穆斯塔法一个字以及他在这次事件中所起的作用。赛尼娅心不在焉地低头听着。他又说起离别的痛苦和那块使他们全家兴奋不已的手帕。提到手帕，穆赫辛不由自主地将手探进衣袋，摸着一叠诗稿和信笺。从下决心来看赛尼娅那天起，他像迷了心窍，整天在公园里，在公共场所和尼罗河畔，失望中怀着一线甜蜜的希望，不断地写着。他有诗歌的天才，早在不同场合下创作了许多抒情诗和长短格律诗歌，在这占据他全部身心的环境下更不用说了，今天来以前，他打定主意要把这些日子里笔下流露的心声当面交给她，让她明白一颗赤诚的心里孕育着的一切。

小伙子说完了，满脸通红，口干舌燥，望着她，满怀希望等她说些什么。可她却说不出来，也许实在无话可说……沉默的气氛显得很尴尬，她烦躁地站起来：

“穆赫辛，你别说了，我绝对没有生你的气！”

滔滔一席话的唯一回答就是这些，穆赫辛感到意外，但仍旧默默地期待着，希望她能讲下去。

可是她再也没有启口。又坐了一会儿，赛尼娅不安地看看依然低着头等待的穆赫辛，终于半欠起身子，大有送客的意思：

“不管怎么说，我谢谢你，请相信，我绝对没有生你的气！”

小伙子失望了，他睁开眼睛面对这可怕的事实，又像一切沮丧的人一样，又闭上，妄图抓住那不可企及的东西，哀求道：

“还记得钢琴课吗？”

赛尼娅在椅子里动了动，没精打采地说：

“当然忘不了的。”

小伙子忍耐着：

“可我都忘了，请你补补课！”

赛尼娅低头不语，穆斯塔法的形象出现在眼前。她现在这样忙，生命的每一分钟只能花在他的身上，用于对他的记忆……想到这里，不觉怒从心起，冷冷地说：

“我没时间。”

穆赫辛仍然忍着，打起精神又问了一句：

“你不愿意我再来吗？”

半晌，她才又重复刚才的话：

“穆赫辛，我现在忙呀……”

穆赫辛气馁了，浑身流汗，眼前的世界顿时漆黑，他绝望地问道：

“那么，今天我是最后一次到你家来，也是我最后一次见你！”

他再也控制不住自己，泪水夺眶而出，放声大哭着，赛尼娅看着他，听他不停地抽泣，便扭过头，佯装不见。后来哭声越来越大，她站起身，犹豫片刻，对着他用那不愉快的、干涩的声调问道：

“你怎么了？你是孩子吗？张嘴就哭，你早不是个哭哭啼啼的孩子了。”

穆赫辛实在控制不住自己的感情，依然不停地哽咽、抽泣、断断续续地恳求今后能见一面。是呀，只要能在她身边（本来就在她身边）生活，穆赫辛已别无他求，她愿意爱穆斯塔法，爱谁都行，他保证不会成为她幸福的障碍，赛尼娅的幸福就是他的幸福。难道允许见一面的要求还过分吗？见一面又不需要付出一丁点儿代价，要知道赛尼娅可是他的全部生命啊。

就这样，他的嘴唇在沮丧中翕合，不自觉地吐出了这一连串掺杂着泪水的话。赛尼娅发现简直无法打住他，便任他自说自话发着梦呓，自己径自走到阳台上，打开窗子，不理会他在说什么。

穆赫辛说累了，抬起头来，发现那位——以为起码也能耐心听一听他的话的人，正涨红了脸往后退，一脸迷人的微笑，不用说这媚笑是给谁的了。

他顿时发现面前的女子已经不是原来的赛尼娅了。赛尼娅关上窗子时高兴得丰满的胸脯还在起伏。她转过身，一眼看到满脸眼泪鼻涕的穆赫辛，心里有说不出的烦躁，皱着眉头问道：

“你还在这儿哭？到这儿来就为了哭？”

穆赫辛站了起来，他觉得该走了，事情已经无可挽回了。赛尼娅过来平静地问他：

“回家吗？”

他竭尽全力不露出慌张的神情：

“是的，回家！”

可他没移步，像一尊塑像似的挺立在那里，赛尼娅怕他因告别重又哭起来，再说个没完，就突然离开他，慢慢往前走，想把他带到门口，可是她领走了一个幻影，穆赫辛仍然没动。

她停在门口等着，穆赫辛如梦初醒，明白了自己目前的身份和处境。她正不露声色地叫他呢，不，是半公开地请他走呢。她正高兴地等在那儿，是在催他。既然如此，还等什么呢？还有什么可以阻止他立刻离开的呢？她不正盼着他快走吗？这个事实他早已有所察觉，但总掩盖着，不断欺骗着自己的心，捂住自己的眼，今天已经昭然若揭，事实赤裸裸地摆在眼前，无法再掩饰，再不能故意制造错觉了。她不仅现在不爱他，应该说，从不曾爱过他。以前她曾亲昵地和他相处，那是欺骗！她和别的姑娘一样，生来就是爱挑逗，愿意找人开心。眼下她醉心于爱情，竟这么快就把过去统统抛到九霄云外了。女人一旦坠入情网，无不以她的恋爱史作为她生命的开端，而把以前的一切都忘得一干二净。

穆赫辛的年龄尚不足以了解女人这一特点，这一回堪称首次经验。当时他觉得什么都完了，赛尼娅的名字应该永远地从记忆中抹去。可是他仍然站在那里，不知想着什么。她呢，显然在门口站累了，但为了避免引起任何新话题，也默默地等着。她现在真想一个人待在屋子里细细阅读穆斯塔法的信。穆赫辛也实在不走运，偏偏找了她最幸福的一天来看她。这一天，她脑子里、她的全部身心只有穆斯塔法。在这样的日子里，对这个女人，对这个温柔的女人，这个先知的女圣徒只要看到谁破坏她的幸福，就会变得残酷粗暴，这个热爱幸福的女子竟自私到了凶残的程度!

穆赫辛看到她扶着门框，变换着站累的两条腿，更明白了是因为他站在这儿，他的存在惹得她心烦。于是穆赫辛走到门口，默默地把手伸给她，然后又从兜里，掏出那方绸手帕，一声不响地还给她。她一声不吭地接了过去，平静地说：

“谢谢你来看我，我也替妈妈说一声多谢。”

出门前，穆赫辛略显踌躇，最后也不知为什么从衣袋里掏出那叠诗文，递给了她。她诧异地刚接过来，他已头也不回地走下楼梯。啊，此时此刻只有安拉才知道这个少年郁积在心头的秘密!

第二十一章

没多久，穆斯塔法的小阳台发生了翻天覆地的变化，出现了蓬勃的生机。以前，这里终日大门紧闭，从未引起任何人的注意。地上、栏杆上积满尘土。他自己很少在家，几乎想不起家里还有个阳台。仆人只顾忙他的事，也不曾看过一眼。现在，这里可真变了样，一跃成为最重要的地方。门成天敞开着，一盆盆香草鲜花排列成队，而穆斯塔法则像以往在咖啡馆里那样，改在这里打发日子了。

见到了赛尼娅，穆斯塔法可太幸福了！有了这种变化，两人难得有哪天不见面，不说话的，要问，用什么法术制伏了他，使他对这个阳台永世不忘的呢？那是一个夜深人静的日子，他第一次听到赛尼娅回答自己的问候，从窗口送来微笑那天开始的。后来，便是那甜蜜简短的情话。他才知道赛尼娅竟是这么个聪明的姑娘。谈吐风趣，回答巧妙，暗示机智。通过对话，穆斯塔法确信在她身上发现了除美丽的容貌、窈窕的体态外还有的另一种美——难道是灵魂的美？不太清楚！他只知道比以前更爱她了，千倍地爱着她。哪天听不到她的声音，日子就不知如何打发。为此，他总是急不可待地等候着黑夜的降临，让浓重的夜色遮住行人的眼目。

既然情人的眼睛可以彻夜不眠，那么非难者的目光也可以熬个通宵。栽娜卜很快就发现了穆斯塔法阳台上积极开展的活动。按说她要发现这个秘密本不是件难事，穆斯塔法阳台的正上方就是他们客厅的一扇窗子。栽娜卜只消从窗户里往下一看，下面所进行的一切顿时就一目了然，清清楚楚了。

好几天了，她都瞒着大家，深更半夜走进客厅，听着、听着，直到楼下的谈话结束。不过，她看见的总不能永远憋在心里，她很快把这事告诉了麦布鲁克，让他和自己一起察看、鉴定。家里只有麦布鲁克是唯一不反对她的人，经常无条件无争执地接受她的邀请和她一起干。更何况，几天来以穆赫辛为首的家里人对她表现出异样的、可怕的和平静的对抗。事情确实让她害怕，可又不知为什么总觉得不可能和他们挑明看到的这件事!

每当约会时间一到，她就给麦布鲁克使个眼色。两人在窗前各自的位置上进行观察。栽娜卜不时贴在麦布鲁克耳边，指指楼下问他听见了没有。

他摇摇脑袋，像看电影的观众似的聚精会神地看着，不愿谁来打扰。栽娜卜一会儿捅一下，怒气冲冲地捶他的头。

“你这鬼到底瞧见没有？”

栽娜卜越生气，这妒火中烧的女人的邪念就越膨胀，她下决心要给楼下的两个人一个下马威。于是她让麦布鲁克把大小扫帚都拿来。她要打扫窗台，把灰土弄到穆斯塔法身上。仆人很不满：

“谁半夜三更打扫窗台！”

“就要这么干，有谁来呀！”她立刻咆哮起来。

事情的发展远不止打扫窗台,后来竟从窗子里往下面的阳台上扔果皮、菜叶……栽娜卜选中晚上干有两点理由：一是晚上是那两人的约会时间；二是若有人出来反对，她就说是把垃圾倒在路上等清道夫早晨来打扫，她还可以借机抗议。

所以，刚吃完饭，她就提醒麦布鲁克：

“记着，把黄瓜皮收拾了！”

“记着哪，拿它喂鸭子？”仆人挤着眼睛。

当然，这一切手段都为了不让穆斯塔法出阳台门。而最使穆斯塔法恼火的是无法出面反抗。

赛尼娅坚决反对他说一个字。对这种挑衅，她心里很清楚，她觉得对付栽娜卜的最好方法就是不作声，佯装不在意。她也知道栽娜卜是能吵架的一员干将，毫无疑问，她现在正不惜任何代价盼着有人带头大吵一顿呢。何必要遭她侮辱，听她那些胡言乱语呢？既然如此，对她只有一百个忍耐和沉默。

的确，赛尼娅一开始就猜到这种事只有栽娜卜一个人才干得出来，她的兄弟亲戚谁也不会有份，包括穆赫辛，尽管那天她态度很坏，几乎狠着心把他赶出了家门，但他也不会这么做的。

想到这里，赛尼娅突然记起了穆赫辛那天临走时塞给她的一叠纸。东西不知扔在房间的什么地方了，过了这么久，早忘得一干二净。她立刻动手翻找，想看个究竟。

一打开，散落出一张张诗文。她读着，发现自己的名字竟与爱情、崇拜的特征相提并论。她在这个诗人学生的头脑中，在这个少年的心目中已经到了被神化的程度。接着，她又看了几段诸如日记之类的短文，完全是穆赫辛向她倾诉内心痛苦的片段。她不胜惊奇，自己怎么竟以如此粗暴的态度相报呢？他站在她面前失声痛哭，而她却走开了……她又想到自己的爱情，当时怎么可能让他如此卑屈地走了呢？这一切，都是她干出来的吗？她至少还应懂点文雅吧，难道女人一旦恋爱竟连文雅的态度都置于脑后了吗？是的，她虐待了这个少年，这一点绝不能否认，现在只希望发生了的能得以纠正，哪怕安慰一下他也好。她受到了良心的谴责，感到了伤害人的重负。可是，又该怎么办呢？她已经情有所属，再无法分出一丁点儿心思和别的什么人周旋。

于是，虐待、被虐待从心里消失了。穆赫辛连同他的诗文已不复存在了。她走到镜子前面，先看看天，再回头看看床头柜上的闹钟，看还得要多久黑夜才能降临！

十五的圆月高悬中天，时钟敲了十下，家里的人都睡了，周围一片寂静。赛尼娅从长沙发上一跃而起，摸着黑，在衬衫上加上了一件玫瑰色的绸睡袍……匆匆忙忙用双手整理着秀发，向窗口走去。窗子一推开，月光立刻洒到脸上，她吃了一惊，慌忙退回屋里，可马上又高兴了。皎洁的月色倾泻到黑黝黝的角角落落，她再一次毫无惧色地向窗前走去。啊，穆斯塔法在笑！他似乎看见而且明白了她那甜美的憧想的秘密……青年身着宝石色的睡衣，金色的滚边和一头栗色的鬈发在月光下熠熠生辉。美丽的夜色中他拥有的一切都证实了他的富有和美貌。赛尼娅恬静地微笑着，静谧的塞拉麦大街上空，圆月注视着这对情人，照透了她内心的欢乐。她哭了，随着那轻轻的笑声，金石般的皓齿映着月亮分外清亮。仿佛皓月照花了她的眼，她抬手高兴地揉搓着。穆斯塔法双臂搁在栏杆上，目不转睛地盯着，情怀似海，他爱怜地颤声责备道：

“今天迟到了半小时！”

她笑着答道：

“是的！”

“怎么了？”

她狡黠地看着他，笑道：

“怎么了？你愿意我打断你和月亮说悄悄话？”

“什么月亮？”他手指着她的窗子，“我所知道的唯一的月亮就是从这扇窗子里升起来的！”

她羞涩地低下头，笑了。

她像是要说什么，但又明显地突然改了口，急忙说道：

“穆斯塔法，今天晚上真热。”

不知是否是因为她扯上了一个毫无意义的话题，穆斯塔法生气了，他没有回答。不过，赛尼娅的这句话和她每句话一样，在他身上可是有绝对的分量，穆斯塔法望望周围浓重的夜色，空气凝滞，仿佛怕打搅了这里憩静的气氛，而故意屏息凝神。已是三月初了，他仰望着空中悬挂的月亮：

“春天来了！……”

这时，空气轻轻舒了一口气，一阵和风抚弄着赛尼娅的美发，挑起一绺散落在鬓边，掩住了她的一只眼睛。被爱情扯得六神无主的穆斯塔法看呆了，真想扑过去吻吻那只眼睛上的发丝。

久久的相视弄得赛尼娅心神不定，她带着内心的甜美垂下眼睑，但又不安地仰起头，整理着被风儿吹乱的头发，她仰望青碧的天空，柔和娇憨地笑道：

“小说上讲，春天一到，天上就不落雨雪，代替它的是玫瑰和鲜花。”

话音未落，白菜叶、黄瓜皮雨点般地从天而降，打在穆斯塔法头上。

他抬头叫道：

“这不是已经落了？可不是鲜花和玫瑰，却是菜叶和瓜皮。”

赛尼娅忍不住转过头去，咯咯笑了起来。

穆斯塔法刚想冲楼上抛菜叶的窗子发话，忽然想起赛尼娅的警告和劝阻，便转过头，比画着问道：

“这次还是闷声不响？”

赛尼娅把手指放在嘴唇上，示意他别作声。

穆斯塔法嘟囔着：

“好，听你的！”

他突然有了个主意，示意赛尼娅等一会儿，扭头跑进屋里，一会儿，拿着一把伞出来了。他撑开伞，张在头上。

这一举动使赛尼娅又笑了老半天，她费了好大气力，才不让笑声太大了。

栽娜卜捅了捅久站熬夜、哈欠连天的麦布鲁克，叫他看穆斯塔法的花样：

“你瞧，麦布鲁克！这鬼东西又跟我们耍新花招了……”

麦布鲁克仔细看了看：

“看不见头了，是把阳伞。”

“什么阳伞阴伞的，你错了，你看看他在干吗？”

麦布鲁克望望明晃晃的圆月：

“他准是怕太阳晒！”

栽娜卜小声地喝斥道：

“遭你的难，这可是月亮！”

麦布鲁克答道：

“我看都一样。直说了吧，月射病可比日射病更厉害！”

栽娜卜猛地抓起一大块芋头皮准备打穆斯塔法的头：

“麦布鲁克，什么月亮，月射病的？”

轻轻的异样的话声，麦布鲁克立刻转过身来，他看着她，看着她手中的芋头皮，完全明白了她的意思，不由得在心里呼喊着：

“保佑我吧，安拉啊！”

栽娜卜摆开架势要往下扔。可是还死乞白赖地问道：

“什么叫月亮的月射呀？”

仆人立刻恭维她：

“还不是您手里芋头的月亮！”

栽娜卜故作温柔地笑了起来，听了麦布鲁克的话，她高兴极了，信以为真，亲切地看着他说：

“尽胡扯！”

说着，把芋头皮打到穆斯塔法的伞上，问道：

“他能觉出有人向他扔东西吗？”

她把手又伸进身边包垃圾的报纸里，挤着眼，小声说：

“你可别松劲儿，睡着了吗？这里还有满满一包呢！”

仆人立刻答道：

“别忙，你安安心心地去睡觉好了，干吗不去睡呢？”

栽娜卜狐疑地瞧了瞧：

“全靠安拉，这儿的事全托付给你一个人了，叫我去睡觉？”

麦布鲁克马上回答她：

“对，对，一点儿没错！往你肚子里吞一块夏天的西瓜皮吧。以你的名誉起誓，不把这纸里包的垃圾都扔到他脑袋上，我绝不挪一步！”

栽娜卜挪动着身子，站了这么久，她也累坏了。临离开客厅前，她转身提醒他：

“看来你是想一下子扔完了。不行！像我刚才那样，一块接着一块，明白吗？”

“好，好，以我的脑袋担保，一块一块扔。快走吧，别等我催你！”

栽娜卜不太相信麦布鲁克，还犹豫不决地站着不走，心里想谁能替她圆满地完成这项任务。她就是要用白菜雨打断这对恋人情话，破坏他俩的海誓山盟。

想到这儿，她又返身回来，把上面的想法告诉了麦布鲁克。仆人不耐烦了，对她吼道：

“这叫什么玩意儿？说白了，你不就是想在今晚拆散他俩吗？拿你的生命起誓，今天晚上让他们在阳台上过最后一夜……怎么样，睡觉去吧！”

如此强硬的口气，栽娜卜悬着的一颗心落地了，她美滋滋地说道：

“这是他们最后的一夜！好呀，我可要看看你的机灵劲儿。主啊，这样，我更喜欢你了。”

她慢吞吞走向门口。麦布鲁克看着她，催促道：

“对，就这样，你快走吧！”

她终于走出客厅，麦布鲁克长长地吁了一口气，望着她离去的方向：

“安拉保佑，没这号人才好呢。这一切难道不是罪过吗？”

他小心翼翼地瞧着窗下那对美丽的恋人，心头涌出一股人的感情。眼前是一双鸽子或是一对美丽的鸟儿，一雄一雌，正柔情蜜意……这或许就是美的感受，协调的楷模吧。

美丽的月色正以双翼庇护着地上这一对。麦布鲁克看着他俩，想着，感慨万千：

“真是天生的一对！彼此是如此的幸福！”

他捧起那包垃圾，踮着脚尖，到厕所窗子跟前，窗下是房后的一条小胡同，一下子把垃圾都扔了下去，然后安详地回到由饭桌改成的床铺上，自言自语地说道：

“就是这婆娘让我瞎了眼，一点儿都不识好歹，一张马脸的栽娜卜！穷光蛋！她不是不喜欢我吗？”

穆斯塔法头上的雨就这样停了。可他仍然不放心，伞还打着。他不知道，从现在起不必担惊受怕了。赛尼娅看着他提心吊胆，气呼呼地说：

“最好的办法是离开这地方！”

他忍着一肚脾气，投去痛苦、气愤和谴责的一瞥。她佯装看不见，又戏谑地说：

“不过，这儿的房租真便宜！”

穆斯塔法火了，激动地说：

“房租？”

她带着狡黠的微笑静静地说：

“好了，别不高兴了。房租无所谓，但这儿离你上班的地方近。”

穆斯塔法低头沉思了一会儿，忽然抬起头来：

“正相反！”

她故作惊奇地问：

“离你上班的地方远吗？”

穆斯塔法立刻答道：

“非常、非常、非常远。”

赛尼娅追问道：

“那你干吗在这么远的地方住呢？”

穆斯塔法仿佛在提抗议：

“你想让我住在麦哈莱？办不到！”

“麦哈莱？”

“是的，麦哈莱——麦哈莱·库布拉！”

“你在麦哈莱工作，住又住在开罗？你干什么工作的？”

“我的工作……工作……”

“要不好意思说，就算了！”

“我父亲是麦哈莱大布店的店东……”

“你呢？”

“我？”

“谢哈台咖啡馆前面游手好闲之徒！”

赛尼娅用宽大的袖口掩住嘴角的笑意，故意装出狡猾和残酷的声音。

穆斯塔法不免有些吃惊，默默看着她……看着那对乌黑的大眼睛。一开始真以为她奚落自己，顿时热血上涌，一五一十向她讲述起自己的往事：把铺子盘给外国人喀祖利，然后在开罗政府部门中找个职位，定居下来。现在，之所以没敢向她家人求婚，主要因为计划尚未实现，当他找到工作后，第一件事就是在这个区里找一所理想的住所，然后请做棉花商的舅妈前来向赛尼娅的母亲求亲。

赛尼娅认真地谛听着这篇冗长的发言。其实，凭她的聪慧，大部分情况她早已掌握了。不过，她想让他自己说出事情的真相。所以要了个花招，慢慢引他道出了真情。

好容易说完了，穆斯塔法默默地低下了头。赛尼娅把头埋在双臂间，偷偷地笑了个够，然后抬起头，装出十分不快的样子：

"今天，我听了你的话，才明白原来你是个吃祖业家产的人。和小说里读到的那些游手好闲靠祖宗吃饭的人一模一样！"

穆斯塔法不胜惊奇地望着她！

她稍稍退离窗子，气愤而鄙视地说：

"先生你还在找工作，却还有脸要娶我！"

穆斯塔法浑身颤抖，瞧着她那紧皱的眉头，撇着的嘴唇……他觉得自己似乎什么也不明白，赛尼娅怎么在瞬息之间发生了如此可怕的变化。他想申述，想解释，想请求，换取同情。可是她却不肯罢休，紧抓着窗棂，说道：

"以前，我把你想象得可比现在好得多！"

说罢，她立刻关上了窗子。

穆斯塔法只觉得眼前顿时一团漆黑！

第二十二章

第二天晚上，穆斯塔法极度不安地在阳台上等赛尼娅，他真怕她对昨天的话较起真儿来，再难见上一面。几个小时过去了。他以一种近乎哀求的神态，目不转睛地盯着那扇紧关的窗户。夜越深，越失望，他虔诚地祈求安拉，保佑他今夜能见她一面，哪怕只有一分钟也好！她不在，日子实在不好过。昨天晚上出事后，今天再不露面，那可就意味着后果不堪设想！

今夜能见一次面，他也就放心了。他不惜以任何代价向她赎取这一刻良辰。

这些苦心孤诣，不见丝毫效果：不曾驱散他心头的郁闷，也没有引起任何人注意，甚至周围已经消失了一大半的静夜也无法理解。只剩下他仍怀着一线希望等候着！

三个晚上过去了，穆斯塔法如度三载。可想而知他现在身处在什么样的火狱里！以前，他生活在乐园里，可丝毫不觉得，现在不仅从乐园落到地上，而且又跳入了火狱。

他采摘了什么呢？被他棒击过的禁树又是什么呢？最后竟将他从安适静谧的境界中驱逐出来，剥夺了他欣赏这扇窗户中发射出的光芒。

穆斯塔法开始重新品味她最后说的那些话，也许能找出生气的原因。从她消失的那一刻起，他脑子里唯一的感受就是：缺了她，出现了致命的孤寂！

她在蔑视他！这个穆斯塔法是个靠祖业吃饭的闲汉。可是他不已经说过了吗？自己正在找工作。她不把他瞧在眼里！因为他抛弃了祖业和工作到开罗闲住。“谢哈台咖啡馆前面游手好闲之徒！”这是她的原话，至今他还摸不清她说这话的真实意图，但是某种潜在感觉却在向他呼喊：你就是个游手好闲、靠祖业吃饭的平庸之辈！这么说，确实应受她的鄙视。像他这样的人，本有父辈打下的基业，如果他确实不是一个吃祖产、游手好闲的懒蛋，不是一个胸无大志的平庸之辈，那就应该继承父业，一心向上。他生平第一次感觉到自己卑微，身上突然涌出一股巨大的力量和决心，耳清目明，眼前的雾障已经消散，现实清晰地摆在眼前：

“我确实太糊涂了！十镑钱找个工作，而我的铺子只要稍加经营，每个月少说也能挣一百镑。”

他又想起了她的话：“先生你还在找工作，却还有脸要娶我！”

她瞧不起他，因为他有了更重要、更有意义的工作却还在找什么低贱的事干。是啊！他现在明白了，难道她还没有鄙视他、骂他糊涂的权力吗？起码也该数落一下他缺乏大丈夫气和没有活力。

“以前，我把你想象得可比现在好得多！”

这是她最后一句话。

仿佛一股强力推动他，穆斯塔法一跃而起，脑子里充满了各种设想、计划、方案和工作，内心的力量开始增强，他喊来仆人收拾行装。

突然有个念头一闪而过：也许她的气恼是故意的，一切为了刺激他，唤醒他那呆滞的活力！她是特别聪明的姑娘，现在他只渴望见她一面，离开前无论如何也要把自己的决心和她说一下。为了她，可以创造奇迹，力盖群英。同时也有必要让她如同了解他的过去和今天一样，弄清她对他俩前途的看法。

只要和她在一起，不仅可以住在麦哈莱，天涯海角也可以去！

可是，怎样才能看到她呢？

穆斯塔法忽然想起，她房间的窗子哪能整天整夜关着。每天清晨起床后，必定会开窗子换换新鲜空气和阳光，为什么不在早上等着她呢？但又想：这个时令夜晚燠热，哪能通宵窗户紧闭？看来她只是在约定的时间关起窗子，一更天一过，准得打开。于是，穆斯塔法做出了一个决定：在阳台上过夜，紧紧盯着那扇窗子。现在他有了过去无法比拟的决心。

夜幕降临，约会的时间已过，穆斯塔法裹了一件厚外套，脖子里缠上围巾，带上那把自从白菜叶、芋头皮出现后从不离身的阳伞，格外小心地把一只大椅子搬到阳台上，打着伞，蹲在上面，等候赛尼娅出现。

其实，穆斯塔法如果知道的话，对栽娜卜早就可以不设戒心了。栽娜卜早已经看到赛尼娅不露面了，她是第一个为穆斯塔法的灾难感到高兴的人，不过她把拆散这一对鸳鸯的功劳都归于麦布鲁克的精明上，从那天起麦布鲁克的身价在她眼里大大提高了，他不是说了吗：

"睡你的觉去吧，以你的生命起誓，今天将是他们在阳台上的最后一次聚会。"

他说话算话，毫不食言。那天果真成了他俩一起度过的最后一个夜晚，栽娜卜十分惊奇地问他如何取得这"辉煌成就"的。

"麦布鲁克，跟我说说你是怎么干的？"

可对方比她还要吃惊。

"我干什么了？……谁？……我？……"

可他又不得不收起脸上吃惊的表情，疑惑地自问道：

"我对她说什么了？不就是把垃圾从厕所窗子扔下去了吗？"

他想自己是十分同情这对恋人的处境的，可是现在怎么会闹成这个样子。这里究竟有什么原因，为什么关系如此冷漠，似乎和他有什么瓜葛！真是叫人百思不得其解。

最后，他瞟了一眼身旁的女人，暗自想道：

"祸根就在这个倒霉鬼身上！她吃醋忌妒！……"

栽娜卜还一个劲儿地追问：

"麦布鲁克，我走了之后，你干了什么了？你不跟我说，我可不高兴了。"

麦布鲁克看看她，突然想起应该编点什么骗骗她：

"你是让我说真的，还是来个叔伯兄弟——假的？"

“不……要真的。”

“真的！我拿起洋芋皮和白菜叶，念了一段‘亚辛章’，就冲着两人中间扔了过去。”

栽娜卜笑了，高兴地夸奖着：

“主保佑你，保佑你的聪明才智！你真能干！主保佑你免遭毒眼。”

这时，赛尼娅正坐在母亲身边，装着若无所思的神情和她聊天，逗她开心，实际上，她正费尽心机把母亲引到自己关心的主题上来：

她拿起母亲的手，抚摩着：

“妈妈，您喜欢我吗？”

母亲抬头望着女儿：

“谁能讨厌自己养的孩子？”

赛尼娅狡猾地说：

“就为了这个，去年有人来求亲，您就跟他们说：我们舍不得女儿嫁到外地去，是这个意思吗？”

母亲答道：

“谁都知道，你是我的心头肉！你留在身边，我才幸福呢。”

赛尼娅有所指地问道：

“真的吗，妈妈？你总恪守着这老古板，旧思想！”

过了片刻，她忽然又温柔地问妈妈：

“您和爸爸去过苏丹吗？”

“孩子，你爸爸是在我们结婚前去苏丹的。”

赛尼娅固执地说：

“假如爸爸在婚后去，您会跟他去吗？”

母亲毫不犹豫地答道：

“噢，一个女人不跟着丈夫走，她会后悔的。”

赛尼娅调皮地说：

“外婆会同意你去？”

妈妈有点悲伤地说：

“我妈妈，……在我不懂事的时候，她就去世了。”

“要是她活着呢？”

“安拉怜悯她，她可是个有头脑的高贵妇女。”母亲说。

赛尼娅一点儿也不放松：

“跟您一样，……对吗？”

姑娘想了想，老练而有分寸地继续分析。她层层深入，最后深入浅出地使母亲明白了：如果她仍以女儿能留在开罗为选择女婿的条件，那就错了，这实际上是独霸的做法。根本没有为女儿着想。作为母亲，为了女儿的将来和幸福，不应过分强留，不能太自私。就像自己刚刚说过的：妻子应该跟随丈夫，陪丈夫奔赴工作岗位。

赛尼娅可不是那种老式姑娘。她要关心丈夫的工作，帮助丈夫去关心事业，她明白像穆斯塔法这样的人，在农村是可以大有作为的，他的利益，他的事业不在城里。起码，他继承的庄园田产在农村，所以她要毫不犹豫地和他一起走。只要需要，可以和他在农村生活一辈子。

翌日，赛尼娅推开窗子，穆斯塔法阳台上一幅奇怪可笑的情景立刻映入眼帘：一个男子汉，用厚大衣裹着，活像颗洋白菜，大衣上还蒙了条厚毯子。缠着围巾的脖子后面垫了只小枕头，托着靠在墙上的脑袋。一把张开的阳伞，已经斜落在头上，遮去了半个脸。他打着呼噜，睡得正香呢。

赛尼娅知道这是谁，忍不住从心里笑出声来。这个穆斯塔法，就是这样在阳台上过了一夜！……可怜虫！他一定彻夜不眠地等着她，黎明的和风合上了他的眼皮，强迫他酣然入睡了！

赛尼娅不知怎么办，叫醒他，还是随他去？最后她想逗逗他，便敞着窗子，藏到窗帘后面，看看他到底会怎样。天大亮了，朝阳照在他脸上，他睁开眼睛，意识到自己是在等着开窗的，便迅速向窗子望去……啊，窗户打开了，可是没有人影。他失望地捶着脑袋，气愤地扯着头发，说道：

“她肯定来过了，开了窗后又走了。可我像头驴在蒙头大睡。”

听见这番话，赛尼娅高兴地偷笑着，想站出来，却见他收起衣物、用具和阳伞，失望地进屋去了。她想看他还要做什么，索性藏着，就近观察。

穆斯塔法知道，要熬夜的话，那该死的瞌睡虫肯定又会来捣乱。黎明时分，这种进攻必然是最猛烈的，怎么办呢？他想了又想。

夜幕刚刚降临，他又像一无所获的前夜那样，拿起衣物什件和那把阳伞上了阳台。这一回还多带了一只闹钟。他像昨夜那样把自己裹得严严实实的，撑开伞扛在肩头，闹钟上到最容易睡着的时候，放在面前的墙头上，一切就绪，又蹲在大椅子上，发誓从现在起，再不让机会白白溜走了。

窗子后面的赛尼娅什么都看到了，墙头上的闹钟可把她乐坏了。她真想忍到早晨，看看这只闹钟是怎么丁零丁零地响，过路行人会讲些什么呢？他们听见打铃声准会抬起头，如果见到那位包裹严实、张着阳伞的先生在阳台上睡觉的怪样子，准会捧腹大笑的。

可是再一想，为了她，穆斯塔法已经在这儿挨冻受凉睡过一夜了，她可不愿让他再是这副模样在阳台上挨冻了……

时近夜半，她故意弄出点声响推开窗子。穆斯塔法像个被查哨的军官喊醒的哨兵，猛地挺起身来。等他弄清这开窗的就是赛尼娅本人，如噩梦初醒，脸上立刻焕发出希望的光彩和奇怪的兴奋。他拔脚奔去，可是墙把他挡住了。看来，他忘了隔在他俩之间的障碍了。

赛尼娅掩饰着自己的感情，故作严肃地说：

“你还没去麦哈莱呀？”

“麦哈莱？”穆斯塔法奇怪地问道。

“是呀，麦哈莱。”

穆斯塔法深情地回答说：

“你先问问我，那天夜里分手后，我有没有离开过阳台一步。”

赛尼娅忍着笑，假装气呼呼地威胁道：

“你想让我把窗子再关上吗？”

他求饶地走过来：

“你再关一回，我保证就要在医院里过夜了。”

她口气稍微变柔和了一些：

“在麦哈莱过夜，不更好些吗？穆斯塔法你不想想自己的工作吗？”

最后一句话使穆斯塔法的心猛地一跳。他略微抬了抬头，久久地凝视着她，斩钉截铁地叫了一声：

“赛尼娅。”

顿了顿，才迸出一句话：

“明天我就回麦哈莱！”

“明天就走？”她高兴地叫起来。

他接着说：

“不过有个条件。”

他没有立刻说出条件，停了一下才说：

“我要让舅妈赶第一班火车来。”

赛尼娅低下头，双颊飞红。

第二十三章

法国考古学家的话不无道理：

“一个民族在人类黎明时期创造了金字塔奇迹，她不难做出另一个，不，许许多多的奇迹！一个民族，人们说它几个世纪以前就已经死去，无法看见她那颗伟大的心正从吉泽沙漠向苍穹挺进。埃及用自己的双手创造了自己的心，历史千载，万古长青。”

可能这位生活在过去年代的考古学家比任何人都清晰地看到了埃及的将来！

三月，新春——创造、复苏和生命的季节。树木因新叶绿茸茸的，枝条上孕育着果实。

埃及也是如此。她的腹中孕育着一个巨大的胎儿。埃及，她沉睡了多少世纪，却在一天里站稳了脚跟。正像那法国人说的，埃及正等待着她那被崇拜的儿子，那深藏的苦痛和希望的象征，复活新生。

这个尊崇的对象脱胎于农民的血肉，获得了新生。

在那伟大的历史性的一天，穆赫辛一大早便踏进教室。忽见一个同学气喘吁吁地跑过来，碰上一些人，便以一种危急的口吻说上几句，听的人脸色随之大变。等消息传到穆赫辛耳中，他开始思考这条消息的意义时，发现整个学校的人都在交头接耳，议论纷纷，彼此询问。上课铃响了，谁也不理会，这在校史上可是一件咄咄怪事：学生们这样聚在一起，脸上都是同一副严肃的表情。铃声叫人上课，却没人理会——唉，世界末日来临了!

大家都在谈论一个人。穆赫辛从前可不曾听到过，但他立刻意识到应该把生命奉献给他。沸腾的激情竟使他招呼同学们走出校门，和其他学校的学生汇合一起。现在这样做，比什么事都伟大。看来，这和大家的想法不谋而合，同学们立刻涌出校门，不消几分钟，都到了大街上。穆赫辛想法找工学院的学生，因为两校最近，他也可以见到阿布杜了。可还没有走多远，只见一群学生迎面走来，原来工学院的学生也都跑出来了，最使穆赫辛惊奇的是，打头的那个竟是阿布杜!

他满脸通红，眉峰紧蹙，舞动胳膊，高声呼喊，铿锵的声音里充分显示出那强劲有力的激动与不安。两校学生会师后，又一起和其他学校相会。穆赫辛走到阿布杜身边，勾起他的胳膊，和他并肩高呼。周围是雷鸣般的口号声、喧哗声，阿布杜问道：

“你怎么出来的?”

“和你们一样。”

或许诸如此类的问答，在每一路学生、各个学校、各阶层人民中不知重复了多少遍。每伙人都觉得自己是首先发难的，是第一个感觉到这新的如火如荼的情感，却没有一人知道这种感情是大家心中同时迸发出来。因为他们都是埃及人，有着同一颗心!

那天，还不到太阳落山时刻，埃及已经成为一团熊熊燃烧的火球，一千四百万颗心思索着同一个问题：那个人表达了埃及人民的感情，奋起为埃及人民索取自由和生活权利的人，被逮捕、监禁、流放到大海中的一个孤岛上去了。

奥祖鲁斯神下凡，修整了埃及的土地，赋予她生命和光明。但他被逮捕了，关进箱子里，碾得粉身碎骨，抛进大海的深处。

开罗天翻地覆。商店、咖啡馆、家家户户都门窗紧闭，交通中断了，到处是游行队伍。全国各省市、各村镇燃起了同样愤怒的火焰。农民们的行动比城市居民更为激烈。他们拆毁路轨，阻止武装火车通行，他们还烧毁警察分署!……

穆赫辛一进家门，便见家长哈奈菲一边揉搓着疲劳的双膝，一边给栽娜卜描述外面的事，解释它的起因和缘由。今天，他不停地参加了好几支游行队伍。不多一会儿，赛里姆也回来了，他也参加了一支游行队伍。大家争先恐后地说着自己的见闻，预测着即将发生的变化，纷纷学说着这种时刻满天飞的新闻。麦布鲁克回来了，也说起他参加赛依黛广场上的游行。肉铺师傅，他的徒弟、还有卖甜橙的都在一起，他们砸碎了煤气灯，踏烂了树墙，用石块、棍棒和菜刀做武器。他说那里已经挖了好多战壕，他也挖了一条，深两米、宽三米。

家里人说的话题就是这个，恐怕也成了各家各户的谈论中心。阿布杜刚刚进屋，就急着要吃晚饭，说夜里还得去爱资哈尔区，清真寺里要召开大会，演讲家们将对目前形势发表演说呢！

除了累得想睡觉的哈奈菲外，大家一致同意阿布杜去开会，而且还想和他一起去。

开会时间刚到，事态的发展就变得严重了，爱资哈尔被团团围住，游行的人们在清真寺后门建起街垒，于是，爱资哈尔和土仑区成了浴血的战场。许多埃及人无比英勇地昂首挺胸面对机枪……一个苏丹籍的埃及人勇敢地冲在前面，赤手空拳夺过机枪，挥舞棍棒一样地打击敌人。

阿布杜和他的伙伴没有后退，他们想方设法。在那些僻静的窄巷中穿来穿去，赶去参加大会。

这时，谁来看看开罗，看看那些大街小巷，准会看到一种奇怪的景象……在游行示威和振臂高呼声中，新月拥抱十字的埃及国旗到处飘扬，迎风招展。埃及此刻已然意识到新月和十字是一个身躯上的两只翅膀，它的心就是埃及。

形势愈发恶化，令人吃惊的是阿布社、穆赫辛和赛里姆仍以令人担忧的劲头投身革命。这一点，怕只有栽娜卜注意到了。她觉得多少明白了一点儿这方面的秘密：他们三人，不久前还像破产的银行家那样终日沉默不语，仿佛被禁锢在无法自拔的内心的监狱中，饱受忧郁和焦虑的折磨。现在，革命刚刚爆发，这三人也随之奋起，醉心于革命事业，喊着激动人心的崭新的革命口号。孤寂、愁闷烟消云散，代之而来的是关注、奋斗和热情，在这历史性的事件面前，最小的穆赫辛恐怕比谁都更激动。过去失望的爱情，残酷地留在他心中的种种烦恼都变成了热烈的爱国之情。为心中的偶像而牺牲的精神变成了为祖国的神像英勇献身的精神。阿布杜和赛里姆身上也发生了同样的变化，当然程度上差了些。

奇怪！难道只有革命才能排解这些不幸者的惆怅吗？

发生了另一桩事，竟成为穆赫辛不会在年终考试中落第的奇迹。实际上，老师们都一致认为他今年的考试根本没有希望及格。他自己也早抛开了参加考试，拿张优秀文凭的念头了。可是革命关闭了校门，考试取消了，他竟从失败的难堪中脱了身！不过，穆赫辛并没有在这个问题上过于关心，也不曾以某种特殊的眼光看待革命。强烈的感情转化成某种爱国热情，控制了他的身心，使他在险境中忘却一切，甚至个人的安危！

穆斯塔法一到麦哈莱，立即践约，让他的仆人陪着舅妈到开罗去一天，任务是上赫勒密医生家，向赛尼娅的母亲求亲。

事情商量好了，舅妈回麦哈莱向穆斯塔法报喜，告诉他哪些已经做了，他还应该做点儿什么。舅妈很喜欢赛尼娅，一个劲儿地对穆斯塔法夸姑娘的长处，穆斯塔法在一旁美滋滋地听着。她还说，实际上是姑娘本人早就把什么事都处理得一帆风顺。没有她，事情不可能这么快就办成了。赛尼娅等舅妈一走，便幸福地舒了一口气。她扳着指头算日子，估计哪天穆斯塔法就会来完婚。可是，太遗憾了！媒人走的第二天，恰恰就是那个伟大的历史性的日子。夜幕初降，开罗、但塔和麦哈莱之间的铁路交通就中断了。穆斯塔法怎么来呢？甚至连写封信抚慰一下赛尼娅心头的担忧都不可能。谁也无法描述此时穆斯塔法的忧虑和烦闷。这种时候，在这种联系中断的情况下他还能见到她吗？还能随心所欲地公开给她写信吗？

赛尼娅则更觉遗憾，更加担忧和伤心。不知为什么穆赫辛的影子突然浮现在眼前，一个声音在她心灵深处喊道：

“这难道不是因为她捉弄了可怜的穆赫辛而得到的惩罚吗？”

说不清阿布杜、穆赫辛和赛里姆有没有加入秘密团体，反正平坦的小屋已经成了一捆捆革命传单的仓库。每天晚上，塞拉麦大街三十五号门前总有一辆驴车，车上放着一只大木箱。赶车的在麦布鲁克搭手帮忙下抬下箱子，阿布社一旁指点终于登上平台，倒干净了一捆捆传单才回驴车。谁也不清楚这辆车从哪里来，这些东西又要弄到哪儿去？……这些秘密是他们三人至死也不会泄露的！

一天，到处都在传这样一个消息：要搜查了。街上每一个行人随时都可能被搜查，咖啡馆里每一个顾客谁口袋里搜出武器、传单或类似的东西，马上会被关进监狱。但是消息来得太迟了，已来不及了。穆赫辛和阿布杜正坐在希希·库布拉咖啡馆里，把满兜儿的传单散发给左右顾客，在他们不注意的时候，两名英国警察举起手枪闯了进来，身后跟着一群持枪的士兵，从阿布杜和穆赫辛的口袋搜出一些传单，后来，在抄家时，平台小屋里一捆捆的传单都被发现了。毫无疑问，全家都要被捕，连家长哈奈菲和仆人麦布鲁克也不例外！这可是不多见的！哈奈菲被从床上拖起来，他揉着眼睛，发誓说什么也不知道。实际上他是冤枉的，确实不知道小屋里藏了些什么。不过他总是个被冤枉的，既然如此，那就让他承担自己那份责任吧！

栽娜卜一开始也不能幸免，可是一切都证明她确实是无辜！她不会念、不会写，什么也不知道。于是她被留下，全家就她一个人，其余的都被赶进城堡监狱里了。一路上，麦布鲁克还不住地捅赛里姆上尉，生气地小声嘀咕着：

"都怪你，赛里姆先生，坐在那儿让人搜。他们就没查我，俗话说得好……"

话没说完，押送的士兵向他晃着枪，禁止他说话，他把手放在嘴唇上，声音发抖：

"大兵先生，干吗要动枪！割掉我的舌头不就一辈子都不说话了。"

第二十四章

五个人被塞在一间牢房里，过度的疲劳使他们都酣睡了一夜。清晨，麦布鲁克先醒来，他打量周围，发现高墙的一角有个窗口，像一座凸出的塔楼。他设法爬上去，从铁栏杆里向外张望，只见眼前是一个空旷的场院，场院中央有一架单杠，旁边一副双杠，这可能是官兵们体育锻炼的器具，麦布鲁克不认识这些玩意儿，一看见这些高高低低的器械，急忙爬下来叫道：

“他们立绞架了！”

名誉家长哈奈菲听到了这话立刻睁开睡眼，恐惧地哆嗦着，他站起来说道：

“绞架?！他们弄到绞架了?想把我们绞死?唉，这全是废话！”

说罢，他看看阿布杜、穆赫辛和赛里姆，只见他们异常安静地睡着或装睡，他便叫醒他们：

“快起来，大难临头啦！可咱们还蒙在鼓里。”

没人理他，他更生气了：

“这时候睡觉是舒服还是怎么的?”

可是他只听到洋灰地上自己的回声，无可奈何，他自言自语地悲叹着自己的命运：

“天光亮了，安拉啊，你们这帮下流痞子干的好事，想跟在我后面去死。我可不想和你们一起上绞架。”

他顿了顿，仿佛“绞架”一词使他觉得事情确实很严肃，不是开玩笑的，他发抖了：

“这哪儿是开玩笑的事呀。”

他又停了下来，还在想着这场灾难。忽然，他悟到不能仅仅停留在想了，便跳到那些睡着的人面前，乞求、恐惧地说道：

“兄弟们，想个办法哪，行行好吧！你们会得好报的。赛里姆快起来呀！你是上尉，该明白这些事理，就没有个朋友帮忙，找条出路？啊，不，……要把你碎尸万段，埋进土里！主啊，我们可怎么办呢？阿布杜，你快起来！阿布杜，给我们想个法子，逃出去。你们还睡呀！该死的，除了胡说八道，就是一事无成！”

哈奈菲对他们失望了，转向低头沉思着“后世”的麦布鲁克，他口里喃喃说着：

“不做祈祷，轮到你死。”

哈奈菲摇摇他，再问道：

“麦布鲁克，你肯定那是绞架吗？”

仆人仰起头，伤心地说：

“一点儿没错。是绞架又怎样呢？”

哈奈菲又自言自语道：

“真要是一点没错，那就糟了，可是不审就绞死我们？我说，穆斯林们，难道军事法庭也不审的？”

“唉，你见的是哪种绞架？”

麦布鲁克点点头：

“最好的那种！”

家长沉默了，神经质地踱来踱去，想着，回忆着，自己讨论着，又不时嘟哝道：

“不像话！太不像话了！”

最后，他停住脚步，让麦布鲁克再爬上去，仔细给他说说窗外面看到的一切。

仆人二话没说，再一次端详那长长的单杠，然后是旁边的矮小的双杠，他回答说：

“毫无疑问，一个大的，旁边还有个小的！”

哈奈菲觉得麦布鲁克在开玩笑，半信半疑地自吟道：

“什么大的，小的！大绞架，小绞架？这叫什么话！你这笨蛋，下来吧！”

仆人向那双杠又望了一眼，然后解释道：

“以先知的下巴起誓，错不了。那个小的准是给穆赫辛先生准备的！”

这时，响起一阵笑声。睡着的或装睡的三个人已经蹲在床上，他们被麦布鲁克的话和哈奈菲的恐惧逗得忍不住笑出声来，赛里姆看看穆赫辛，笑道：

“听到没有？按你的个子给你竖了个‘贝贝’型绞架！”

少年微笑着：

“怎么也得感谢他们，可我宁愿和你们一块儿上那个大的。”

家长立刻接话道：

“跟我换，安拉意欲的话，我愿意上那个小的！”

全家被抓走后，栽娜卜第一桩事就是裹上袍子，跑到电话局给穆赫辛在丹霍尔的父亲打了个电话，告诉他家里出了事。那时开罗到亚历山大的铁路已经修复，虽通车，但还有许多限制，个人车票由省级行政分署签发。消息如晴天霹雳，传到穆赫辛父母耳中，母亲大声哭嚎，懊悔不该同意把儿子送到叔叔家。是的，丹霍尔没有高级中学，当初本应另择良策，干吗要靠他的叔叔们呢？都怪他父亲，总觉得开罗自己的兄弟们不错，能保护自己的儿子。就这样，她掴打着自己的脸，不停嘴地骂自己丈夫和叔伯：

“你们还我儿子……还我儿子！”

穆赫辛的父亲好不容易挨到天亮，收拾好东西，乘上了通往开罗的头班车。一到开罗，便像疯子一样找这儿，问那个，东跑西颠，告求乞怜，但一无所获。最后，他想起了那个英国水利检察官了，没准他能帮忙在上边疏通一下。这想法真不错，这一次访问给他带来了一线希望。英国人很重视这件事，因为他想起农村的那次宴会上，他见过穆赫辛，而且挺喜欢他，孩子还亲切地和他讲过英语呢。不过，他考虑一阵后说，这事比较棘手，因为这是军方的案子，要想马上解决很困难。孩子父亲失望地求他做个保，哪怕先放了穆赫辛，别人等事情平息后再说也行。这样检察官才开始考虑怎么办。也是在这个时候，穆赫辛的父亲获准探监。他见到了孩子和他的兄弟们，但立刻被他们的平静和愉快惊呆了，刚问清了事情的原委，探望时间就快完了。他把穆赫辛叫到一旁，让他再坚持一两天，说现在正准备把他一个人先救出来，可是少年一听这话，立刻满脸通红，气愤地叫道：

“难道我愿意自己先出去，留下叔叔们继续关在这儿？”

父亲有些吃惊，惶惑不安地望望同屋的几个人，告诉他们不可能一下子都释放了，唯一的可能是先放孩子。他求他们帮着说服穆赫辛，孩子年龄小，身子骨不允许他过监狱的生活。一听这话，大家一起走到穆赫辛跟前，真挚、热情地求他同意先出去，因为他太小了，和他们不一样。这个孩子有的时候，特别是在这种问题上，却有着一股不可动摇的决心。

探监就这样结束了，父亲带着一个美好的念头步出监狱：等释放令一签，不管孩子愿意还是不愿意，都没用了。士兵会强迫他执行命令的。

这次探监后，穆赫辛神色忧郁，每时每刻都在想着门突然打开，士兵会强迫他和自己的伙伴分开。这种焦虑始终萦绕在他脑际，一想到自己由于父亲的努力，将单独释放，叔叔们和麦布鲁克却孤立无援地关在这里,他就内心深感羞愧。一个人待在丹霍尔或别的什么地方有啥意思呢?要知道，只有和自己“同伴”同甘苦、共命运时，才能尝到快乐和甘甜。

痛苦的本身不管多么深重，当大伙帮他分担时，会逐渐减轻，慢慢消失的。有时甚至在这些善良的心灵面前会感到极大的安慰和兴奋。真有意思！父母为他求什么呢? 除了孤独和自私，剩下的又是什么呢? 这时他开始在心里默默地求安拉：让他父亲的努力失败!

安拉果真应答这热烈的祈祷。

英国检察官遗憾伤心地回来了，他费了不少劲，最后唯一的结果是把这少年囚犯，或者把他与同牢房的几个人一起转移到监狱医院，那里的待遇和生活都是最好的，而且也适合于休息。

他面对着那几乎神经错乱的父亲说：

“放心吧，住在监狱医院就像住宾馆，跟在自己家里没什么两样，那里远离都市的喧哗，是休养的最好地方了，让他们在那儿等着释放吧。当然，目前的事情比较棘手，因为全国情况还很严重。可是，几天后，谁知道又会是个什么局面呢？相信我吧，只要局势一稳定，他们将优先释放！大家都知道他们是被暂时拘留的，我哪能不管他们！相信我吧，你现在放心地回家去，这儿的事情交给我好了。”

检察官这番慷慨激昂的话给了穆赫辛的父亲不小的安抚，最后，他将信将疑地说：

“我就回去，对他妈说……”

检察官果断地说：

“走吧！这儿有我！”

他是那样安宁，那样信心十足。

不久，这几个犯人被送进医院了。

同一天，检察官陪着穆赫辛的父亲去新地方探望他们。父亲审视着周围有条不紊的安排：整洁并排的床铺；医院或疗养院病人可散步的花园；摆满整齐书籍的图书馆；还有候诊室，接待室里的椅子和皮沙发……

检察官发现父亲暗暗高兴，便亲切地握着他的手说：

“我觉得他们住在这儿比在家里还让我们放心。起码，这里远离动荡和危险，医院对他们负全部责任。”

穆赫辛的父亲哈米德贝克的一颗心完全踏实了，他决心回丹霍尔去解除妻子的顾虑，把这儿的安全、舒适的情况告诉她。他对英国检察官的仗义执言表示了谢意，然后和对方告别，他拿起箱子，准备和栽娜卜一起回丹霍尔去，现在可不能让她孤身一人留在喧嚣的开罗了。

栽娜卜收拾完东西，临行前非要看看医院里的兄弟们和小穆赫辛。哈米德先生同意了，第二天一早陪着她去医院，一进病房看见那并排安放的五张床，她吃惊地站住了！他们的模样丝毫没变，和他们在塞拉麦大街家里的公共宿舍一模一样。

她的目光落在紧挨着哈奈菲的麦布鲁克的床上时，见他躺在那崭新洁白的被子和床单中间，不禁轻声惊呼道：

“麦布鲁克，你大难临头了。你忍耐，就得到了，最后到底睡了这货真价实的床铺！……”

麦布鲁克一动不动地躺着，定睛看着她，微笑道：

“你明白了吗？”

他半欠着身子，用胳膊支着说：

“现在我可要对你说说：我这身子从来就只习惯睡床。拿你和我妈的荣誉起誓，从今后，我再也不在什么木桌上过夜了。直说了吧，你们以前就瞧不起我，胡乱弄个桌子给我当床！”

穆赫辛的父亲哈米德贝克先生来到医院，他为栽娜卜指明了病房后，一个人坐在外面的大厅里，正好碰上一个熟知的医生，便和他攀谈起来。栽娜卜和麦布鲁克说完话，又和其他人搭话。从和家长的谈话里，她听出他很愿意住在这里，特别愿意在这病房里，这里实在安静，谁也不敢喧哗。这里受护士长的管辖，不归名誉家长的统治了。

这时赛里姆问她区里的情况，特别是几天来游行的消息及其对居民，具体说对邻居的影响。

栽娜卜明白他的意思，狡黠地笑着，慢吞吞若有所指地说道：

“你是大有希望的！婚期定了，最近就举行婚礼。”赛里姆默不作声……

穆赫辛翻向左侧，和阿布杜随便聊天，以此掩饰心头的不快。阿布杜也故作认真地回答孩子的话，眼神中透着愤怒的苦痛和不满，他不愿意再提往事了！

穆斯塔法和赛尼娅肯定要订婚的，穆斯塔法急不可耐地盼着通车。铁路恢复运行那天，他立即赶到开罗，见到了赛尼娅的父亲艾哈默德·赫勒密医生。双方一致同意：待局势平定，那伟大的流放者重返忧伤的埃及那天便完婚成亲！

想不到穆赫辛他们出狱的日子竟和赛尼娅的婚礼在一天！

真是奇怪的巧合！被哈米德贝克先生在大厅里唤住的那个医生，原先在丹霍尔·布哈依莱的村子里行医。哈米德贝克在村里就结识了他。以前，哈奈菲他们几个染上了西班牙热病，住在塞拉麦大街家里的时候，就是这个医生来给他们诊病的。那天，医生进屋，见他们挤在一间屋里，床和床紧挨在一起，和军营、医院一模一样，不禁惊呼道：

“不，这哪是家啊，这是医院！”

他看见麦布鲁克睡在一张翻过来的饭桌上，更奇怪地笑了。他奇怪这几个人为什么要挤在一个房间里：

“难道他们都是农民，惯于和牲口住在一间屋子里？”

哈米德贝克在大厅里和这位医生的闲聊中，才知道他是这家医院的大夫，他请医生多多关照自己的儿子和兄弟。

医生走进病房，只见他们一个挨一个地躺在床上，依稀记得穆赫辛和另外几张面孔，他回忆起他们家里的“病房”，便吃惊地站了一会儿，然后微笑着喊道：

“原来就是你们呀！全都在这儿，每个人都紧靠着自己的兄弟！”

图书在版编目（CIP）数据

灵魂归来 / (埃及) 陶菲格·哈基姆著；王复，陆孝修译.
-- 北京：华文出版社，2016.6

ISBN 978-7-5075-4549-4

Ⅰ. ①灵… Ⅱ. ①陶… ②王… ③陆… Ⅲ. ①长篇小说—埃及—现代 Ⅳ. ①I411.45

中国版本图书馆CIP数据核字(2016)第140992号

灵魂归来

作　　者：〔埃及〕陶菲格·哈基姆
译　　者：王　复　陆孝修
策　　划：杨　平　李荣欣
责任编辑：刘孟丽
特邀编辑：王　芳
出版发行：華文出版社
社　　址：北京市西城区广外大街305号8区2号楼
邮政编码：100055
网　　址：http://www.hwcbs.com.cn
电子信箱：sinoculturepress@yahoo.com
电　　话：总编室 010-58336239　发行部 010-58336270
　　　　　责任编辑 010-63427615
经　　销：新华书店
印　　刷：北京联兴盛业印刷股份有限公司
开　　本：710 × 1000　1/16
印　　张：19
字　　数：200 千字
版　　次：2016 年 6 月第1版
印　　次：2016 年 6 月第1次印刷
标准书号：ISBN 978-7-5075-4549-4
定　　价：48.00 元